História secreta de Costaguana

Juan Gabriel Vásquez

História secreta de Costaguana

Tradução de Heloisa Jahn

Este livro foi publicado com o apoio da Dirección General del Libro, Archivo y Bibliotecas del Ministerio de Cultura de España.

Texto de acordo com a nova ortografia.

Título original: *Historia secreta de Costaguana*

Tradução: Heloisa Jahn
Design da capa: Ivan Pinheiro Machado
Foto da capa: Luisa Fumi / Shutterstock
Foto do autor: Nina Subin
Preparação: Patrícia Rocha
Revisão: Jó Saldanha

CIP-Brasil. Catalogação na Fonte
Sindicato Nacional dos Editores de Livros, RJ

V463h

Vásquez, Juan Gabriel, 1973-
    História secreta de Costaguana / Juan Gabriel Vásquez; [tradução de Heloisa Jahn]. – Porto Alegre, RS: L&PM, 2012.
    264p.

    Tradução de: *Historia secreta de Costaguana*
    ISBN 978-85-254-2646-8

    1. Romance colombiano. I. Jahn, Heloisa. II. Título.

12-1978.	CDD: 868.993613
	CDU: 821.134.2(861)-3

© Juan Gabriel Vásquez, 2007 (Madri, Espanha)
Casanovas & Lynch Agencia Literaria S.L.

Todos os direitos desta edição reservados a L&PM Editores
Rua Comendador Coruja, 314, loja 9 – Floresta – 90220-180
Porto Alegre – RS – Brasil / Fone: 51.3225.5777 – Fax: 51.3221.5380

Pedidos & Depto. comercial: vendas@lpm.com.br
Fale conosco: info@lpm.com.br
www.lpm.com.br

Impresso no Brasil
Outono de 2012

Para Martina e Carlota,
que chegaram com seu livro debaixo do braço.

Quero falar-lhe da obra que me ocupa atualmente. Quase não me atrevo a confessar minha ousadia, mas a ação transcorre na América do Sul, em uma república que denominei Costaguana.

JOSEPH CONRAD
Carta a Robert Cunninghame-Graham

Sumário

Primeira parte 11
I. Sapos de barriga para cima, chineses e guerras civis 13
II. As revelações de Antonia de Narváez 39
III. Joseph Conrad pede socorro 65

Segunda parte 89
IV. As misteriosas leis da refração 91
V. Sarah Bernhardt e a Maldição Francesa 118
VI. Na barriga do elefante 144

Terceira parte 175
VII. Mil cento e vinte e oito dias, ou a vida breve de um tal Anatolio Calderón 177
VIII. A lição dos Grandes Acontecimentos 200
IX. As confissões de José Altamirano 225

Nota do autor 261

PRIMEIRA PARTE

Não há Deus em países cujos homens não ajudam a si próprios.

Joseph Conrad
Nostromo

I
Sapos de barriga para cima, chineses e guerras civis

Melhor dizer de uma vez: o homem morreu. Não, não basta. Serei mais preciso: o Romancista (assim mesmo, com maiúscula) morreu. Vocês já sabem de quem estou falando. Não é mesmo? Bom, vou tentar de novo: o Grande Romancista da língua inglesa morreu. O Grande Romancista da língua inglesa, polonês de nascimento e marinheiro antes de escritor, que passou de suicida fracassado a clássico vivo, de vulgar contrabandista de armas a Joia da Coroa Britânica, morreu. Senhoras, senhores: Joseph Conrad morreu. Recebo a notícia com familiaridade, como se recebe um velho amigo. E neste momento me dou conta, não sem alguma tristeza, de que passei a vida a esperá-la.

Começo a escrever com todos os jornais de Londres (suas letras microscópicas, suas colunas desordenadas e estreitas) abertos sobre o couro verde de minha escrivaninha. Por intermédio da imprensa, que desempenhou papéis tão diferentes ao longo da minha vida – às vezes ameaçando destruí-la e às vezes conferindo-lhe o escasso brilho que tem –, fico sabendo do infarto e de suas circunstâncias: a visita da enfermeira Vinten, o grito que se ouve do andar de baixo, o corpo que tomba da cadeira de leitura. Por intermédio do jornalismo oportunista assisto ao enterro em Canterbury; por intermédio das impertinências dos repórteres vejo quando baixam o corpo e posicionam a lápide, aquela lápide eivada de erros (um *ka* fora do lugar, uma vogal trocada num dos nomes). Hoje, 7 de agosto de 1924, enquanto na minha distante Colômbia são celebrados os cento e cinco anos da batalha de Boyacá, aqui na Inglaterra, com pompa e cerimônia, lamenta-se o desaparecimento do Grande Romancista. Enquanto na Colômbia se comemora a vitória dos exércitos independentistas sobre as forças do Império Espanhol, aqui, neste solo deste outro Império, foi enterrado para sempre o homem que me roubou...

Mas não.

Ainda não.

Ainda é cedo. Cedo para explicar as formas e qualidades desse roubo; cedo para explicar qual foi a mercadoria roubada, quais foram os motivos do ladrão, quais os danos sofridos pela vítima. Já escuto as perguntas a ecoar na plateia: o que um romancista famoso e um pobre colombiano anônimo e expatriado podem ter em comum? Leitores: tenham paciência. Não queiram saber tudo logo no início, não procurem descobrir, não perguntem, que este narrador, como um bom pai de família, irá provendo o necessário à medida que o relato avance... Em outras palavras: deixem tudo comigo. Eu decidirei quando e como conto o que desejo contar, quando escondo, quando revelo, quando me perco nos meandros de minha memória pelo simples prazer de fazê-lo. Hei de falar-lhes aqui de assassinatos inverossímeis e de enforcamentos imprevisíveis, de elegantes declarações de guerra e negligentes acordos de paz, de incêndios e inundações e navios intrigantes e trens conspiradores; mas de alguma forma tudo o que venha a contar-lhes terá a função de explicar e explicar para mim mesmo, ponto por ponto, a sucessão de acontecimentos que provocou o encontro a que minha vida estava predestinada.

Pois a coisa é esta: o desagradável tema do destino tem sua cota de responsabilidade nisto tudo. Conrad e eu, que nascemos separados por incontáveis meridianos, com vidas assinaladas pela diferença de hemisférios, tínhamos um futuro comum que teria ficado evidente desde o primeiro instante até para o mais cético dos homens. Quando isso acontece, quando dois homens nascidos em lugares afastados estão destinados a cruzar um com o outro, é possível confeccionar um mapa *a posteriori*. A maioria das vezes o encontro é um só: Francisco Ferdinando cruza com Gavrilo Princip em Sarajevo e morrem a tiros ele, a esposa, o século XIX e todas as certezas europeias; o general Uribe Uribe cruza com dois camponeses, Galarza e Carvajal, em Bogotá e pouco depois morre perto da praça de Bolívar com um machado cravado no crânio e o peso de várias guerras civis nas costas. Conrad e eu cruzamos só uma vez, mas muito antes já estivéramos a ponto de fazê-lo. Vinte e sete anos se passaram entre os dois eventos. O encontro frustrado, o que esteve a ponto de concretizar-se mas não chegou a ocorrer, foi em 1876, na província colombiana de Panamá; o outro encontro – o verdadeiro, o fatídico – aconteceu no fim de novembro de 1903. E aconteceu aqui: na babélica, imperial e decadente cidade de Londres. Aqui, na cidade onde escrevo e onde previsivelmente me espera a morte, a cidade dos céus cinzentos e do cheiro de carvão à qual cheguei por razões cuja explicação não é fácil, mas é obrigatória.

Vim para Londres, como veio tanta gente de tantos lugares, fugindo da história que me coube, ou, melhor dizendo, da história do país que me coube. Em outras palavras: vim para Londres porque a história de meu país havia me expulsado. E, ainda em outras palavras: vim para Londres porque aqui a história cessara havia tempos: já não acontecia nada nestas terras, tudo já fora reinventado e feito, já haviam tido todas as ideias, já haviam surgido todos os impérios, todas as guerras haviam sido lutadas, e eu estaria para sempre a salvo dos desastres que os Grandes Momentos podem imprimir nas Vidas Pequenas. Vir, assim, foi um ato de legítima defesa; o tribunal que me julgue deverá ter isso em mente.

Pois que também eu serei acusado neste livro, também eu me sentarei no consabido banco, apesar de que o paciente leitor será obrigado a percorrer várias páginas para ficar sabendo do que me acuso. Eu, que vim fugindo da Grande História, recuo agora um século inteiro para ir até o fundo da minha história pequena, e tentarei investigar nas raízes de minha desgraça. No decorrer daquela noite, a noite de nosso encontro, Conrad me ouviu contar esta história; e agora, queridos leitores – leitores que me julgarão, Leitores do Júri –, chegou a vez de vocês. Pois que o sucesso de meu relato se apoia neste pressuposto: tudo o que Conrad ficou sabendo, vocês também haverão de saber.

(Mas há outra pessoa... Eloísa, também você tomará conhecimento destas memórias, destas confissões. Também você haverá de emitir, no momento oportuno, sua própria absolvição ou sua própria condenação.)

 Minha história tem início em fevereiro de 1820, cinco meses depois da entrada vitoriosa de Simón Bolívar na capital de meu país recém-libertado. Toda história tem um pai, e esta começa com o nascimento do meu: don Miguel Felipe Rodrigo Lázaro del Niño Jesús Altamirano. Miguel Altamirano, conhecido por seus amigos como o Último Renascentista, nasceu em Santa Fe de Bogotá, cidade esquizofrênica que a partir daqui se chamará indistintamente Santa Fe ou Bogotá e mesmo Aquela Merda de Lugar; enquanto minha avó puxava com força o cabelo da parteira e proferia gritos que afugentavam os escravos, a poucos passos dali era aprovada a lei segundo a qual Bolívar, na qualidade de pai da pátria, escolhia o nome daquele país recém-tirado do forno, e o país ficava solenemente batizado. De modo que a República da Colômbia – país esquizofrênico que mais tarde se chamará Nova Granada ou Estados Unidos da Colômbia e mesmo Aquela Merda de Lugar – era uma criança de colo, e os cadáveres dos espanhóis fuzilados ainda estavam frescos; mas não há fato histórico que marque ou assinale o nascimento de meu pai além da cerimônia supérflua daquele batismo. É verdade, confesso: tive a tentação de fazê-lo coincidir com a Independência, bastava deslocá-lo alguns meses no tempo. (E agora não deixo de perguntar-me: quem teria se incomodado com isso? Mais ainda: quem teria percebido?) Faço essa confissão e espero que os senhores não percam a confiança em mim. Leitores do Júri: sei que tenho tendência a ser revisionista e mitógrafo, sei que às vezes posso tresmalhar-me; mas em pouco tempo volto ao aprisco narrativo, às difíceis regras da exatidão e da veracidade.

 Meu pai era – já falei – o Último Renascentista. Não posso dizer que tivesse sangue azul, porque essa tonalidade já não tinha vigência na nova República, mas o que corria em suas veias tinha uma cor magenta, digamos, ou quem sabe púrpura. Seu tutor, um homem frágil e doentio que fora educado em Madri, educava meu pai, por sua vez, com o *Quixote* e Garcilaso; mas o jovem

Altamirano, que aos doze anos já era um rebelde consumado (além de péssimo crítico literário), fez o possível para se contrapor à literatura dos *chapetones*,* à Voz da Ocupação, e acabou conseguindo. Aprendeu inglês para ler Thomas Malory, e um de seus primeiros poemas publicados, um artefato hiper-romântico e piegas que comparava Lord Byron com Simón Bolívar, saiu assinado por Lanzarote del Lago. Meu pai ficou sabendo mais tarde que Byron realmente quisera vir lutar ao lado de Bolívar e que só por acaso fora parar na Grécia; e o que dali em diante sentiu pelos românticos, tanto os ingleses como os de todos os outros lugares, foi substituindo pouco a pouco as devoções e lealdades que seus antepassados lhe haviam deixado como herança.

O que, aliás, não foi difícil, porque aos vinte anos o Byron Crioulo já era órfão. Sua mãe fora assassinada pela varíola; seu pai (de forma muito mais elegante), pelo cristianismo. Meu avô, coronel de prestígio que combatera os dragões de vários regimentos espanhóis, servia nas províncias do Sul quando o Governo progressista decretou o fechamento de quatro conventos, e viu os primeiros motins que defendiam a religião a golpes de baioneta. Uma dessas baionetas católicas, apostólicas e romanas, uma dessas pontas de aço comprometidas com a cruzada pela fé, trespassou-o meses depois; a notícia de sua morte chegou a Bogotá no mesmo momento em que a cidade se preparava para repelir o ataque daqueles revolucionários cristícolas. Mas Bogotá ou Santa Fe estava, como o resto do país, dividida, e meu pai sempre se lembraria disso: pela janela da universidade via os santa-feenses levarem em procissão um cristo vestido com farda de general, ouvia os gritos de morte aos judeus e se maravilhava com o fato de que se referissem a seu pai trespassado, e em seguida voltava à rotina das aulas, para observar um companheiro trespassar com algum instrumento pontiagudo e aguçado os cadáveres recém-chegados dos combates. Porque nada, naquela época, absolutamente nada, era mais agradável ao Byron Crioulo do que ser testemunha em primeira mão dos progressos fascinantes da medicina.

* Europeus ou espanhóis recém-chegados à América. (N.T.)

Se inscrevera nos estudos de Jurisprudência para obedecer à vontade de meu avô, mas a partir de um certo momento só dedicava a primeira parte da jornada aos códigos. Dividido donjuanescamente entre duas amantes, meu pai passava pelo suplício de sair da cama às cinco da manhã para ouvir alguém dissertar sobre tipos de códigos penais e maneiras de reivindicar o direito de propriedade; depois da hora do almoço tinha início uma vida oculta ou secreta ou paralela. Meu pai comprara pelo preço desmedido de meio real um chapéu com distintivo de médico, para não ser detectado pelas polícias disciplinares, e todos os dias, até as cinco da tarde, se escondia na faculdade de medicina e passava as horas vendo jovens como ele, jovens de sua idade e que não eram mais inteligentes, levarem a cabo explorações ousadas nos territórios desconhecidos do corpo humano. Meu pai quis ver como seu amigo Ricardo Rueda era capaz de receber sozinho as gêmeas que uma cigana andaluza deu à luz clandestinamente, mas também de operar o apêndice do sobrinho de don José Ignacio de Márquez, professor de direito romano da universidade. E enquanto isso sucedia, a poucas quadras da universidade se desenvolviam outros procedimentos que não eram cirúrgicos mas cujas consequências não eram menos graves, pois nas poltronas aveludadas de um ministério se assentavam dois homens munidos de uma pena de ganso e assinavam o tratado Mallarino-Bidlack. Em virtude do artigo xxxv, o país que agora se chamava Nova Granada outorgava aos Estados Unidos direito exclusivo de trânsito sobre o istmo da província panamenha, e os Estados Unidos se comprometiam, entre outras coisas, a manter estrita neutralidade em questões de política interna. E aqui começa a desordem, aqui começa...

Mas não.
Ainda não.
Falarei mais sobre o tema dentro de algumas páginas.
O Último Renascentista obteve o título de jurisconsulto, é verdade, mas me apresso em dizer que nunca chegou a exercer: estava ocupado demais no ofício absorvente da Ilustração e do Progresso. Aos trinta anos ninguém jamais soubera que tivesse

tido namorada, e em compensação seu prontuário como fundador de publicações benthamianas/revolucionárias/socialistas/girondinas se ampliava escandalosamente. Não havia bispo que ele não tivesse insultado; não havia família respeitável que não houvesse vetado sua entrada em casa, sua corte às filhas. (No colégio La Merced, recém-fundado para as senhoritas mais ilustres, seu nome era anátema.) Pouco a pouco meu pai se especializou na delicada arte de granjear antipatias e fazer fecharem-lhe as portas, e a sociedade santa-feense participou de bom grado no fechamento maciço. Meu pai não se incomodou: àquela altura o país em que vivia se tornara irreconhecível – suas fronteiras haviam mudado ou ameaçavam mudar, tinha outra denominação, sua constituição política era móvel como uma *donna* –, e o Governo pelo qual meu avô morrera se transformara, para aquele leitor de Lamartine e Saint-Simon, na mais reacionária das chagas.

  Entra em cena Miguel Altamirano, ativista, idealista, otimista; Miguel Altamirano, mais que liberal, radical, anticlerical. Durante as eleições de 49, meu pai foi um dos que compraram os tecidos para os estandartes que pendiam em toda Bogotá com o dístico *Viva López, terror dos conserveiros*; foi um dos que se aglomeraram diante do Congresso para intimidar (com êxito) os homens que iam eleger um novo presidente; eleito López, candidato dos jovens revolucionários, foi um dos que pediram – nas páginas do jornal de plantão: não me lembro qual era naquele momento, se *El Mártir* ou *La Batalla* – a expulsão dos jesuítas. Reação da reacionária sociedade: oitenta meninas vestidas de branco e com flores nas mãos se aglomeraram diante do Palácio para opor-se à medida; em seu jornal, meu pai as declara Instrumentos do Obscurantismo. Duzentas senhoras de linhagem inquestionável repetiram a manifestação, e meu pai distribuiu um panfleto intitulado *Cria jesuítas que verás as mães*.* Os padres daquela Nova Granada, privados de foros e privilégios, radicalizaram suas posições com o passar dos meses e o aumento da

---

* Adaptação do provérbio espanhol: "Cria corvos e eles te arrancarão os olhos". (N.T.)

sensação de assédio. Meu pai revidou unindo-se à loja franco-maçônica Estrela do Tequendama: as reuniões secretas lhe davam a sensação de estar conspirando (leia-se de estar vivo), e o fato de que seus superiores o eximissem das provas físicas levou-o a pensar que a maçonaria era para ele uma espécie de hábitat natural. Graças a gestões dele, o templo realizou o feito de *catequizar* dois sacerdotes jovens; seus inspetores lhe reconheceram esses êxitos com promoções antecipadas. E em algum momento daquele breve processo, meu pai, jovem soldado em busca de batalhas, encontrou uma que no início lhe pareceu menor, quase ínfima, mas que acabaria, por vias indiretas, mudando sua vida.

Em setembro de 1852, enquanto em toda Nova Granada caíam pequenos dilúvios universais, meu pai ficava sabendo da boca de um antigo colega da medicina, liberal como ele mas menos brigão, da Mais Recente Arbitrariedade Contra o Deus Progresso: o padre Eustorgio Valenzuela, que se autodenominara guardião espiritual da Universidade de Bogotá, proibira extraoficialmente o uso de cadáveres humanos com fins pedagógicos e anatômicos e acadêmicos. Os aprendizes de cirurgião deveriam praticar com sapos ou ratos ou coelhos, dizia o padre, mas o corpo humano, criação da mão e da vontade divinas, sagrado receptáculo da alma, era inviolável e devia ser respeitado.

Medieval!, gritou meu pai em algum opúsculo. Apostólico rançoso! Mas não havia maneira: a rede de lealdades do padre Valenzuela era sólida, e em pouco tempo os párocos dos povoados vizinhos, Chía e Bosa e Zipaquirá, fizeram o necessário para evitar que os estudantes da capital pecadora recorressem a outros reservatórios de cadáveres. As autoridades civis da universidade começaram a receber pressões dos pais de (boa) família, e antes que se dessem conta haviam cedido à chantagem. Sobre as mesas de dissecção da universidade se aglomeraram os sapos abertos – a barriga branca e porosa dividida pelo escalpelo com um traço roxo –, e na cozinha a metade dos frangos se destinava à panela e a outra metade à oftalmologia. O Embargo de Corpos virou assunto de conversa nos salões e em questão de semanas ocupava seções importantes nos jornais. Meu pai declarou fundado o Novo Materialismo, e em vários manifestos citava conversas com diferentes autoridades: "Na mesa de dissecção", diziam alguns, "a ponta de meu escalpelo nunca esbarrou na alma". Outros, mais ousados (e não raro anônimos): "A Santíssima Trindade já é outra: o Espírito Santo foi substituído por Laplace". Os seguidores, voluntários ou não, do padre Valenzuela fundaram por sua vez o Velho Espiritualismo, e produziram sua própria leva de testemunhas e frases publicitárias. Podiam brandir um dado factual e convincente: Pascal e Newton haviam sido cristãos fiéis e praticantes. Podiam brandir um refrão barato, mas nem por isso menos eficaz: dois cálices de ciência levavam ao ateísmo, mas três cálices levavam à fé. E assim avançava (ou melhor, não avançava) o assunto.

A cidade se transformou num confronto de abutres. As vítimas do cólera, que desde o ano anterior saíam esporadicamente do Hospital San Juan de Dios, eram vistas com cobiça de mercadores pelos estudantes radicais, mas também pelos seguidores cruzados do padre Valenzuela. Quando algum dos pacientes internados com vômitos e cãibras começava a sentir muita sede ou muito frio, o boato começava a circular e as forças políticas a se preparar: o padre Valenzuela vinha dar extremas-unções e no meio delas obrigava o doente (pele azulada, olhos afundados na cabeça) a assinar um testamento de que constava sem ambiguidades a cláusula EU MORRO EM CRISTO; EU NEGO MEU CORPO À CIÊNCIA. Meu pai publicou um artigo acusando os padres de recusar o perdão divino aos doentes que não assinassem aqueles testamentos pré-fabricados; e os padres responderam acusando os Materialistas de recusar àqueles mesmos doentes não mais o perdão divino, mas o tártaro emético. E em meio a esses debates carniceiros, ninguém parou para perguntar como a doença fizera para subir até dois mil e seiscentos metros acima do nível do mar, nem de onde ela viera.

Nisso interveio o acaso, como costuma acontecer na história e frequentemente acontecerá na minha, e o fez disfarçado de estrangeiro, de homem-de-outro-lugar. (O que reforçou os receios dos Espiritualistas. Encerrados como eles estavam num páramo inacessível, a uns dez dias de viagem da costa do Caribe – prazo que no inverno podia duplicar –, os seguidores do padre Valenzuela haviam se acomodado numa certa atitude de cavalos com viseiras, e tudo o que vinha de fora lhes parecia digno da mais meticulosa desconfiança.) Por aqueles dias meu pai foi visto reunindo-se com um homem que não era da cidade. Os dois eram vistos saindo do Observatório, ou comparecendo juntos perante a Comissão de Asseio e Salubridade, ou ainda entrando na casa de meus avós para manter conversas secretas em meio às urtigas do solar, longe dos empregados. Mas os empregados, que consistiam em duas libertas viúvas e seus filhos adolescentes, usavam de manhas que meu pai não tinha como prever, e assim a rua, e depois a quadra, e depois o bairro, aos poucos ficaram sabendo que o tal homem falava com a língua enrolada (por Belzebu, dizia Valenzuela), que era dono de um trem, e que estava ali para vender à Universidade de Bogotá todos os chineses mortos que a universidade quisesse comprar.

"Se os mortos daqui são proibidos", ouviram meu pai dizer, "será preciso usar mortos forâneos. Se os mortos cristãos são proibidos, será preciso lançar mão dos demais."

E aquilo pareceu confirmar as piores suspeitas do Velho Espiritualismo.

Entre os suspeitosos estava incluído o presbítero Echavarría, da igreja de Santo Tomás, homem mais jovem que Valenzuela e mais, sim, muito mais enérgico.

E o estrangeiro?
E o homem-de-outro-lugar?
Algumas palavras sobre o tal personagem, ou melhor, alguns esclarecimentos. Não falava com a língua enrolada, mas com sotaque de Boston; não era dono de um trem, mas representante da Companhia Ferroviária do Panamá, e não vinha vender chineses mortos à universidade, mas... Está bem, está bem: vinha, sim, vender chineses mortos à universidade, ou pelo menos essa era uma de suas várias missões como embaixador na capital.

Devo dizer o óbvio: que sua embaixada obteve êxito? Meu pai e os Materialistas haviam ficado contra a parede, ou, melhor dizendo, o outro lado os pusera contra a parede; estavam desesperados, claro, porque aquilo era mais que um debate de imprensa: era uma batalha fundamental no longo embate da Luz contra a Treva. O surgimento do homem da Companhia – Clarence, era o nome dele, um filho de protestantes – foi providencial. O arranjo não foi imediato: foram necessárias diversas cartas, diversas autorizações, diversos incentivos (Valenzuela disse: subornos). Mas em julho chegaram de Honda, e antes disso de Barranquilla, e antes disso da novíssima cidade de Colón, fundada apenas alguns meses antes, quinze barris repletos de gelo. Em cada um deles vinha um cule chinês dobrado sobre si mesmo e morto recentemente de disenteria ou de malária ou mesmo do cólera que para os bogotanos já era coisa do passado. Do Panamá, outros muitos cadáveres sem nome seguiam para outros muitos destinos, e assim continuaria acontecendo enquanto as obras da ferrovia não saíssem do pântano em que se moviam naquele instante, enquanto não chegassem a um terreno no qual fosse possível construir um cemitério capaz de fazer frente aos embates do clima até o Dia do Juízo.

E os chineses mortos tinham uma história para contar. Acalme-se, querida Eloísa: este não é um daqueles livros em que os mortos falam, ou as mulheres belas sobem aos céus, ou os padres se afastam do chão depois de tomar uma beberagem quente. Mas espero que me seja concedida uma licença, e espero que não seja a única. A universidade pagou pelos chineses mortos um total jamais revelado, mas que segundo alguns não foi além de três pesos por morto, ou seja, com três meses de trabalho uma costureira teria condições de comprar um cadáver. Em pouco tempo os jovens cirurgiões tiveram a possibilidade de enterrar escalpelos na pele amarela; e ali deitados, frios e pálidos, apostando uma corrida com seu próprio tempo de decomposição, os chineses começaram a falar sobre a Ferrovia do Panamá. Disseram coisas que todo mundo já sabe, mas que naquela época eram novidade para a grande maioria dos trinta mil habitantes da capital. A cena

agora se move, avançando para o norte (no espaço) e retrocedendo vários anos (no tempo). E assim, sem outros estratagemas que não o de minha própria autoridade sobre este relato, chegamos a Coloma, Califórnia. O ano é 1848. Mais exatamente: estamos no dia 24 de janeiro. O carpinteiro James Marshall percorreu o longo e sinuoso caminho que o trouxe de Nova Jersey para conquistar a fronteira do mundo e construir ali uma serraria. Enquanto cava, percebe que alguma coisa brilha na terra.
E o mundo enlouquece. De repente a costa leste dos Estados Unidos se dá conta de que a Rota do Ouro passa por aquela obscura província ístmica daquele obscuro país que troca de nome, daquele pedaço de selva assassina cuja bênção particular é ser o ponto mais estreito da América Central. Não passa um ano e o vapor *Falcon* já se aproxima da baía Limón, no Panamá, entrando solenemente pela embocadura do rio Chagres, no Panamá, trazendo centenas de gringos que quando se movem agitam panelas e rifles e picaretas como cacofônicas orquestras móveis e que perguntam aos gritos onde caralho fica o Pacífico. Alguns o localizam; desses, há quem chega ao destino. Mas outros ficam pelo caminho, mortos de febre – não a do ouro, mas a outra – ao lado das mulas mortas, homens e mulas mortos ombro a ombro em meio à lama verde do rio, derrotados pelo calor daqueles pântanos onde as árvores não deixam a luz passar. É assim: essa versão corrigida do Eldorado, essa Rota do Ouro em vias de ser estreada, é um lugar onde o sol não existe, onde o calor murcha os corpos, onde o sujeito sacode um dedo no ar e o dedo fica ensopado como se acabasse de sair do rio. Aquele lugar é o inferno, mas é um inferno de água. E enquanto isso o ouro chama, e é preciso fazer alguma coisa para atravessar o inferno. Englobo o país num só olhar: ao mesmo tempo que em Bogotá meu pai exige a expulsão dos jesuítas, na selva panamenha começa a abrir caminho, dormente a dormente, trabalhador morto a trabalhador morto, o milagre da estrada de ferro.

E os quinze cules chineses que repousam mais adiante nas grandes mesas de dissecção da Universidade de Bogotá, depois de terem ensinado a um estudante distraído onde fica o fígado e quanto mede o intestino grosso, aqueles quinze chineses que já começam a apresentar manchas escuras nas costas (se estão de barriga para cima) ou no peito (se for o oposto), aqueles quinze chineses dizem em coro e com orgulho: estivemos lá. Abrimos caminho na selva, cavamos naqueles pântanos, assentamos o ferro e os dormentes. Um daqueles quinze chineses conta sua história a meu pai, e meu pai, inclinado sobre o *rigor mortis* enquanto examina por pura curiosidade renascentista o que há por baixo de uma costela, escuta com mais atenção do que imagina. E o que há por baixo daquela costela? Meu pai pede que lhe deem pinças, e um pouco depois as pinças saem do corpo trazendo uma lasca de bambu. E agora aquele chinês tagarela e impudico começa a explicar a meu pai com que paciência afiou aquela madeira, com que delicadeza artesanal cravou-a na terra lamacenta, com que força se deixou cair sobre a ponta afiada.

Um suicida?, pergunta meu pai (admitamos que não é uma pergunta muito inteligente). Não, responde o chinês, ele não havia se matado; o que o matara fora a melancolia, e antes da melancolia a malária... O que o matara fora ver seus companheiros doentes enforcar-se com as cordas da ferrovia, roubar as pistolas do capataz para atirar contra si mesmos, o que o matara fora ver que naqueles terrenos pantanosos não era possível construir um cemitério decente, e era assim que as vítimas da selva acabavam espalhadas pelo mundo em barris de gelo. Eu, diz o chinês de pele já quase azul e cheiro já quase insuportável, eu que em vida construí a Ferrovia do Panamá, morto ajudarei a financiá-la, tal como os outros nove mil novecentos e noventa e oito trabalhadores mortos, chineses, negros e irlandeses, que neste instante mesmo visitam as universidades e os hospitais do mundo. Ah, quanto viaja um corpo...

Tudo isso o chinês morto conta a meu pai.

Mas o que meu pai escuta é ligeiramente diferente.

Meu pai não escuta uma história de tragédias pessoais, não vê o chinês morto como o trabalhador sem nome e sem domicílio conhecido a quem é impossível dar uma sepultura. Meu pai o vê como um mártir, e vê a história da ferrovia como uma verdadeira epopeia. O trem contra a selva, o homem contra a natureza... O chinês morto é um emissário do futuro, um destacamento do Progresso. O chinês lhe conta que aquele navio, o *Falcon*, levava o passageiro infectado de cólera, o responsável direto pelos dois mil mortos de Cartagena e pelas centenas de mortos de Bogotá; mas meu pai admira o passageiro que abandonou tudo para ir atrás da promessa do ouro através da selva assassina. O chinês fala a meu pai das cantinas e dos bordéis que proliferaram no Panamá com a chegada dos estrangeiros; para meu pai, cada trabalhador bêbado é um cavalheiro arturiano, cada puta é uma amazona. Os setenta mil dormentes da ferrovia são setenta mil profecias da vanguarda. A estrada de ferro que atravessa o istmo é o umbigo do mundo. O chinês morto já não é somente um emissário do futuro: é um anjo da anunciação, pensa meu pai, e veio para fazê-lo divisar, em meio à tralha toda de sua triste vida em Bogotá, a difusa porém luminosa promessa de uma vida melhor.

A defesa está com a palavra: não foi por loucura que meu pai cortou a mão do chinês morto. Não foi por loucura – meu pai nunca se sentira mais são na vida – que encarregou alguns açougueiros de Chapinero de limpá-la, nem que a pôs ao sol (o escasso sol bogotano) para que secasse. Mandou fixá-la com parafusos de bronze sobre um pequeno pedestal que dava a impressão de ser de mármore e a manteve numa das estantes da biblioteca, entre uma edição desencadernada de *A guerra dos camponeses na Alemanha*, de Engels, e uma miniatura a óleo de minha avó de pente no cabelo, da escola de Gregorio Vásquez. O dedo indicador, levemente esticado, apontava com cada uma de suas falanges secas o caminho que meu pai deveria seguir.

Os amigos que visitaram meu pai naquela época diziam que sim, que era verdade, que carpo e metacarpo apontavam para o istmo panamenho como um muçulmano se prosterna na direção de Meca. E eu, apesar do muito que gostaria de lançar meu relato na direção indicada pelo dedo seco e descarnado, primeiro tenho de me concentrar em outros incidentes da vida de meu pai, que um belo dia daquele ano do Senhor de 1854 saiu de casa para descobrir pela boca de testemunhas que fora excomungado.

Tanto tempo se passara desde a Batalha dos Corpos que ele precisou de algum tempo para associar uma coisa com a outra. Num domingo, enquanto meu pai recebia o título de Venerável pro Tempore na loja maçônica, o presbítero Echavarría o designava pelo nome próprio do púlpito fiscalizador da igreja de Santo Tomás. As mãos de Miguel Altamirano estavam maculadas pelo sangue de inocentes. Miguel Altamirano comerciava com a alma dos mortos e seu sócio era o Demônio. Miguel Altamirano, declarou o padre Echavarría perante seu público de fiéis e fanáticos, era inimigo formal de Deus e da Igreja.

Meu pai, como convinha às circunstâncias e como exigiam os antecedentes, levou o assunto na brincadeira. A poucos metros do pomposo portal da igreja ficava a mais humilde e principalmente *non sancta* porta da gráfica; no mesmo domingo, nas últimas horas da noite, meu pai entregou a coluna no *El Comunero*. (Ou seria *El Temporal*? Possivelmente esses detalhes sejam supérfluos, mas nem por isso deixo de atormentar-me com o fato de ser incapaz de acompanhar o rastro dos periódicos e jornais publicados por meu pai. *La Opinión*? *El Granadino*? *La Opinión Granadina* ou *El Comunero Temporal*? É inútil. Leitores do Júri, perdoem a falta de memória.)

Enfim: fosse qual fosse o jornal, meu pai entregou a coluna. O que se segue não é a reprodução textual, mas a que minha memória conservou, contudo penso que se coaduna bastante bem com o espírito daquelas palavras. "Um certo corvo retardatário, desses que transformaram a fé em superstição e o rito cristão em paganismo sectário, arrogou-se o direito de excomungar-me, passando por cima do alvitre do prelado e, principalmente, do senso comum", escreveu ele para toda a sociedade bogotana. "O abaixo assinado, na qualidade de Doutor em Leis Terrenais, Porta-Voz da Opinião Pública e Defensor dos Valores Civilizados, recebeu autoridade ampla e suficiente da comunidade a qual representa, que tomou a decisão de pagar ao corvo com a mesma moeda. E assim o presbítero Echavarría, a quem Deus não tenha em sua Glória, fica em decorrência destas linhas excomungado da comunhão dos homens civilizados. Do alto do púlpito de Santo Tomás, ele nos expulsou de sua sociedade; nós, do alto do púlpito de Gutenberg, o expulsamos da nossa. Execute-se." O resto da semana transcorreu sem incidentes. Mas, no sábado seguinte, meu pai e seus companheiros radicais haviam se encontrado no café Le Boulevardier, não longe do claustro da Universidade de Bogotá, com os membros de uma companhia espanhola de teatro que na época fazia uma turnê latino-americana. A obra que o grupo estava encenando, uma espécie de *Burguês fidalgo* em que o burguês era substituído por um seminarista torturado por dúvidas, já fora denunciada pelo arcebispado, e isso para *El Comunero* ou *El Granadino* bastava. Meu pai, como redator (também) da seção de Variedades, propusera uma longa entrevista aos atores; naquela tarde, concluída a entrevista – o redator estava guardando sua caderneta de anotações e a pena Waterloo que um amigo lhe trouxera de Londres –, o grupo ali reunido conversava entre um brandy e outro sobre a questão do padre Echavarría. Os atores faziam suas próprias cabalas sobre a missa do domingo, começavam a apostar reais inteiros sobre o conteúdo do próximo sermão, quando começou a cair um violento aguaceiro, e as pessoas da rua se amontoaram como galinhas: debaixo do beiral, de encontro às portas, obstruindo francamente a entrada do café. O lugar se impregnou do cheiro dos transeuntes molhados; abaixo das calças e botas que escorriam água, o piso do café ficou escorregadio. Nisso uma voz de soprano ordenou a meu pai que se erguesse, que cedesse o assento.

Meu pai nunca havia visto o presbítero Echavarría: a notícia de sua excomunhão lhe chegara por intermédio de terceiros, e a disputa, até aquele momento, não saíra dos limites da página impressa. Ao erguer o rosto ele se viu frente a frente com uma longa sotaina perfeitamente seca e um guarda-chuva preto e já fechado, a ponta sobre uma poça de água prateada e luminosa como mercúrio, o cabo sustentando sem dificuldade o peso das mãos femininas. O soprano falou novamente: "O assento, herege". Não tenho por que duvidar do que meu pai me contaria anos depois: que se não respondeu não foi por insolência, mas porque

a situação vaudevilesca – o padre que entra num café, o padre seco quando todos estão molhados, o padre cuja voz de mulher desautoriza seus ademanes provocadores – surpreendeu-o tanto que ele ficou sem saber o que fazer. Echavarría interpretou o silêncio como menosprezo e voltou à carga:
"O assento, ímpio."
"O quê?"
"O assento, blasfemo. O assento, judeu assassino."
Em seguida aplicou em meu pai uma pancadinha no joelho com a ponta do guarda-chuva, ou talvez tivessem sido duas; e naquele momento o mundo veio abaixo.

Como um boneco de mola, meu pai afastou o guarda--chuva com um repelão (a palma de sua mão ficou molhada e um pouco vermelha) e se ergueu. Echavarría deixou escapar uma reação qualquer entre dentes indignados, um "Mas como se atreve" ou algo assim. Enquanto ele dizia isso, meu pai, que talvez tivesse passado por um segundo fugaz de sensatez, já se virava para recolher o casaco e sair sem olhar para os companheiros, e não viu o momento em que o padre lhe assentava a bofetada; também não viu – e isso ele afirmaria muitas vezes, mendigando credulidades – sua própria mão, que se cerrava com vida própria e se lançava, com toda a força dos ombros que giravam, contra a boquinha indignada e franzida, contra o lábio imberbe e empoado do presbítero Echavarría. O queixo emitiu um rangido cavo, a sotaina se moveu para trás, como se flutuasse, as botas debaixo da sotaina escorregaram na poça e o guarda-chuva foi para o chão somente um breve segundo antes de seu dono.

"Você devia ter visto", me diria meu pai muito mais tarde, olhando o mar e com um brandy na mão. "Naquele momento se ouvia mais o silêncio que o aguaceiro."

Os atores se levantaram. Os camaradas radicais se levantaram. E eis o que pensei todas as vezes em que me lembrei dessa história: se meu pai estivesse sozinho, ou se não estivesse num lugar frequentado por universitários, teria ficado na posição de enfrentar uma turba enfurecida disposta a acabar com ele no ato pela ofensa feita; mas descontando um ou outro insulto isolado e anônimo brotado da multidão, apesar dos olhares mortíferos dos dois desconhecidos que ajudaram Echavarría a se levantar, que recolheram seu guarda-chuva, que sacudiram sua sotaina (com uma palmadinha a mais na nádega ministerial), nada aconteceu. Echavarría saiu do Le Boulevardier proferindo insultos que ninguém jamais tinha ouvido um clérigo de Santa Fe de Bogotá pronunciar, e ameaças dignas de um marinheiro de Marselha, mas com isso o novo confronto se encerrou. Meu pai levou uma das mãos ao rosto, comprovou que sua bochecha estava quente, despediu-se dos amigos e foi até em casa andando debaixo da chuva. Dois dias depois, de madrugada, antes das primeiras luzes, alguém bateu à porta de sua casa. A empregada abriu e não viu ninguém. A razão era evidente: as pancadas não eram as de alguém batendo à porta, mas as do martelo que prega um cartaz.

 O libelo anônimo não era assinado por nenhuma gráfica, mas, no demais, seu conteúdo era bem claro: exortavam-se todos os fiéis que lessem aquelas linhas a negar o cumprimento, o pão, a água e o fogo ao herege Miguel Altamirano; declarava-se que o herege Miguel Altamirano era considerado endemoninhado e possesso; e se proclamava ato virtuoso, merecedor do favor divino, matá-lo sem escrúpulos como a um cão.

 Meu pai arrancou o papel, tornou a entrar em casa, foi buscar a chave do depósito e apanhou uma das duas pistolas que haviam chegado no baú de meu avô. Saindo, preocupou-se, pensando em eliminar os rastros delatores, em remover também os pedaços de papel que haviam ficado agarrados na madeira da porta, abaixo do arremate; mas em seguida se deu conta de que a precaução era inútil, porque passou pelo mesmo cartaz dez ou quinze vezes no breve trajeto entre sua casa e a gráfica onde era impresso o *La Opinión*. E mais: no caminho passou também pelos dedos e vozes acusadores, pelo poderoso órgão fiscalizador dos católicos que, sem necessidade de julgamento, já o declarara inimigo. Meu pai, acostumado a atrair a atenção, não estava tão acostumado a atrair a malevolência. Os fiscais (cruzes penduradas no peito) se debruçavam nas sacadas de madeira, e o fato de que não ousassem vaiá-lo não era um alívio para meu pai, mas uma confirmação de que o esperavam destinos mais sombrios que o mero opróbrio público. Entrou na gráfica com o cartaz amassado na mão, perguntando aos irmãos Acosta, donos do lugar, se seriam capazes de identificar as máquinas responsáveis: não teve êxito. Passou a tarde no Clube do Comércio, procurou averiguar o que pensavam seus companheiros, e ficou sabendo que as sociedades radicais já haviam tomado uma decisão: responderiam a sangue e fogo, queimando as igrejas uma a uma e matando todos os sacerdotes, se Miguel Altamirano chegasse a sofrer alguma agressão. Sentiu-se menos solitário, mas também sentiu que a cidade estava a ponto de ser atingida por uma desgraça. De modo que ao cair da noite foi até a igreja de Santo Tomás para falar com o padre Echavarría, pensando que dois homens que trocaram insultos podem, com igual facilidade, trocar desagravos: mas a igreja estava deserta.

Ou quase.

Porque nas últimas fileiras havia um vulto, ou o que meu pai, ofuscado ao entrar pela substituição intempestiva da luz pela escuridão devido ao tempo que a retina, com todos os seus cones e bastonetes, necessita para acomodar-se às novas condições ambientais, tomara por um vulto. Depois de dar uma volta pelos corredores até o átrio, depois de enfiar-se por trás – em áreas nas quais já era um intruso – e procurar a porta da casa paroquial e descer os dois degrauzinhos de pedra gasta e aproximar um dedo dobrado, prudente e bem-educado, para dar duas pancadinhas, meu pai escolheu um banco qualquer, um que tivesse vista para as dourações do altar, e sentou-se para esperar, embora não soubesse muito bem com que palavras haveria de convencer aquele fanático. Nesse momento ouviu alguém dizer-lhe:

"É este."

Virou-se e viu que o vulto se dividia em dois. De um lado, um vulto vestindo sotaina, que não era o do padre Echavarría, já lhe dava as costas e saía da igreja; do outro, um homem encapotado e de chapéu, uma espécie de sino gigantesco munido de pernas, começou a avançar pelo corredor central na direção do átrio. Meu pai imaginava que debaixo do chapéu de palha, naquele espaço escuro no qual em breve surgiriam feições humanas, os olhos do homem o perscrutavam sem rodeios. Meu pai olhou em torno. De uma pintura observava-o um homem barbudo que enfiava o dedo indicador (este bem coberto de carne e pele, não como o de sua mão morta) na ferida aberta de Cristo. Em outra pintura havia um homem com asas e uma mulher marcando a página de seu livro com outro dedo igualmente fornido: meu pai reconheceu a Anunciação, mas o anjo não era chinês. Ninguém parecia disposto a tirá-lo daquele impasse; o homem do capote, enquanto isso, aproximava-se sem fazer ruído, como se deslizasse sobre um lençol de óleo. Meu pai viu que calçava alpargatas, viu a calça arregaçada e viu, aparecendo por baixo da borda do capote, a ponta suja de uma faca.

Nenhum dos dois falou. Meu pai sabia que não podia matar o homem ali, não porque em seus trinta e quatro anos nunca tivesse matado alguém (sempre existe uma primeira vez, e meu pai manejava a pistola tão bem quanto qualquer outro), mas porque fazê-lo sem testemunhas seria como condenar-se antecipadamente. Precisava que as pessoas o vissem, que vissem a provocação, o ataque, a legítima defesa. Pôs-se de pé, saiu para o corredor lateral da nave e começou a avançar a passos largos para a porta da igreja; em vez de segui-lo, o homem do capote voltou atrás pelo corredor central e os dois andaram banco a banco, traçando linhas paralelas, enquanto meu pai tentava imaginar o que fazer quando os bancos acabassem. Contou-os rapidamente: seis bancos, agora cinco, agora quatro.

Três bancos.

Agora dois.

Agora um.

Meu pai enfiou a mão no bolso e engatilhou a pistola. Quando os dois se aproximaram da porta da igreja, quando as paralelas convergiram, o homem abriu o capote e a mão da faca projetou-se para trás. Meu pai ergueu a pistola engatilhada, apontou para o centro do peito do outro, pensou nas tristes consequências do que estava por fazer, pensou nos curiosos que invadiriam a igreja assim que ouvissem o estampido, pensou no

tribunal que o condenaria por homicídio doloso com aqueles curiosos por testemunhas, pensou em meu avô trespassado pela baioneta e no chinês trespassado pela estaca de bambu, pensou no pelotão que o fuzilaria diante de um tapume grosseiro e disse para si mesmo que não tinha vocação nem para o tribunal nem para o patíbulo, que seria uma questão de honra matar seu atacante, mas que o disparo seguinte seria contra seu próprio peito.
E aí disparou.
"E aí disparei", diria meu pai.

Mas não ouviu o estampido de sua própria pistola, ou antes lhe pareceu que seu disparo produzia um eco jamais ouvido, um ribombo inédito no mundo, porque naquele momento lhe chegava, vindo da vizinha praça de Bolívar, o estrondo de outros estampidos de outras muitíssimas armas. Passava de meia-noite, a data era 17 de abril, e o honorável general José María Melo acabava de dar uma quartelada e proclamar-se ditador daquela pobre República confusa.

É isso: o Anjo da História salvou meu pai, embora, como se verá, tenha feito isso de maneira transitória e simplesmente trocando um de seus inimigos por outro. Meu pai disparou, mas ninguém ouviu seu disparo. Quando ele saiu para a rua, todas as portas estavam fechadas e todas as sacadas mortas; o ar cheirava a pólvora e a merda de cavalo, e ao longe já se ouviam os gritos e as botas sobre as pedras do calçamento e, evidentemente, os disparos insistentes. "Eu soube naquele momento. Eram os ruídos que anunciam uma guerra civil", comentava meu pai em tom de oráculo... Ele gostava de assumir aqueles ares, e muitas vezes ao longo de nossa vida juntos (que não foi longa) pousava uma mão em meu ombro e olhava para mim erguendo uma sobrancelha solene para me contar que fizera tal previsão, que adivinhara tal coisa. Me contava alguma passagem de que tivesse sido testemunha indireta e em seguida dizia: "Dava para ver de longe o que estava por chegar". Ou então: "Não sei como eles não perceberam". É, meu pai era assim: o homem que depois de certa idade, de tanto levar trompaço dos Grandes Acontecimentos – sendo salvo algumas vezes, condenado nas outras – acabou desenvolvendo aquele curioso mecanismo de defesa que consiste em prevê-los quando já faz vários anos que eles ocorreram.

Mas permitam-me uma pequena observação, o uso de um novo parênteses. Porque sempre acreditei que naquela noite a história de meu país demonstrou que pelo menos possui senso de humor. Mencionei o Grande Fato. Pego a lupa e o examino mais de perto. Que vejo? Qual foi o responsável pela improvável impunidade de meu pai? Rapidamente: numa noite de janeiro, o general Melo sai bêbado de um banquete de militares e ao chegar à praça de Santander, onde se situa seu quartel, encontra um cabo chamado Quirós, um pobre rapazinho descuidado que anda pela rua àquela hora e sem autorização. O general faz a reprimenda correspondente, o cabo perde a noção da hierarquia e responde com insolência, e o general Melo não vê melhor castigo do que desembainhar ali mesmo o sabre e cortar-lhe o pescoço de um só golpe. Grande escândalo na sociedade bogotana: grandes censuras ao militarismo e à violência. O fiscal acusa; o juiz está em vias de emitir uma ordem de prisão contra o acusado. Melo pensa, com raciocínio impecável: a melhor defesa não é o ataque, mas a ditadura. O exército de veteranos estava sob seu comando, e fez uso dele para o que ele servia. Quem haverá de criticá-lo por isso?

Pois bem, reconheço: tudo isto não passa de piada de segunda, de típica falação – nosso esporte nacional –, mas *caveat emptor*, e conto a história de qualquer maneira. É verdade que em outras versões o cabo Quirós chega tarde a seu quartel depois de envolver-se numa altercação de rua, e já está ferido ao topar com Melo; em outras, Quirós tomou conhecimento das acusações que pesam sobre o general e em seu leito de morte isenta-o de toda responsabilidade. (Não é bonita esta versão? Tem toda essa mística de mestre-e-discípulo, de mentor-e-protegido. É cavalheiresca, e sem dúvida foi do gosto de meu pai.) Mas, para além dessas várias explicações, só uma coisa é incontestável: o general Melo, com seu cabelo lambido e sua cara de Mona Lisa de papada, foi o instrumento utilizado pela história para morrer de rir do destino de nossas jovens repúblicas, essas invenções mal-acabadas de que é impossível tirar patente. Meu pai matara uma pessoa, mas esse fato passaria à inexistência quando outro homem, para evitar um processo como criminoso comum, resolveu empunhar o estandarte dessas grandes coisas de que todo colombiano fala com orgulho: a Liberdade, a Democracia, as Instituições. E o Anjo da História, sentado na plateia com seu barrete frígio, rompe em gargalhadas tamanhas que acaba caindo no chão de tanto rir.

Leitores do Júri: não sei quem foi o primeiro a comparar a história com um teatro (não cabe a mim essa distinção), mas uma coisa é certa: esse espírito lúcido não conhecia o caráter tragicômico de nossa trama colombiana, criação de dramaturgos medíocres, fabricação de cenógrafos negligentes, produção de empresários inescrupulosos. A Colômbia é uma obra em cinco atos que alguém quis escrever em versos clássicos mas que saiu composta em prosa grosseira, representada por atores de gesticulação exagerada e péssima dicção... Pois bem, agora volto a este pequeno teatro (farei isso com frequência) e volto a meu palco: portas e sacadas fechadas com tranca; quarteirões vizinhos ao Palácio do Governo transformados em povoado fantasma. Ninguém ouviu o disparo que ribombou entre as paredes de pedra fria, ninguém viu meu pai sair da igreja de Santo Tomás, ninguém o viu percorrer como uma sombra as ruas que o separavam de sua casa, ninguém o viu chegar àquela hora tardia da noite com uma pistola ainda quente no bolso. O pequeno fato fora obliterado pelo Grande Fato; a minúscula morte de um habitante qualquer do bairro do Egito pela promessa das Mortes Superlativas que são patrimônio de Nossa Senhora a Guerra. Mas falei antes que meu pai nao fez mais que trocar de inimigo, e assim foi: eliminado o perseguidor eclesiástico, meu pai passou a ser perseguido pelo militar. Na nova Bogotá de Melo e seus aliados golpistas, os radicais como meu pai eram temidos por sua formidável capacidade de desordem – não por nada eles com o tempo haviam se especializado na organização de revoluções e motins políticos –, e nem vinte e quatro horas haviam se passado desde o momento em que o homem de capote, ou melhor seu corpo, tombasse na igreja de Santo Tomás, e as prisões começassem em toda a cidade. Os radicais, estudantes da universidade ou membros do Congresso, recebiam as visitas armadas e não muito amáveis dos homens de Melo; os calabouços se enchiam; vários líderes já temiam pela vida.

Meu pai tomou conhecimento daquelas notícias pela boca de seus amigos. Um tenente do exército traidor chegou à casa dele no meio da noite e o acordou a golpes de culatra no marco da janela. "Pensei que minha vida tinha chegado ao fim naquele momento", comentaria meu pai muito depois. Mas a realidade era outra: no rosto do tenente, um esgar navegava entre o orgulho e a culpa. Meu pai, resignado, abriu a porta, mas o homem não entrou. Antes que amanhecesse, disse-lhe o tenente, um pelotão viria prendê-lo.

"E como o senhor sabe?", perguntou meu pai.

"Sei porque o pelotão é meu", disse o tenente, "e eu dei essa ordem."

E se despediu com a saudação maçônica.

Só nesse momento meu pai o reconheceu: era um membro da Estrela do Tequendama.

Assim que depois de reunir alguns utensílios básicos e de incluir entre eles a pistola assassina e a mão ossuda, meu pai foi se refugiar na gráfica dos irmãos Acosta. Verificou que vários dos seus haviam tido a mesma ideia: a nova oposição já começava a se organizar para devolver o país ao leito da democracia. Morte ao tirano!, gritavam (ou melhor, sussurravam prudentemente, porque também não era o caso de chamar a atenção das patrulhas). O fato é que ali, naquela noite, entre prensadoras e encadernadoras que só eram imparciais dos dentes para fora, entre aqueles tipos de chumbo que pareciam tão pacíficos mas que podiam desencadear revoluções inteiras quando eram montados, cercados por centenas ou talvez milhares de caixotinhos de madeira que pelo jeito continham todos os protestos, revoluções, ameaças, manifestos e contramanifestos, acusações, denúncias e vindicações do mundo político, vários líderes radicais haviam se reunido para sair juntos da capital tomada e planejar a campanha de recuperação com os exércitos de outras províncias. Meu pai foi recebido como se a coisa mais natural do mundo fosse encomendar-lhe a capitania de um regimento, e lhe falaram de seus planos. Meu pai se uniu a eles, em parte porque a companhia o fazia sentir-se a salvo, em parte pela emoção da camaradagem que sempre embarga os idealistas; mas o fundo de sua cabeça já tomara uma decisão, e sua intenção foi a mesma desde o início da viagem.

Neste ponto acelero. Pois, assim como às vezes dediquei várias páginas ao exame dos acontecimentos de um dia, neste momento meu relato exige de mim que percorra em poucas linhas o que aconteceu no decorrer de vários meses. Acompanhados por um empregado, protegidos pela escuridão da noite savânica e bem armados, os defensores das instituições saíram de Bogotá. Subindo pelas montanhas de Guadalupe chegaram a páramos desertos onde até os *frailejones** morriam de frio, descendo para as terras quentes no lombo de mulas voluntariosas e famintas compradas pelo caminho, chegaram às margens do rio Magdalena, e depois de oito horas numa canoa acidentada entraram em Honda e declararam a cidade quartel-general da resistência. No decorrer dos meses que se seguiram, meu pai recrutou homens, conseguiu armas e organizou piquetes, marchou como voluntário do general Franco e voltou derrotado de Zipaquirá, ouviu o general Herrera prever sua própria morte e depois viu realizar-se a profecia, tratou de organizar um Governo paralelo em Ibagué e fracassou na tentativa, decretou a convocatória do Congresso que o ditador dispersara, reuniu sozinho um batalhão de jovens exilados bogotanos ou santa-feenses e incorporou-o ao exército do general López, recebeu no decorrer dos dias definitivos as notícias tardias mas vitoriosas que chegavam de Bosa e de Las Cruces e de Los Egidos, ficou sabendo que no dia três de dezembro os nove mil homens do exército entrariam em Santa Fe ou Bogotá, e então, enquanto seus companheiros celebravam aquele dia comendo trutas *à la diable* e bebendo mais brandy do que meu pai já vira na vida, decidiu que celebraria com eles,

---

* Plantas típicas dos páramos andinos; atingem até dois metros de altura e têm folhas largas, grossas e aveludadas e flores amarelas. (N.T.)

tomaria seu próprio brandy e terminaria sua própria truta e depois lhes diria a verdade: não se integraria à marcha triunfal, ele não entraria na cidade reconquistada.

Sim, explicaria isto a eles: que não estava interessado em regressar porque a cidade, embora reconquistada para a democracia, continuava perdida para ele. Nunca mais tornaria a viver nela, diria a eles, porque a vida ali lhe parecia encerrada, como se pertencesse a outro homem. Em Bogotá ele matara, em Bogotá se escondera, nada mais restava para ele em Bogotá. Mas não o entenderiam, claro, e os que não o entendessem se recusariam a acreditar no que ele dizia ou tentariam convencê-lo com frases como *a cidade de seus pais* ou *de suas lutas* ou *a cidade que o viu nascer*, e ele teria de mostrar-lhes, como prova irrefutável e fidedigna de seu novo destino, a mão do chinês morto, o indicador que está sempre apontando, como num passe de mágica, para a província do Panamá.

II
As revelações de Antonia de Narváez

Às nove da manhã do dia 17 de dezembro, enquanto a vida do general Melo era poupada em Bogotá, no porto fluvial de Honda meu pai embarcava no vapor inglês *Isabel*, da companhia de John Dixon Powles, que fazia a linha entre o interior e o Caribe. Oito dias mais tarde, depois de passar a véspera de Natal a bordo, chegava a Colón, porto panamenho que na época ainda não completara três anos de idade e mesmo assim já fazia parte do Clube dos Lugares Esquizofrênicos. Os fundadores haviam decidido batizar a cidade com o nome de don Cristóvão, o genovês despistado que por puro acaso topara com uma ilha do Caribe e mesmo assim entrara na história como descobridor do continente; mas os gringos que construíram a ferrovia não leram a disposição, ou quem sabe leram sem entender – seu espanhol sem dúvida não era tão bom quanto imaginavam –, e acabaram impondo seu próprio nome: Aspinwall. Com o que Colón virou Colón para os nacionais e Aspinwall para os gringos, e Colón-Aspinwall para os demais (espírito de conciliação é uma coisa que nunca faltou na América Latina). E foi a essa cidade sem passado, a essa cidade embrionária e ambígua que chegou Miguel Altamirano.

Mas antes de contar sua chegada e tudo o que aconteceu como consequência, quero e devo falar de um casal sem cuja participação, posso garantir-lhes, eu não seria o que sou. E isso lhes digo, como verão, linearmente.

Em 1835 mais ou menos o engenheiro William Beckman (Nova Orleans, 1801-Honda, 1855) subira o Magdalena em missão privada e com espírito de lucro, e meses depois fundava uma companhia de botes e sampanas para a exploração comercial da área. Muito depressa o espetáculo se tornou cotidiano para os moradores dos portos: louro, quase albino, Beckman carregava a canoa com dez toneladas de mercadoria, cobria as caixas de madeira com couro de gado e se deitava em cima do couro para dormir, debaixo das folhas de palmeira das quais dependia sua pele e portanto sua vida, e assim subia e descia pelo rio, de Honda até Buenavista, de Nare até Puerto Berrío. Passado um lustro de não pouco êxito, durante o qual chegara a dominar o comércio de café e de cacau entre as províncias ribeirinhas, o engenheiro Beckman (ao fim e ao cabo fiel a sua natureza de aventureiro) resolveu investir as breves riquezas acumuladas na temerosa associação com don Francisco Montoya, que na época encomendara à Inglaterra um vapor adequado ao rio. O *Union*, construído nos estaleiros da Mala Real Britânica, entrou pelo rio em janeiro de 1842, subiu até La Dorada, a seis léguas de Honda, e foi recebido por alcaides e militares com honras que fariam inveja a um ministro. Encheram-no de caixas de tabaco – "o suficiente para viciar todo o Reino Unido", contaria Beckman, evocando aqueles anos – e navegou sem contratempos até a boca do rio do Mel... onde também aquele vapor inglês, tal como os demais personagens deste livro, teve seu encontro com o sempre impertinente (o irritante, o intrometido) Anjo da História. Beckman nem sequer ficara sabendo que a guerra civil da ocasião (é outra ou a mesma?, perguntou) teria chegado até aqueles lugares; mas teve de render-se à evidência, pois em questão de horas o *Union* estava envolvido num combate com *bongos** de filiação política indefinida, e uma bala de canhão destroçou suas caldeiras, de modo que dezenas de toneladas de tabaco, juntamente com todo o capital do engenheiro, foram a pique sem que se chegasse a tomar conhecimento sequer das razões do ataque.

    Afirmei que foram a pique. Não é verdade: o *Union* conseguiu se aproximar da margem depois do canhonaço e não afundou por completo. Durante anos suas duas chaminés foram visíveis para os passageiros que passavam pelo rio, irrompendo das águas amarelas como ídolos perdidos da ilha da Páscoa, como menires sofisticados de madeira. Meu pai as viu, com certeza; eu as vi quando chegou a minha vez... e o engenheiro Beckman as viu e continuaria a vê-las com certa frequência, pois nunca mais regressaria a Nova Orleans. No dia do semiafundamento já estava

---

* Embarcações fluviais típicas da América Central. (N.T.)

apaixonado, já havia pedido aquela mão – que para ele não indicava viagens, mas quietudes –, e se casaria nos primeiros dias de sua falência, oferecendo à nova esposa uma lua de mel barata na outra margem do rio. Grande desilusão de parte da (boa) família da mocinha, bogotanos de poucos meios e muitas aspirações, alpinistas sociais muito mais competentes do que qualquer Rastignac, que tinham por hábito passar longas temporadas em sua fazenda em Honda e que haviam se considerado no céu quando aquele gringo rico pousara os olhos, azuis sob as sobrancelhas brancas, na menina rebelde da casa. E quem era a afortunada senhorita? Uma moça de vinte anos chamada Antonia de Narváez, toureira aficionada nos touris do Santo Padroeiro, jogadora ocasional e cínica por convicção.

    O que sabemos sobre Antonia de Narváez? Que quisera viajar para Paris, mas não para conhecer Flora Tristán, o que lhe parecia uma perda de tempo, mas para ler Sade no original. Que se tornara brevemente famosa nos salões da capital por desprezar publicamente a memória de Policarpa Salavarrieta ("Essa história de morrer pela pátria é coisa de quem não tem o que fazer", dissera). Que recorrera às poucas influências da família para conhecer o Palácio do Governo por dentro, que obtivera a permissão e que dez minutos depois era expulsa, ao perguntar ao bispo onde ficava a famosa cama onde Manuela Sáenz, a amante mais famosa da história colombiana, fodera o Libertador.

    Leitores do Júri: ouço daqui sua perplexidade e me preparo para mitigá-la. Será que vocês me permitem fazer uma breve revisão desse momento histórico fundamental? Doña Manuela Sáenz, quitenha de nascimento, deixou seu legítimo (e chatíssimo) esposo, um tal James ou Jaime Thorne; em 1922, o Libertador Simón Bolívar faz sua entrada triunfal em Quito; pouco depois, idem em Manuela. Trata-se de uma mulher extraordinária: é destra no lombo de um cavalo e magnífica com as armas, e durante a gesta da Independência Bolívar tem ocasião de comprovar esse fato em carne própria: Manuela monta tão bem quanto atira. Pessimista quanto à condenação social, Bolívar lhe escreve: "Nada no mundo pode unir-nos sob os auspícios da inocência e da honra". Manuela lhe responde aparecendo em sua casa sem fazer-se anunciar e manifestando a cadeiradas sua opinião sobre os tais auspícios. E no dia 25 de setembro de 1828, enquanto o Libertador e sua Libertadora gozam de múltiplas Libertinagens no leito presidencial daquela Colômbia incipiente, um grupo de conspiradores invejosos – generais calejados cujas mulheres não montam nem atiram – decide que aquele *coitus* ficará *interruptus*: tentam assassinar Bolívar. Com a ajuda de Manuela, Simón dá um pinote, foge pela janela e vai se esconder debaixo de uma ponte. Pois bem, é aquela nefanda cama setembrina que Antonia de Narváez quis conhecer como se se tratasse de uma relíquia, coisa que, para ser sincero, talvez fosse.

E em dezembro de 1854, na noite em que meu pai celebra com truta e brandy a vitória dos exércitos democráticos sobre a ditadura de Melo, Antonia de Narváez conta esse caso. Simples assim. Ela se lembra do caso da cama, e o conta.

Nessa altura Antonia estava casada havia doze anos com o sr. William Beckman, ou seja, o mesmo número de anos que o marido tinha a mais que a mulher. Depois do desastre do *Union*, Beckman aceitara uma parte da fazenda dos sogros – um bom pedaço de terra ribeirinho – e ali construíra uma casa de paredes caiadas e sete dormitórios na qual recebia passageiros ocasionais e mesmo os tripulantes de um ou outro vapor norte-americano desejosos de tornar a ouvir seu idioma nem que fosse só por uma noite. Em torno da casa havia uma plantação de bananeiras e uma lavoura de iúca; mas seus ganhos mais significativos, os que alimentavam o casal, vinham de uma das lenheiras mais frequentadas do Magdalena. Era assim que passava seus dias Antonia de Narváez de Beckman, a mulher que em outras terras e em outra vida teria morrido na fogueira ou talvez ganhado uma fortuna com romances eróticos publicados sob pseudônimo: dando pouso e alimento aos viajantes do rio e fornecendo madeira para as caldeiras dos vapores. Ah, sim: ocupava-os também ouvindo as canções insuportáveis que o marido, apaixonado pela paisagem que o acaso lhe reservara, tirava sabe lá de onde e acompanhava com um banjo infeliz:

*In the wilds of fair Colombia, near the equinoctial line,
Where the summer lasts forever and the sultry sun doth shine,
There is a charming valley where the grass is always green,
Through which flow the rapid waters of the Muddy Magdalene.**

Meu pai também conhecia aquela canção, meu pai também ficou sabendo por ela que a Colômbia é um lugar próximo do equinócio onde o verão é eterno (percebe-se que o autor nunca esteve em Bogotá) e onde o sol é sufocante e – esclarece em seguida a canção – brilha. Mas estávamos falando de meu pai. Miguel Altamirano nunca me disse se havia aprendido a canção na própria noite da vitória, mas naquela noite aconteceu o inevitável: brandy, banjo, balada. A casa Beckman, espaço natural de forâneos, lugar de encontro de pessoas de passagem, foi anfitriã naquela noite em que soldados bêbados foram para a praia de Caracolí e armaram, com a aquiescência (e as camisas, e as calças) do dono do lugar, um boneco cheio de palha representando o ditador recém-derrotado. Não sei quantas vezes imaginei as horas que se seguiram. Os soldados começaram a cair sobre a areia úmida do rio, vencidos pela *chicha* local** – o brandy sendo dos oficiais, questão de hierarquia; os anfitriões e os dois ou três hóspedes de alta extração, entre os quais está meu pai, apagam a fogueira onde jazem os restos do ditador calcinado e voltam para o salão. Os empregados preparam um refresco gelado; a conversa começa a girar em torno das vidas bogotanas dos presentes. E naquele momento, enquanto Manuela Sáenz jaz doente numa remotíssima cidade peruana, Antonia de Narváez fala às gargalhadas do dia em que foi conhecer a cama onde Manuela Sáenz amou Bolívar. E então é como se meu pai a visse pela primeira vez, como se ela, ao ser vista, visse meu pai pela primeira vez. O idealista e a cínica haviam partilhado álcool e alimentos ao longo de toda uma tarde, mas ao falar da amante do

---

* Na bela Colômbia ignota, perto da linha do equinócio,/ Onde o verão nunca acaba e o sol escaldante brilha,/ Há um vale adorável coberto de relva sempre verde,/ Cortado pela água célere do Turvo Magdalena. (N.T.)

** Aguardente típica de alguns países andinos, feita com milho fermentado e açúcar. (N.T.)

Libertador os dois se deram conta pela primeira vez das mútuas existências. Um dos dois se lembrou do romance que já circulava pela República recente:

> *Bolívar, enhiesta espada:*
> *"Manuela, vendrás conmigo".*
> *"Simón, tu espada yo sigo,*
> *Mi vaina bien aceitada."**

    E foi como o selo de lacre que se aplica a uma carta secreta. Não posso garantir que Antonia e meu pai tenham ficado ruborizados ao perceber o caráter (obscenamente) simbólico que as figuras de Manuela e Simón haviam assumido para eles; mas tampouco quero dar-me ao trabalho de imaginá-lo, pois não submeterei os senhores, Leitores do Júri, às qualidades e formas com que se deu aquela espécie de dança, aquele acasalamento completo que pode ocorrer entre duas pessoas sem que, nem por um instante sequer, afastem as nádegas dos assentos. Mas naquelas últimas horas, antes que cada um se retire para seu quarto, sobre a mesa de nogueira maciça circulam comentários engenhosos (produzidos pelo macho), gargalhadas sonoras (produzidas pela outra parte), intercâmbios de sutilezas que são a versão humana dos cachorros farejando os traseiros um do outro. Para o sr. Beckman, que ainda não leu *As amizades perigosas*, aqueles rituais de acasalamento civilizado passam despercebidos.
    E tudo por causa de uma história singela sobre Manuela Sáenz.
    Naquela noite e nas que se seguem meu pai, com aquela capacidade dos progressistas para encontrar grandes personalidades e causas louváveis onde não existe nem uma coisa nem outra, pensa no que viu: uma mulher inteligente e esperta e mesmo um pouco despudorada, uma mulher que mereceria um destino melhor. Mas meu pai é humano, apesar de tudo o que se sugeriu aqui, e também pensa no lado físico e potencialmente tangível da

---

* Bolívar, em riste a espada:/ "Manuela, venha comigo". / "Simón, sua espada eu sigo, / Bainha lubrificada." (N.T.)

questão: uma mulher de sobrancelhas negras, finas e ao mesmo tempo densas como... O rosto enfeitado pelas argolas de ouro que haviam pertencido a... E o conjunto encoberto por um lenço de algodão que lhe cobria o peito firme como... O leitor já se deu conta: meu pai não era um narrador nato, como eu, e não devemos exigir dele que tenha muita destreza na hora de encontrar a melhor comparação para umas sobrancelhas ou uns seios, nem de lembrar-se das origens de humildes joias de família; mas me compraz deixar assentado que meu pai nunca esqueceu aquele lenço, branco e simples, que Antonia de Narváez sempre usava à noite. As temperaturas em Honda, tão violentas durante o dia, baixam bruscamente quando escurece, e provocam resfriados e reumatismos nos desprevenidos. Um lenço branco é uma das maneiras que os locais têm de se defender daqueles cruéis imprevistos tropicais: a indigestão, a febre amarela e a palustre, a mera sensação de calor. É raro um local ser afetado por essas enfermidades (a residência cria imunidades); mas é normal, quase cotidiano, que elas ocorram com um bogotano, e as pousadas, nesses lugares onde conseguir um médico pode demorar dias, costumam estar preparadas para tratar dos casos menos graves. E uma noite, enquanto no resto de Honda os cristãos acabam de rezar a novena, meu pai, que ainda não leu *O doente imaginário,* sente a cabeça pesada.

E aqui, para nossa (escassa) surpresa, as versões se contradizem. Segundo meu pai, fazia duas noites que ele saíra da pousada Beckman, porque o vapor *Isabel* já chegara ao porto e a escala de aprovisionamento estava sendo mais demorada do que o previsto por conta de um problema nas caldeiras. Segundo Antonia de Narváez, o problema nas caldeiras nunca existiu, meu pai continuava sendo seu hóspede, e naquela tarde contratou dois portadores para que levassem suas coisas para bordo do *Isabel,* mas ainda não passara a primeira noite a bordo do vapor inglês. Segundo meu pai, eram dez da noite quando ele deu um dinheiro a um garoto de calça vermelha, filho de pescadores, para que ele fosse até a pousada do gringo e avisasse a proprietária que havia a bordo uma pessoa com febre. Segundo Antonia de Narváez, foram os próprios portadores que lhe disseram isso, olhando um para o outro com expressão de zombaria e ainda brincando com o meio real que haviam recebido de gorjeta. As duas partes estão de acordo, pelo menos, no que diz respeito a um fato, que ademais deixou consequências verificáveis e cuja negação, do ponto de vista histórico, é inútil. Munida de uma maleta de médico, Antonia de Narváez subiu a bordo do *Isabel* e entre os duzentos e cinquenta e sete camarotes encontrou sem perguntar o do homem que estava com febre; ao entrar encontrou-o deitado num catre de lona, não na confortável cama principal, tapado com um cobertor. Aproximou a mão de sua testa e não percebeu nenhum sinal de febre; e mesmo assim tirou da maleta um frasco de quinino e disse a meu pai que era verdade, que ele estava com um pouco de febre, que tomasse cinco grânulos com o café da manhã. Meu pai perguntou-lhe se não era recomendável em casos assim um banho de fricção com água e álcool. Antonia de Narváez disse que sim, tirou mais dois frascos da maleta, arregaçou as mangas da blusa e pediu ao doente que despisse a camisa, e para meu pai o cheiro penetrante do álcool medicinal ficaria para sempre associado ao momento em que Antonia de Narváez, com as mãos ainda úmidas, afastava o cobertor, tirava o lenço branco do pescoço e com um gesto levemente pornográfico erguia as anáguas e se sentava a cavaleiro sobre a cueca de lã.

Era o dia 16 de dezembro e o relógio marcava onze horas da noite; haviam se passado exatamente quarenta e nove anos – é uma pena que as simetrias que tanto agradam à história não tenham nos presenteado com a cifra redonda do meio século – desde que a cidade de Honda, em outros tempos ponto nevrálgico do comércio colonial e menina travessa dos espanhóis, tombasse destruída por um terremoto às onze da noite do dia 16 de junho de 1805. Naquela noite as ruínas ainda existiam; a pouca distância do *Isabel* estavam as arcadas dos conventos, as quinas de cal e alvenaria que antes eram paredes inteiras; e agora posso imaginar, porque nenhuma regra de verossimilhança me proíbe de fazê-lo, que os violentos arrancos do catre tivessem evocado aquelas ruínas para os amantes. Está bem, está bem: é possível que a Verossimilhança guarde silêncio, mas o Bom Gosto dá um pinote e me censura tamanha concessão ao sentimentalismo. Mas prescindamos de sua opinião por um instante: todo mundo tem direito a um momento kitsch na vida, e este é o meu... Porque a partir deste instante já estou de corpo presente em meu relato. Muito embora dizer *corpo* talvez seja uma hipérbole.

A bordo do *Isabel*, meu pai e Antonia de Narváez reproduzem, em 1854, os tremores de 1805; a bordo de Antonia de Narváez, a biologia, essa traidora, começa a fazer das suas com calores e fluidos; e em seu quarto, a bordo de sua cama e protegido pela musselina, o sr. Beckman, que ainda não leu *Madame Bovary*, suspira de satisfação sem abrigar a mais mínima suspeita, fecha os olhos para ouvir melhor o silêncio do rio, e quase sem querer começa a cantarolar:

> *The forest on your banks by the flood and earthquake torn*
> *Is madly on your bosom to the mighty Ocean borne.*
> *May you still roll for ages and your grass be always green*
> *And your waters aye be cool and sweet, oh Muddy Magdalene.* *

Ah, os bosques da ribeira, as águas frescas e doces do Turvo Magdalena... Hoje, enquanto escrevo sobre o Tâmisa, meço a distância existente entre os dois rios e fico maravilhado com o fato de que seja essa a distância de minha vida. Acabei meus dias, Eloísa querida, em terras inglesas. E agora me sinto no direito de perguntar: não é extremamente apropriado que o cenário de minha concepção tenha sido um vapor inglês? O círculo se fecha, a serpente morde a própria cauda, todos esses lugares-comuns.

Escrevo o que precede em benefício dos leitores mais sutis, dos que apreciam a arte da alusão e da sugestão. Para os mais toscos, escrevo apenas: é verdade, vocês entenderam. Antonia de Narváez era minha mãe.

É verdade, é verdade, é verdade: vocês entenderam.

Eu, José Altamirano, sou um filho bastardo.

---

* A mata em tua margem castigada pela cheia e o terremoto/ Em teu seio é transportada loucamente para o poderoso Oceano./ Que ainda corras pelos séculos afora e que tua relva fique sempre verde/ E que tuas águas permaneçam frescas e doces, ó Turvo Magdalena. (N.T.)

Depois do encontro no camarote do *Isabel*, da febre fingida e dos orgasmos genuínos, teve início entre meu pai e Antonia de Narváez uma brevíssima correspondência cujas instâncias mais importantes cabe apresentar agora como parte de meu argumento (*i.e.*, raciocínio utilizado para convencer a um outro) e também de meu argumento (*i.e.*, tema de que trata um relato). Mas convém fazê-lo explicitando previamente certos detalhes. Essa tarefa que levei a cabo, de arqueólogo familiar – já ouço as objeções que ouvi a vida inteira: o que eu tive não foi propriamente uma família; não tenho direito a esse respeitável substantivo –, se apoia, de vez em quando, em documentos tangíveis; e é por isso que vocês, Leitores do Júri, têm e terão, em determinadas passagens do narrado, as incômodas responsabilidades de um juiz.

O jornalismo é o tribunal de nossos dias. Assim sendo: declaro que os documentos que se seguem são perfeitamente genuínos. É verdade que sou colombiano e que todos os colombianos são mentirosos; mas que conste o seguinte (e aqui ergo a mão direita sobre a Bíblia ou o livro que faça as vezes de Bíblia): o que transcrevo a seguir é a verdade, toda a verdade e nada mais que a verdade. Ninguém se oporá a que eu glose aqui e ali certos trechos que, fora de contexto, poderiam ficar obscuros. Mas não interpolei nem uma só palavra, não alterei uma ênfase, não mudei um sentido. *So help me God.*

Carta de Miguel Altamirano a Antonia de Narváez
Barranquilla, sem data
A senhora há de troçar de mim, mas não cesso de pensar na senhora. E de compadecer-me de si, pois foi obrigada a voltar para quem não ama, ao passo que eu me afasto inexoravelmente de quem idolatro.* São desmedidas as minhas palavras, é ilegítima esta emoção? [...]

---

* O leitor ganhará em referir-se à carta de Simón Bolívar a Manuela Sáenz (20 de abril de 1825). Os dois textos são curiosamente similares. Estariam as palavras instaladas em seu subconsciente, ou pretenderia meu pai estabelecer uma cumplicidade ao mesmo tempo carnal e literária com Antonia de Narváez? Estaria ele seguro de que Antonia de Narváez reconheceria a alusão? Impossível sabê-lo.

Desembarcamos ontem; hoje atravessamos a planície arenosa que nos separa de Salgar, onde aguarda o vapor que nos levará ao destino. A visão do Grande Oceano Atlântico, rota de meu futuro, me proporciona um sossego muito bem-vindo. [...] Viaja comigo um estrangeiro simpático, ignorante de nossa língua mas bem disposto a aprendê-la. Abriu seu diário de viagem e me mostrou recortes do *Panama Star* que versam, acreditei ler, sobre os progressos do transporte ferroviário. Como resposta, pretendi fazê-lo compreender que aquela lagarta de ferro, capaz de conquistar palmo a palmo a floresta espessa, também era objeto de minhas admirações mais profundas; com tudo isso, ignoro se consegui transmitir-lhe meu pensamento.

Carta de Antonia de Narváez a Miguel Altamirano
Sem lugar, dia de Natal
 São desmedidas as suas palavras e é ilegítima a sua emoção. O nosso, senhor, foi um encontro cujas razões não consegui entender até agora e que além disso me recuso a explorar; de nada me arrependo, mas para que fingir interesse por aquilo que não passa de um acidente? Ao que parece, nosso destino não é encontrar-nos; posso garantir-lhe, em todo caso, que farei o que de mim dependa para que isso não aconteça. [...] Minha vida está aqui, caro senhor, e aqui haverá de permanecer, tal como haverei de permanecer ao lado de meu marido. Não posso admitir que o senhor pretenda, em ato de inacreditável arrogância, saber onde se encontra meu coração. Vejo-me obrigada a lembrá-lo de que, não obstante o inefável acontecido, o senhor, don Miguel, não me conhece. São cruéis as minhas palavras? Tome-as como lhe aprouver.

Carta de Miguel Altamirano a Antonia de Narváez
Colón, 29 de janeiro de 1855
 Finalmente aconteceu: a ferrovia foi inaugurada, e foi meu privilégio testemunhar esse passo tão imenso rumo

ao Progresso. A cerimônia, em minha modestíssima opinião, não foi tão faustosa como convém ao acontecimento; mas assistiu-a o Povo em massa, os representantes extraoficiais de toda a Humanidade, e por estas ruas se ouviram todas as línguas que o gênio do homem já inventou.* Em meio à multidão, verdadeira Arca das raças humanas, surpreendeu-me reconhecer certo tenente melista cujo nome não vale a pena registrar por escrito. Ele foi expulso para o Panamá como pena por ter participado de uma quartelada, sim, a mesma que meus humildes ofícios contribuíram para derrocar. Quando ele me explicou esse fato, confesso que fiquei atônito. O Panamá, castigo de rebeldes? O Istmo, esta Residência do Futuro, transformado em destino para os inimigos da democracia? Pouco pude confrontá-lo. Tive de render-me à evidência; o que considero um prêmio, um dos maiores que minha vida sem méritos me concedeu, é para meu próprio Governo uma desgraça menor apenas que o cadafalso. [...] Suas palavras, senhora, são adagas que se cravam no meu coração. Despreze-me, mas não me desconheça; insulte-me, mas não me ignore. Sou, desde aquela noite, seu servidor dedicado, e não fecho as portas a nosso encontro. [...] O clima do Istmo é formidável. Seus céus são limpos, o ar é suave. Sua reputação, posso afirmá-lo agora, é uma tremenda injustiça.

Carta de Miguel de Altamirano a Antonia de Narváez
Colón, 1 de abril de 1855
  O clima é mortal. Chove sem parar, as casas ficam inundadas; os rios transbordam e as pessoas dormem nas copas

---

* Na correspondência de meu pai, assim como no diário que manteria mais adiante e do qual citarei, se ousar, alguns fragmentos, aparecem com frequência essas referências emocionadas a tudo o que envolva choque-de-culturas, crisol-de-civilizações. Surpreende-me, na verdade, que nessa carta ele não mencione seu entusiasmo pelo papiamento que se falava no Panamá, que em outros documentos aparece como "única língua do homem civilizado", "instrumento da paz entre os povos" e ainda, em momentos de especial grandiloquência, "vencedor de Babel".

das árvores; sobre as poças de água parada boiam verdadeiros enxames de pernilongos que parecem lagostas da velha Babilônia; é preciso vigiar os vagões como se fossem bebês de colo por temor que sejam devorados pela umidade. A peste reina no Istmo, e os homens circulam doentes pela cidade, mendigando aqui o copo de água que lhes baixará a febre, arrastando-se ali até as portas do hospital, com a ilusão de que um milagre lhes salve a vida. [...] Já faz alguns dias que recuperamos o cadáver do tenente Campillo; agora é lícito estampar seu nome nesta página, mas nem por isso menos doloroso.* [...] Cabe considerar que sua resposta se extraviou; o contrário seria inadmissível. Senhora, há uma conspiração do destino que me proíbe o esquecimento, pois em meu caminho cruzam-se constantemente mensageiros da memória. As vidas dos locais começam todas as manhãs com o ritual sagrado do café e do quinino, que os protege dos espectros da febre; e eu mesmo adotei os costumes daqueles a quem frequento, por julgá-los saudáveis. Assim, o que posso fazer se cada minúsculo grão me traz o sabor de nossa noite? O que posso fazer?

Carta de Antonia de Narváez a Miguel Altamirano
Honda, 10 de maio de 1855
Não me escreva, senhor, e não me procure. Dou por encerrado este intercâmbio e por esquecido o que houve entre nós. Meu marido morreu; saiba, don Miguel Altamirano, que desde hoje morri para o senhor.**

---

* Meu pai evita entrar em detalhes sobre a morte do tenente. É possível que tenha comentado os fatos precedentes em outra carta e que essa carta não me tenha chegado às mãos. A sorte do tenente Campillo é bastante conhecida: enlouqueceu, internou-se desacompanhado pela selva do Darién e não voltou. Na época especulou-se que estaria tentando voltar clandestinamente para Bogotá. Como era desprovido de amigos, sua ausência só se tornou motivo de preocupação depois de muito tempo. Em março uma expedição partiu para procurá-lo; o corpo chegou em avançado estado de putrefação e nunca se soube com certeza qual teria sido a causa de sua morte.

** Essa carta não contém mais nada de interesse. Para ser exato: essa carta não contém mais nada.

Carta de Miguel Altamirano a Antonia de Narváez
Colón, 29 de julho de 1855

 É com o rosto desfigurado pela incredulidade que releio sua austera mensagem. A senhora espera, realmente, que eu acate suas ordens? Ao dá-las, pretende pôr meus sentimentos à prova? Põe-me, senhora minha, em situação impossível, pois obedecer a sua determinação seria destruir meu amor, e não fazê-lo seria contrariá-la. [...] A senhora não tem razões para duvidar de minhas palavras: a morte de Mr. William Beckman, homem honrado e hóspede dileto de nossa pátria, comoveu-me profundamente. A senhora peca pela frugalidade, e ignoro se estarei cometendo uma imprudência ao indagar sobre as circunstâncias da tragédia no mesmo fólio que lhe transmite minhas mais sinceras condolências. [...] Desejo tanto tornar a vê-la... Mas não posso ousar solicitar sua presença, e por vezes penso que talvez seja isso o que a ofendeu. Se for assim, rogo que me entenda: aqui não há mulheres nem filhos. Tão insalubre é esta terra que os homens preferem a solidão durante o período de sua estadia. Sabem, porque assim ensinou a experiência, que trazer a família é condená-la à morte com tanta eficácia quanto se lhes cravassem um facão no peito.* Esses homens, que vieram até aqui para cruzar de um oceano para o outro rumo às minas de ouro do país da Califórnia, procuram a riqueza instantânea, é verdade, e estão dispostos a apostar a própria vida; mas não a de seus entes queridos, pois para quem voltarão, quando estiverem com os bolsos cheios de pó de ouro? Não, senhora minha, se é

---

* Meu pai não o diz, mas por aqueles dias morreu o estrangeiro que viajara com ele a bordo do *Isabel*. Seu nome de família era Jennings; não encontrei em lugar nenhum seu nome de batismo. Jennings cometera o erro de levar a mulher, uma jovem grávida que lhe sobreviveu apenas seis meses. Depois da morte do marido, a sra. Jennings, também ela já infectada pela febre, empregou-se como crupiê num cassino mal-afamado, onde era vista servindo bebida aos caçadores de ouro com braços tão pálidos que era quase impossível distingui-los da blusa, com os seios e os quadris tão esmirrados pela doença que nem chegavam a invocar as ousadias dos jogadores bêbados.

que voltaremos a ver-nos, será em paragens mais amáveis. É por isso que aguardo um chamado seu; uma palavra, uma só, e correrei para o seu lado. Enquanto esse momento não chega, enquanto a senhora não me concede a graça de sua companhia,

permaneço seu
Miguel Altamirano

Eloísa querida: essa carta não obteve resposta. Nem a seguinte. Nem a seguinte. E assim termina a correspondência, pelo menos para efeitos deste relato, entre os dois indivíduos que com o tempo e determinadas circunstâncias me habituei a chamar de pais. O leitor das páginas precedentes procurará inutilmente uma referência à gravidez de Antonia de Narváez, sem mencionar o nascimento de seu filho. As cartas que não copiei também se preocupam em ocultar meticulosamente as primeiras náuseas, o ventre aumentado e, evidentemente, os detalhes do parto. De modo que Miguel Altamirano só muito mais tarde ficaria sabendo que seu esperma fizera das suas, que um filho de seu sangue nascera no interior do país.

A data de meu nascimento sempre foi um pequeno mistério doméstico. Minha mãe comemorou meu aniversário indistintamente nos dias 20 de julho, 7 de agosto e 12 de setembro; eu, por uma simples questão de dignidade, nunca o celebrei. Quanto a lugares, posso afirmar o seguinte: ao contrário da maioria dos seres humanos, conheço o de minha concepção, mas não o de meu nascimento. Antonia de Narváez me disse uma vez, e em seguida se arrependeu de tê-lo feito, que eu nascera em Santa Fe de Bogotá, numa cama gigantesca forrada de couro cru e ao lado de uma cadeira em cujo espaldar estava gravado um certo escudo nobiliárquico. Em dias de tristeza, minha mãe cancelava essa versão: eu nascera no meio do Turvo Magdalena, num *bongo* que navegava de Honda a La Dorada, entre fardos de tabaco e remadores assustados com o espetáculo daquela branca descomposta e de suas pernas abertas. Mas o mais provável, se consideramos tudo sob a luz da evidência, é que o parto tenha ocorrido em terras firmes e ribeirinhas da previsível cidade de Honda e, para sermos exatos, naquele mesmo quarto da pousada Beckman onde o dono, o homem bonachão que teria sido meu padrasto, enfiou uma escopeta na boca e puxou o gatilho ao saber que não era seu o que havia naquele ventre inchado.

Sempre pensei: que admirável frieza a de minha mãe ao contar em sua carta que "meu marido morreu", quando na realidade se refere a um suicídio terrível que a atormentou por décadas e pelo qual ela nunca deixaria de sentir-se culpada. Desde muito antes de seu miserável destino de cornudo tropical, Beckman pedira – já sabemos como são as últimas vontades desses aventureiros – para ser enterrado no *Muddy Magdalene*; e em certa madrugada seu corpo foi levado não mais por um *bongo*, mas por uma sampana, até o meio do rio, e jogado por cima da amurada para afundar nas águas profusamente adjetivadas daquela canção insuportável. Com os anos ele passaria a protagonista dos pesadelos de minha infância: uma múmia envolta em lona que chegava à praia, soltando água pelo buraco da nuca perfurada e meio devorada pelos boca-chicos, para me castigar por mentir aos mais velhos ou por matar passarinhos a pedrada, por dizer palavrão ou por aquela vez que arranquei as asas de uma mosca e a deixei a pé. O vulto branco do suicida Beckman, meu pai putativo e morto, foi a pior ameaça de minhas noites até eu ter condições de ler, pela primeira de muitas vezes, a história de um certo capitão Ahab.

(A mente gera associações que a pena não pode aceitar. Agora, enquanto escrevo, lembro-me de uma das últimas coisas que minha mãe me contou. Pouco antes de morrer em Paita, Manuela Sáenz recebeu a visita de um gringo meio louco que estava de passagem pelo Peru. O gringo, sem nem mesmo tirar o chapéu de abas largas, explicou-lhe que estava escrevendo um romance sobre baleias. Nesta região se veem baleias? Manuela Sáenz não soube o que responder. Morreu no dia 23 de novembro de 1856, pensando não em Simón Bolívar, mas nas baleias-brancas de um pobre escritor fracassado.)

Assim, sem coordenadas precisas, privado de lugares e datas, comecei a existir. A imprecisão se tornava extensiva a meu nome; e para não entediar novamente o leitor com o clichê narrativo dos problemas-de-identidade, do facílimo *what's-in-a-name*, limitar-me-ei a dizer que fui batizado – sim, com água-benta e tudo: minha mãe podia ser uma iconoclasta convicta, mas não queria que o único filho acabasse no Limbo por culpa dela – como José Beckman, filho do gringo louco que se matou de tristeza antes de conhecer sua descendência, e pouco depois, após uma ou duas confissões de minha mãe atormentada, me transformei em José de Narváez, filho de pai desconhecido. Tudo isso, claro, antes de encontrar o sobrenome que me cabia pelo sangue.

O fato é que comecei, por fim, a existir; começo a existir nestas páginas, e meu relato evoluirá na primeira pessoa.

Eu sou aquele que conta. Eu sou aquele que sou. Eu. Eu. Eu.

Agora, depois de ter apresentado a correspondência escrita trocada por meus pais, está na hora de ocupar-me de outra forma muito diferente de correspondência: aquela que se dá entre duas almas gêmeas, isso, essa correspondência *doppelgänger*. Ouço murmúrios em meio ao público. Leitores inteligentes, leitores que sempre estão um passo adiante do narrador, vocês já começam a intuir do que se trata; já adivinham que a sombra de Joseph Conrad começa a se projetar sobre minha vida.

E assim é: porque agora que o tempo passou e posso distinguir os fatos com clareza, dispô-los sobre o mapa de minha vida, percebo as linhas transversais, os sutis paralelos que nos mantiveram conectados desde meu nascimento. A prova é esta: por mais que eu me empenhe em contar minha vida, fazê-lo é, inevitavelmente, contar a de outra pessoa. Em virtude de afinidades físicas, como dizem os especialistas, os gêmeos que foram separados ao nascer passam a vida sentindo as dores e as angústias que torturam o outro, embora nunca se tenham visto e embora um oceano os separe; no plano das afinidades metafísicas, que são propriamente as que me interessam, a coisa assume um outro matiz, mas também acontece. Conrad e Altamirano, duas encarnações de um mesmo José, duas versões do mesmo destino, disso dão fé.

Chega de filosofia, chega de abstrações!, reclamam os mais céticos. Exemplos! Queremos exemplos! Pois bem, tenho os bolsos cheios deles e nada me parece mais fácil do que produzir uns quantos deles para saciar a sede jornalística de certos espíritos recalcitrantes... Posso narrar que em dezembro de 1857 nasce um menino na Polônia, recebe o nome de Jozef Teodor Konrad Korzeniowski, e seu pai lhe dedica um poema: "A meu filho nascido no 85º aniversário da opressão moscovita". Ao mesmo tempo, na Colômbia, um menino também chamado José recebe como presente de Natal uma caixa de lápis de cor e durante vários dias se dedica a desenhar soldados sem armadura humilhando os opressores espanhóis. Enquanto eu, aos seis anos de idade, escrevia para um bom tutor bogotano minhas primeiras composições (uma delas sobre um zangão que sobrevoava o rio), Jozef Teodor Konrad Korzeniowski, que ainda não completara quatro, escrevia ao pai: "Não gosto que os mosquitos me mordam".

Mais exemplos, Leitores do Júri?

Em 1863, eu ouvia os adultos falar sobre a revolução liberal e seu resultado, a Constituição de Rionegro, secular e socialista; no mesmo ano, Jozef Teodor Konrad Korzeniowski também era testemunha de uma revolução no mundo adulto que o rodeava, a dos nacionalistas poloneses contra o tzar russo, revolução que levaria à prisão, ao exílio ou ao paredão muitos de seus parentes. Enquanto que eu, aos quinze anos, começava a fazer perguntas sobre a identidade de meu pai – em outras palavras, começava a trazê-lo à vida –, Jozef Teodor Konrad Korzeniowski via o seu abandonar-se pouco a pouco à tuberculose – em outras palavras, entrar na morte. Por volta de 1871 ou 1872, Jozef Teodor Konrad Korzeniowski já começou a apregoar o desejo de sair da Polônia e tornar-se marinheiro, embora nunca antes na vida tivesse visto o mar. E deve ter sido por aí, pelos dezesseis ou dezessete anos, que comecei a ameaçar minha mãe com sair da casa dela e

da cidade de Honda, com desaparecer para sempre da vista dela, a não ser que... Se ela não quisesse me perder para sempre, seria melhor que...
 Foi assim: da dúvida pacífica passei sem transição à inquisição selvagem. O que aconteceu em minha cabeça foi muito simples. Minhas dúvidas de sempre, com as quais mantivera desde pequeno uma relação cordial e diplomática, uma espécie de pacto de não agressão, começaram de repente a se rebelar contra toda intenção de paz e a lançar ofensivas cujo objetivo, invariavelmente, era minha pobre mãe chantageada. Quem?, eu perguntava. Quando? Por quê?
 Quem? (Tom obstinado.)
 Como? (Tom irreverente.)
 Onde? (Tom francamente agressivo.)
 Nossas negociações progrediram durante meses; as conferências de cúpula tinham lugar na cozinha da pousada Beckman, entre panelas e óleo queimado e o cheiro penetrante de *mojarra** frita, enquanto minha mãe dava instruções de capataz a Rosita, a cozinheira da casa. Antonia de Narváez nunca fez a cafonice de me dizer que meu pai morrera, de transformá-lo em herói de guerra civil – posição à qual todo colombiano pode aspirar, mais cedo ou mais tarde – ou em vítima de acidentes poéticos, a queda de um cavalo de raça, a derrota no duelo de honra. Não: desde sempre eu soube que o homem existia em algum lugar, e minha mãe resumia e sentenciava o assunto com uma obviedade qualquer: "O que acontece é que esse personagem não está aqui". Levei uma tarde inteira, o tempo necessário para cozinhar um *puchero* para a janta, para descobrir onde estava o mencionado personagem. Então, pela primeira vez, aquela palavra que quando moleque me parecia tão difícil (*itsmo*, eu dizia, enrolando a língua, em meus estudos de geografia) adquiriu para mim uma certa realidade, tornou-se tangível. Ali, naquele braço torto e disforme que brotava do território de meu país, naquele apêndice inacessível e esquecido da mão de Deus e separado do resto da pátria por uma selva que matava de febre com o mero fato de

---
* Peixe comum no mar do Caribe. (N.T.)

ser designada, naquele pequeno inferno onde havia mais doenças que povoadores e onde o único vislumbre de vida humana era um trem primitivo utilizado pelos caçadores de fortuna para ir de Nova York até a Califórnia em menos tempo do que o que seria necessário para atravessar seu próprio país, ali, no Panamá, vivia meu pai.

Panamá. Para minha mãe, bem como para todos os colombianos – que costumam agir à imagem e semelhança de seus Governos, abrigar as mesmas irracionalidades, sentir as mesmas antipatias –, o Panamá era um lugar tão real quanto Calcutá ou Berdichev ou Kinshasa, uma palavra que mancha um mapa e pouco mais que isso. Verdade que a estrada de ferro tirara os panamenhos do esquecimento, mas só de forma passageira e dolorosamente breve. Um satélite: o Panamá era isso. E o regime político não ajudava muito. O país contava uns cinquenta anos, mais ou menos, e não é que estava começando a agir de acordo com sua idade? A crise da maturidade, aquela idade misteriosa em que os homens arrumam amantes que poderiam ser suas filhas e as mulheres sentem calor sem ter por quê, afetou o país à sua maneira: Nova Granada ficou federal. Como um poeta ou um artista de cabaré, adotou um novo pseudônimo: Estados Unidos da Colômbia. Pois bem, o Panamá era um desses Estados, e flutuava na órbita da Grande Dama em Crise mais por mera gravidade que por outra coisa. O que é uma maneira elegante de dizer que os poderosos colombianos, os endinheirados comerciantes de Honda ou de Mompós, os políticos de Santa Fe ou os militares de qualquer lugar, estavam cagando tanto para o Estado do Panamá como para o estado do Panamá.

E era naquele lugar que meu pai vivia.
Como?
Por quê?
Com quem?

Ao longo de dois anos que duraram dois séculos, durante eternas sessões de cozinha que acabavam com um complicadíssimo vitelo assado ou uma simples sopa de arroz com água de rapadura, fui pouco a pouco aperfeiçoando a técnica do interrogador, e Antonia de Narváez foi amolecendo como as batatas do cozido diante da insistência das minhas perguntas. Foi assim que eu a ouvi referir-se a *La Opinión Comunera* ou a *El Granadino Temporal*; foi assim que fiquei sabendo do semiafundamento do *Union* e inclusive paguei bom dinheiro para que um remador me levasse de *bongo* para ver as chaminés; foi assim que fiquei sabendo do encontro no *Isabel*, e o relato de minha mãe tinha o sabor do quinino e o cheiro do álcool aguado. Novo assalto das perguntas. O que acontecera nas duas décadas transcorridas desde então? O que mais se soubera dele, os dois não haviam mantido nenhum contato durante todos aqueles anos? O que fazia meu pai em 1860 enquanto o general Mosquera se declarava Supremo Diretor da Guerra e o país inteiro submergia – sim, Eloísa querida, uma vez mais – no sangue dos dois partidos? O que ele fazia, com quem jantava, do que falava, enquanto na pousada Beckman chegavam soldados liberais numa semana e conservadores na semana seguinte, enquanto minha mãe dava de comer a uns e fazia curativos nas feridas dos outros como uma perfeita Nightingale da Terra Quente? O que ele pensara e escrevera durante os anos seguintes, nos quais seus camaradas radicais, ateus e racionalistas, conquistaram o poder que meu pai perseguia desde a juventude? Seus ideais campeavam, o clero (escória de nosso tempo) se vira despojado de seus hectares inúteis e improdutivos, o ilustríssimo arcebispo (diretor em chefe da escória) era devidamente encarcerado. Por acaso a pena de meu pai não deixara traço disso na imprensa? Como era possível?

    Comecei a admitir uma possibilidade de espanto: meu pai, que mal começava a nascer para mim, talvez já estivesse morto. E Antonia de Narváez deve ter me visto desesperado, deve ter ficado com medo de que eu começasse a viver um luto hamletiano e absurdo por um pai que nunca conhecera, e quis me poupar desses lamentos gratuitos. Compassiva ou talvez chantageada ou talvez as duas coisas ao mesmo tempo, minha mãe confessou que todos os anos, por volta de 16 de dezembro, recebia um par de fólios em que Miguel Altamirano a punha a par de sua vida. Nenhuma das cartas obteve resposta, continuou confessando (fiquei chocado ao ver que ela não sentia a mais mínima vergonha). Antonia de Narváez queimara todas elas, até a última, mas não sem antes lê-las como se lê um folhetim de Dumas ou de Dickens: interessando-se pela sorte do protagonista, sim, mas sempre mantendo a consciência de que nem o tarado patético do David Copperfield nem a pobre e lacrimosa Dama das Camélias existem na realidade, de que suas felicidades ou desgraças, por mais comoventes que nos pareçam, não têm o menor efeito sobre a vida das pessoas de carne e osso.

"Está certo, então me conte", eu disse a ela.

E ela contou.

Contou que poucos meses depois de chegar a Colón, Miguel Altamirano verificara que sua reputação de escritor incendiário e arauto do Progresso o precedia, e quase sem dar-se conta se vira contratado pelo *Panama Star*, o mesmo jornal que o malogrado Mr. Jennings lia no *Isabel*. Contou-me que a missão encomendada a meu pai fora muito simples: teria de passear pela cidade, visitar os escritórios da Panama Railroad Company, inclusive embarcar em todos os trens que quisesse para cruzar o Istmo até Cidade do Panamá, e em seguida escrever sobre a grande maravilha que era o trem e os benefícios incomensuráveis que ele trouxera e continuaria trazendo tanto para os investidores estrangeiros como para os habitantes do lugar. Contou-me que meu pai percebia claramente que estava sendo utilizado para fazer propaganda, mas que não se incomodava com isso porque o fato de que a causa era boa, de acordo com seu ponto de vista, justificava tudo; e com o tempo também foi se dando conta de que anos depois da inauguração da linha férrea as ruas continuavam sem calçamento e seus únicos ornamentos continuavam sendo os animais mortos e o lixo em decomposição. Repito: ele se deu conta. Mas nada disso afetava sua fé inquebrantável, como se a mera imagem do trem indo de um lado para o outro apagasse aqueles elementos da paisagem. Esse sintoma, mencionado de passagem como um simples traço de caráter, anos depois haveria de assumir uma importância extraordinária.

Tudo isso minha mãe me contou.

E continuou contando. Me contou que em coisa de cinco anos meu pai se transformara numa espécie de garoto mimado da sociedade panamenha: os acionistas da Company o acolhiam como se fosse um embaixador, os senadores bogotanos convidavam-no para almoçar e pediam sua opinião sobre vários assuntos, e cada oficial do Governo estatal, cada membro da rançosa aristocracia ístmica, dos Herrera aos Arosemena, dos Arango aos Menocal, queria-o para marido da filha. Contou-me, afinal, que o que pagavam a Miguel Altamirano por suas colunas mal dava para sua vida de solteiro empedernido, mas que isso não o impedia de passar as manhãs oferecendo seus serviços gratuitos como cuidador de doentes no Hospital de Colón. "O hospital é o maior prédio da cidade", lembrou-se minha memoriosa mãe que meu pai havia escrito numa daquelas cartas perdidas. "Isso lhe dará uma ideia da salubridade do ambiente. Mas todo processo em direção ao futuro tem seus senões, querida minha, e este não seria exceção."

Mas não foi só isso que Antonia de Narváez me contou. Como qualquer romancista, minha mãe deixara o mais importante para o final.

Miguel Altamirano estava com Blas Arosemena na manhã de fevereiro em que o *Nipsic*, uma balandra carregada de marines norte-americanos e de mateiros panamenhos, embarcou-o em Colón e o levou até a baía de Caledônia. Don Blas se apresentara em sua casa na noite anterior e lhe dissera: "Faça uma mala para alguns dias. Amanhã partimos em expedição". Miguel Altamirano obedecera, e quatro dias depois entrava na selva do Darién acompanhado de noventa e sete homens, e durante uma semana caminhou atrás deles na noite perpétua da selva, e viu os homens de torso nu abrir caminho a golpes de facão enquanto outros, os brancos de chapéu de palha e camisa de flanela azul, anotavam em seus cadernos tudo o que viam: a profundidade do rio Chucunaque ao ser vadeado, mas também a atração dos escorpiões pelos sapatos de lona; a constituição geológica de um desfiladeiro, mas também o sabor dos micos assados e ingeridos com uísque. Um gringo chamado Jeremy, veterano da Guerra de

Secessão, emprestou seu rifle a meu pai porque nenhum homem devia andar desarmado naqueles lugares, e explicou-lhe que aquele rifle combatera em Chickamauga, onde os bosques não eram menos densos do que aqui e onde a visibilidade era menor que a distância que percorre uma flecha. Meu pai, vítima de seus instintos aventureiros, estava fascinado.

Numa daquelas noites acampavam ao lado de uma rocha polida pelos índios e coberta de hieróglifos cor de vinho – os mesmos índios que, armados com setas envenenadas, os rostos contaminados por uma seriedade que meu pai nunca havia visto, os haviam guiado durante boa parte do caminho –; meu pai estava de pé, observando em silêncio embasbacado a figura de um homem que erguia os dois braços diante de um jaguar ou talvez de um puma; e então, enquanto ouvia as discussões que podiam travar-se entre um tenente confederado e um botânico baixinho e de óculos, sentiu de repente que aquela travessia justificava sua vida. "O entusiasmo não me deixava dormir", escreveu a Antonia de Narváez. E embora Antonia de Narváez fosse de opinião de que não era o entusiasmo, mas os borrachudos, naquele instante tive a sensação de entender meu pai. Naquele fólio, falecido havia muito tempo nas purgas de minha mãe, certamente redigido às pressas e ainda sob o efeito da expedição, Miguel Altamirano encontrara o sentido profundo de sua existência. "Querem abrir a terra como Moisés abriu o mar. Querem separar o continente em dois e realizar o velho sonho de Balboa e de Humboldt. O senso comum e todas as explorações realizadas têm por seguro que a ideia de um canal entre os dois oceanos é impossível. Querida senhora, faço-lhe esta promessa com toda a solenidade de que sou capaz: não morrerei sem ter visto esse canal."

Leitores do Júri: os senhores conhecem, juntamente com todo o Império Britânico, a famosa história tantas vezes contada pelo mundialmente famoso Joseph Conrad sobre as origens de sua paixão pela África. Estão lembrados? A cena é de um romantismo delicioso, mas não serei eu quem ironize a respeito. Joseph Conrad ainda é criança, ainda é Jozef Teodor Konrad Korzeniowski, e o mapa da África é um espaço em branco cujo conteúdo – seus rios, suas montanhas – é completamente ignorado; um lugar de clara escuridão, um verdadeiro depósito de mistérios. O menino Korzeniowski põe um dedo sobre o mapa vazio e diz: "Vou a este lugar". Pois bem, o que o mapa da África era para o menino Korzeniowski, a imagem de meu pai no Panamá era para mim. Meu pai atravessando a selva do Darién na companhia de um bando de loucos que queriam saber se seriam capazes de construir um canal naquele lugar; meu pai sentado no Hospital de Colón ao lado de um doente com disenteria. As cartas que Antonia de Narváez revivera de memória, provavelmente equivocando-se na precisão dos detalhes, na cronologia e num ou noutro nome próprio, ocupavam em minha cabeça um espaço comparável ao da África de meu amigo Korzeniowski: um continente sem conteúdo. A narração de minha mãe desenhara uma fronteira em torno da vida de Miguel Altamirano; mas aquilo que essa fronteira circunscrevia se transformou, com o passar dos meses e dos anos, em meu próprio coração das trevas. Leitores do Júri: eu, José Altamirano, tinha vinte e um anos quando pus um dedo sobre meu próprio mapa em branco e declarei, emocionado e trêmulo, meu próprio *vou a este lugar*.

Em fins de agosto de 1876 embarquei no vapor norte-americano *Selfridge*, a poucas léguas da porta de minha casa e sem me despedir de Antonia de Narváez, e repeti o trajeto que meu pai percorrera depois de depositar seu esperma em determinado lugar. Dezesseis anos se haviam passado desde a última guerra civil, na qual os liberais haviam matado mais, não porque seu exército fosse melhor ou mais valente, mas porque era a vez deles. A matança regular entre compatriotas é a versão nacional da troca da guarda: é feita de tanto em tanto tempo, geralmente adotando os mesmos critérios de crianças brincando ("agora sou eu quem governa", "não, agora sou eu"); e assim ocorreu que no momento de minha partida para o Panamá estava se efetuando uma nova troca da guarda, sempre sob a direção cênica do Anjo da História. Naveguei por um Magdalena colonizado ou dominado pela circulação alternativa dos dois partidos combatentes, ou por sampanas abarrotadas não mais de cacau ou de tabaco, mas de soldados mortos cujo fedor putrefato viajava na fumaça das chaminés. E saí para o mar do Caribe por Barranquilla, e do convés avistei o cerro de la Popa e depois as muralhas de Cartagena, e é provável que tenha me ocorrido algum pensamento inocente (por exemplo, que tenha me perguntado se meu pai teria visto a mesma paisagem, e no que teria pensado ao vê-la).

Mas eu não podia imaginar que por aquele porto amuralhado acabava de passar um veleiro de bandeira francesa originário de Marselha que fizera escalas em Saint-Pierre, Puerto Cabello, Santa Marta e Sabanilla, e que agora se dirigia à cidade que alguns de seus passageiros conheciam como Aspinwall e outros como Colón. Naveguei na esteira do *Saint-Antoine*, mas sem saber que o fazia; e ao chegar a Colón, à noite, tampouco fiquei sabendo que meu vapor passara a menos de duas léguas daquele veleiro comodamente ancorado na baía Limón. Houve outras coisas que eu não soube: que o *Saint-Antoine* fazia aquele trajeto clandestinamente e que não o registraria em sua bitácula; que sua carga tampouco era a declarada, mas um contrabando de sete mil rifles para os revolucionários conservadores; e que um dos contrabandistas era um jovem dois anos mais moço que eu, camareiro com salário nominal, de origem nobre, de crenças católicas e jeito tímido, cujo sobrenome era impronunciável para o resto da tripulação e cuja cabeça já começava, clandestinamente, a arquivar o visto e o ouvido, a conservar casos, a classificar personagens. Porque sua cabeça (embora o jovenzinho ainda não o soubesse) era a cabeça de um contador de histórias. Será preciso que eu lhes diga o óbvio? Tratava-se de um tal Korzeniowski, de nome Jozef, de nome Teodor, de nome Konrad.

III

JOSEPH CONRAD PEDE SOCORRO

Sim, meu querido Joseph, sim: eu estava lá, em Colón, enquanto o senhor... Não fui testemunha, mas isso, dada a natureza de nossa relação quase telepática, dos fios invisíveis que nos mantinham em sintonia constante, não era necessário. Por que a coisa lhe parece tão inverossímil, meu querido Joseph? Então o senhor não sabe, como eu sei, que aquele encontro fora programado pelo Anjo da História, grandíssimo *metteur-en-scène*, titereiro experiente? Então o senhor não sabe que ninguém escapa de seu destino, e não o escreveu diversas vezes e em diversos lugares? Então o senhor não sabe que nossa relação já faz parte da história, e que a história se caracteriza por estar isenta da obrigação importuna de ser verossímil?

Agora, contudo, preciso voltar atrás no tempo. Desde já, advirto que depois voltarei a me adiantar, e em seguida recuarei outra vez, e assim alternada, sucessiva e teimosamente. (Essa navegação temporal acabará por me esgotar, mas não tenho muita opção. Como recordar sem ficar desgastado pela recordação? Dito de outra forma: como faz um corpo para carregar o peso de sua memória?) Enfim. Volto atrás.

Pouco antes de atracar, o jovem Korzeniowski aproveita um momento de mar tranquilo, se aproxima da amurada do *Saint-Antoine* e percorre a paisagem com olhar descuidado. É sua terceira viagem ao Caribe mas é a primeira vez que passa pelo golfo de Urabá, nunca avistara o litoral do Istmo. Depois de passar ao lado do golfo, ao aproximar-se da baía Limón, Korzeniowski consegue divisar três ilhas desertas, três caimãs atirados no meio da água, aproveitando o sol e perseguindo o raio que atravessa o véu de nuvens naquela época do ano. Depois perguntará e lhe responderão: sim, as três ilhas têm, sim, têm nome. Dirão: o arquipélago das Mulatas. Dirão: Gran Mulata, Pequeña Mulata, Isla

Hermosa. Ou, pelo menos, é o que recordará Korzenioswki anos depois, em Londres, quando tentar reviver os detalhes daquela viagem. E nessa ocasião irá perguntar-se se sua própria memória lhe está sendo fiel, se não lhe falta, se na realidade viu uma palmeira desgrenhada sobre a Pequeña Mulata, se alguém lhe disse que na Gran Mulata havia uma fonte de água fresca rompendo a encosta de um barranco. O *Saint-Antoine* continua se aproximando da baía Limón; cai a noite e Korzeniowski sente que os jogos de luz do mar começam a iludir seus olhos, pois a Isla Hermosa lhe parece pouco mais que uma rocha cinzenta e plana, fumegante (ou será um reflexo?) devido ao calor acumulado ao longo do dia. Depois, a noite engole a terra e o litoral criou olhos: do navio, só o que se vê são as fogueiras dos índios cunas, faróis que não orientam nem auxiliam, mas que confundem e assustam.

    Também eu vi as fogueiras dos cunas iluminando a noite, claro, mas permitam que eu diga em voz bem alta: não vi mais nada. Nem ilhas, nem palmeiras, quanto mais rochas fumegantes. Porque naquela noite, a de minha chegada a Colón horas depois da chegada do jovem Korzeniowski, tombara sobre a baía uma sopa de névoa que só abriria espaço ao aguaceiro mais portentoso que eu já tivera ocasião de ver até aquele instante. A água lavou o convés do vapor com chicotadas inclementes, e juro que houve um momento em que tive medo, em meio a minha ignorância, de que ela apagasse as caldeiras. Como se não bastasse, eram tantos os navios que ocupavam os escassos molhes de Colón, que o *Selfridge* não conseguiu atracar e tivemos de passar aquela noite ainda a bordo. Comecemos, leitores, a lançar por terra alguns mitos tropicais: não é verdade que longe da terra não existam mosquitos. Os da costa panamenha são capazes, a julgar pelo que observei naquela noite, de atravessar baías inteiras para obrigar os passageiros incautos a proteger-se debaixo de seus mosquiteiros. Em quatro palavras: foi uma noite insuportável.

    Finalmente amanheceu. Dispersaram-se as nuvens de mosquitos e as nuvens de verdade, e passageiros e tripulantes do *Selfridge* passaram o dia no convés, tomando sol exatamente como os caimãs ou as Mulatas, esperando a boa nova de que poderiam atracar. Mas tornou a anoitecer e as nuvens voltaram, as de verdade e as outras; e os molhes de Colón continuavam cheios como um bordel de marinheiros. A ressurreição ocorreu no terceiro dia. O céu, milagrosamente, secara; e, na fresca da noite (esse artigo de luxo) o *Selfridge* conseguiu uma cama no bordel. Passageiros e tripulantes se precipitaram para terra como um aguaceiro, e eu pisei o território de minhas maldições pela primeira vez.

Vim para Colón porque me disseram que aqui eu encontraria meu pai, o conhecido Miguel Altamirano; mas quando pus os pés malcheirosos, as botas úmidas e rígidas, na Cidade Esquizofrênica, toda a nobreza do tema clássico – todos os Édipos e Laios, Telêmacos e Odisseus – foi rapidamente à merda. Não serei eu quem tentará maquiar as verdades a esta altura da vida: ao entrar no escândalo da cidade, a Busca do Pai se transformou na menor de minhas prioridades. Confesso-o, sim, confesso que me distraí. Permiti que Colón me distraísse.

Minha primeira impressão foi a de uma cidade pequena demais para o caos que abrigava. A serpente da linha férrea descansava a uns dez metros da água da baía e parecia disposta a deslizar para dentro dela e afundar para sempre ao menor tremor de terra. Os carregadores gritavam uns para os outros sem se entender e, aparentemente, sem se preocupar com isso: a Babel que meu pai evocara, longe de ter sido derrotada, continuava vivinha nos molhes que separavam a ferrovia da margem. Pensei: isto é o mundo. Hotéis que não recebiam o passageiro, mas saíam em seu encalço; *saloons* americanos onde se bebia uísque, se jogava pôquer, se dialogava a tiros; tugúrios de jamaicanos; açougues comandados por chineses; no meio de tudo, a casa particular de um velho empregado da companhia ferroviária. Eu estava com vinte e um anos, querido leitor, e o colete preto e comprido do chinês que vendia carne por cima do mostrador e licor aos marinheiros por baixo, ou a casa de penhores de Maggs & Oates e sua vitrine da rua principal com as joias mais gigantescas que eu já havia visto, ou a sapataria antilhana onde se dançava a soca, eram para mim como intimações de um mundo desordenado e magnífico, alusões a pecados sem conta, bem-vindas cartas enviadas de Gomorra.

Naquela noite fiz pela primeira vez uma coisa que repetiria muitos anos mais tarde e em outro continente: chegar a uma cidade desconhecida e procurar um hotel durante a noite. Confesso: não prestei muita atenção onde me alojava e não me intimidei com o fato de que o dono/recepcionista estivesse acompanhado de uma Winchester no momento de empurrar o registro de hóspedes na minha direção. Sonâmbulo, saí novamente para a rua e abri caminho entre mulas e carretas e carretas puxadas a mula até um *saloon* de dois andares. Sobre a insígnia de madeira – *General Grant*, era o que estava escrito – ondulava a bandeira de faixas e estrelas. Apoiei os cotovelos no balcão, pedi o que o homem ao lado havia pedido, mas antes que o bigodudo me servisse o uísque eu já me virara para o outro lado: o melhor espetáculo eram o salão e seus clientes.

Vi dois gringos lutando a socos com dois panamenhos. Vi uma puta a quem chamavam Francesa – quadris que já haviam se aberto para um ou mais filhos, peitos fatigados, uma certa amargura na boca e um pente fora do lugar no cabelo – e imaginei que cometera o erro de acompanhar o marido na aventura panamenha e que em questão de meses o pobre homenzinho fora engrossar as estatísticas do Hospital de Colón. Vi um grupo de marinheiros, valentões de peito nu e camisa escura de malha, que a cercavam e a solicitavam em sua língua, com insistência mas não sem educação, e vi ou notei que a mulher se comprazia com aquele momento inusual e já exótico em que um homem a trata com algo semelhante a respeito. Vi um carroceiro entrar e começar a pedir ajuda para retirar uma mula morta dos trilhos do trem; vi um grupo de americanos olhar rapidamente para ele, sob seus chapéus de abas estreitas, antes de arregaçarem os punhos reluzentes das camisas e saírem para ajudá-lo.

Tudo isso eu vi.

Mas tem uma coisa que eu não vi. E as coisas que não vemos costumam ser as que mais nos afetam. (Este epigrama foi patrocinado pelo Anjo da História.)

Não vi que um homem pequeno, um rato com jeito de notário, se aproximava do balcão e pedia a atenção dos que estavam ali bebendo. Não ouvi quando ele explicou num inglês laborioso que comprara dois bilhetes para o trem que saía pela manhã para a Cidade do Panamá, que no decorrer do dia seu filho pequeno havia morrido de cólera e que agora queria recuperar os cinquenta dólares dos bilhetes para evitar que a criança fosse enterrada numa cova comum. Não vi que o capitão dos marinheiros franceses se aproximou dele e lhe pediu que repetisse tudo o que acabara de dizer, para ter certeza de ter entendido corretamente, e não vi o momento em que um de seus subalternos, um homem corpulento de uns quarenta anos, remexia o fundo de uma sacola de couro, aproximava-se do capitão e punha em sua mão o dinheiro dos dois bilhetes, em cédulas americanas amarradas com uma fita de veludo. A transação não levou mais do que dura um uísque (eu, ocupado com o meu, não a vi). Mas nesse breve lapso alguma coisa passara a meu lado, quase tocando meu corpo, alguma coisa... Achemos a imagem apropriada: a asa do destino roçara meu rosto? O fantasma dos encontros ainda por acontecer, cortesia de Charles Dickens? Não, explicarei como foi, sem imagens intrometidas. Leitores, tenham pena de mim, ou, se preferirem, zombem: não vi a cena, a cena transcorrera a meu lado e, como é lógico, não fiquei sabendo o que acontecera. Não fiquei sabendo que aquele homem se chamava Escarras e era o capitão do *Saint-Antoine*. Pode não parecer grande coisa; o problema é que tampouco fiquei sabendo que seu braço direito, o quarentão corpulento, se chamava Dominic Cervoni, nem que um de seus acompanhantes naquela noite de farra e negócios, um jovem camareiro que observava distraidamente a cena, se chamava Jozef Korzeniowski, nem que muitos anos depois aquele jovem distraído – numa época em que já não se chamava Korzeniowski, mas Conrad – usaria o marinheiro – chamando-o não Cervoni, mas Nostromo – para os fins com que se tornaria célebre... "Nem um ciclope teria a menor chance diante de Dominic Cervoni, o Ulisses da Córsega", escreveria anos depois um romancista maduro e prematuramente nostálgico. Conrad admirava Cervoni como todo discípulo admira todo mestre; Cervoni, por sua vez, assumira voluntariamente a posição de padrinho de aventuras do jovem polonês desorientado. Essa era a relação que os unia: Cervoni desempenhava o papel de encarregado da educação sentimental daquele aprendiz de marinheiro e contrabandista amador. Mas naquela noite não fiquei sabendo que Cervoni era Cervoni nem que Conrad era Conrad.

Eu sou o homem que não viu.

Eu sou o homem que não soube.

Eu sou o homem que não estava ali.

É, esse sou eu: a antitestemunha.

A lista das coisas que não vi nem soube é muito mais longa: eu poderia preencher vários fólios com ela e intitulá-los *Coisas importantes que aconteceram comigo sem que eu me desse conta*. Não fiquei sabendo que antes da madrugada Cervoni encheria quatro botes e, acompanhado por outros seis remadores (entre eles Korzeniowski), voltaria ao porto mais ou menos ao mesmo tempo em que eu saía do General Grant, não bêbado mas um pouco enjoado. Enquanto eu passava mais umas duas horas vagabundeando pelas ruas superlotadas de Colón-Aspinwall- -Gomorra, Dominic Cervoni dirigia a manobra dos quatro botes diante dos molhes de carga da ferrovia, onde um grupo de carregadores esperava por ele em meio às sombras; e enquanto eu voltava para o hotel decidido a acordar cedo e dar início a minha Busca ao Pai, os carregadores manuseavam o conteúdo daqueles sigilosos transportes noturnos, passavam-no por debaixo das arcadas do depósito, acomodavam-no nos vagões do trem que ia para o Panamá (e ao fazê-lo ouviam o tamborilar metálico dos canos e o choque da madeira, sem se perguntar o quê, nem para quem, nem de onde), e cobriam-no com lonas para evitar que fosse danificado por um daqueles aguaceiros instantâneos que eram a marca registrada da vida no Istmo.

Tudo isso se passou perto de mim, quase sem me tocar. Na voz culta: a asa do anjo me roçou *et cetera*. Na voz popular: água passou por aqui, só eu que não vi. É um frágil consolo pensar que, embora eu não estivesse presente, teria podido estar (como se isso me legitimasse). Se algumas horas mais tarde, em vez de dormir a sono solto na caminha incômoda de meu quarto, eu tivesse saído para a sacada do hotel, teria visto Korzeniowski e Cervoni, o Ulisses da Córsega e o Telêmaco de Berdichev, subirem ao último vagão do trem com os bilhetes comprados na noite anterior do coitado do ratinho do *saloon*. Se eu tivesse permanecido na sacada até as oito da manhã, teria visto os controladores aparecerem entre os vagões – com os chapéus bem posicionados sobre as cabeças – para anunciar pontualmente a partida, e teria aspirado a fumaça da locomotiva e escutado o alarido de sua chaminé. Os vagões teriam se arrastado bem debaixo do meu nariz, levando entre os passageiros Cervoni e Korzeniowski e, nos vagões de carga, dois mil duzentos e noventa e três fuzis Chassepot, com sistema de agulha e carga pela culatra, que haviam cruzado o oceano Atlântico a bordo do *Saint-Antoine* e que, também eles, tinham uma boa história para contar.

Sim, Leitores do Júri, em meu relato democrático as coisas também têm voz e receberão a palavra. (Ah, as artimanhas a que tem de recorrer um pobre narrador para contar o que não sabe, para preencher suas incertezas com alguma coisa interessante...) Pois me pergunto: se, em vez de roncar em meu quarto, *ad portas* de uma terrível dor de cabeça, eu tivesse descido até a estação e lá me misturado aos viajantes, se tivesse me introduzido no vagão de carga e interrogado um dos Chassepot, qualquer um deles, um escolhido ao acaso para os objetivos de minha curiosidade sem limites, que história ele teria me contado? Num dos romances de Conrad – de cujo nome não quero me lembrar –, certo personagem um tanto cafona, certo crioulo afrancesado, se pergunta: "O que sei eu de rifles militares?" E eu, agora, passo para o outro time com uma pergunta (desculpem a modéstia) muito mais interessante: O que sabem os rifles de nós?

O Chassepot trazido por Korzeniowski para terras colombianas foi fabricado nos arsenais de Toulon, em 1866. Em 1870 foi levado como arma de dotação para a batalha de Wissembourg e utilizado, sob o comando do general Douay, pelo soldado Pierre-Henri Desfourgues, que destramente o apontou para Boris Seeler (1849) e Carl-Heinz Waldraff (1851). Pierre-Henri Desfourgues foi ferido por uma carabina Dreyse e retirado do front; no hospital recebeu a notícia de que Mademoiselle Henriette Arnaud (1850), sua noiva, estava rompendo o compromisso para casar-se com Monsieur Jacques-Philippe Lambert (1821), presumivelmente por razões monetárias. Pierre-Henri Desfourgues chorou vinte e sete noites seguidas, ao cabo das quais enfiou o cano do Chassepot (11 milímetros) na própria boca até encostar na úvula (7 milímetros) com a mira (4 milímetros) e apertou o gatilho (10 milímetros).

O Chassepot foi herdado por Alphonse Desfourgues, primo-irmão de Pierre-Henri, que se apresentou assim armado na defesa de Mars-la-Tour. Alphonse o disparou dezessete vezes no curso da batalha; nem uma só vez acertou o alvo. O Chassepot lhe foi então arrebatado (de maus modos, dizem) pelo capitão Julien Roba (1839), que, estando na fortaleza de Metz, disparou com êxito nos ginetes Friedrich Strecker, Ivo Schmitt e Dieter Dorrestein (todos de 1848). Com a valentia renovada, o capitão Roba uniu-se à vanguarda e resistiu durante cinco horas ao ataque de dois regimentos prussianos. Morreu depois de ser atingido pelo disparo de um rifle Snider-Enfield. Ninguém foi capaz de explicar o que fazia um Snider-Enfield nas mãos de um prussiano do 7º de Encouraçados (Georg Schlink, 1844).

Durante a batalha de Gravelotte, o Chassepot trocou de mãos cento e quarenta e cinco vezes e foi disparado quinhentas e noventa e nove, das quais duzentas e trinta e uma falharam, cento e noventa e sete mataram e cento e setenta e uma causaram ferimentos. Entre as 14h10 e as 19h30 ficou abandonado numa trincheira de Saint-Privat. Jean-Marie Ray (1847), a serviço do general Canrobert, substituíra numa *mitrailleuse* o atirador morto, e morrera por sua vez. Recuperado depois da batalha, o Chassepot teve a sorte de combater em Sedan, com Napoleão III; tal como Napoleão III, foi derrotado e feito prisioneiro. Diferença: enquanto Napoleão se exilava na Inglaterra, o Chassepot prestou bons serviços a Konrad Deresser (1829), capitão de artilharia do 11º Regimento prussiano, durante o cerco de Paris. Em mãos de Deresser compareceu ao Salão dos Espelhos do Palácio de Versalhes e foi testemunha da proclamação do Império Germânico; pendurado às costas de Deresser, compareceu ao Salão Luís XIV e foi testemunha dos olhares sugestivos de Madame Isabelle Lafourie; aos pés de Deresser, esteve nos bosques atrás do Palácio e foi testemunha da maneira como a pélvis do capitão reagia àqueles olhares. Dias depois, Deresser se instalou em Paris como parte da ocupação alemã; Madame Lafourie, em qualidade de território ocupado, tornou-se credora regular de seus favores (29 de janeiro, 12 de fevereiro, 13 de fevereiro, 2 de março, 15 de março às 18h30 e às 18h55, 1º de abril). 2 de abril: Monsieur Lafourie entra de surpresa e à força num quarto da Rue de l'Arcade. 3 de abril: Konrad Deresser recebe os padrinhos de Monsieur Lafourie. 4 de abril: o Chassepot espera junto à margem enquanto Monsieur Lafourie e o capitão Deresser empunham os respectivos revólveres Galand (1868, fabricação belga). Os dois Galand disparam, mas só Deresser é atingido pela bala (10,4 milímetros) e cai em toda a sua extensão (1.750 milímetros). No dia 5 de abril de 1871, Monsieur Lafourie vende o Chassepot do vencido no mercado negro. O que está muito longe de ser uma atitude honorável.

 Durante cinco anos, dois meses e vinte e um dias, o Chassepot desaparece, mas em fins de junho de 1876 é adquirido, junto com outros mil, duzentos e noventa e dois fuzis, veteranos como ele da guerra franco-prussiana, por Frédéric Fontaine. Fontaine – nao é segredo para ninguém – trabalha como encarregado de assuntos variados para a firma Delestang & Fils, dona de uma frota de veleiros com sede em Marselha; além disso, desempenha as funções de testa de ferro de Monsieur Delestang, aristocrata e banqueiro aficionado, conservador fanático, nostálgico realista e ultracatólico ardoroso. Monsieur Delestang resolveu dar ao Chassepot um destino específico. Depois de passar catorze dias mais as respectivas noites num depósito do *vieux port* marselhês, o fuzil embarca num dos veleiros da consabida companhia: o *Saint-Antoine*.

 Segue-se a travessia do Atlântico, sem incidentes. Segue-se a ancoragem na baía Limón, Panamá, Estados Unidos da Colômbia. O Chassepot se transfere de bote para os depósitos da companhia ferroviária (isso já foi mencionado). A bordo do vagão de carga número 3 (isso, em compensação, ainda não o foi), perfaz o trajeto de quinze léguas que separa Colón de Cidade do Panamá, onde é objeto de uma transação de caráter clandestino. A noite acaba de cair. No Mercado de Playa, sob um toldo e entre cachos de bananas dos trópicos, encontram-se o camareiro polonês Jozef Teodor Konrad Korzeniowski, o aventureiro corso Dominic Cervoni, o general conservador Juan Luis de la Pava e o intérprete Leovigildo Toro. Enquanto o general De la Pava faz a entrega da quantia ajustada, por meio de múltiplos intermediários, com Delestang & Fils, o Chassepot e os mil, duzentos e noventa e dois iguais a ele são levados até o porto em carretas de madeira puxadas por mulas e depois levados para bordo do vapor *Helena*, cuja rota pelo Pacífico vem da Califórnia, via Nicarágua, e tem como destino final o porto de Lima, Peru. Horas depois, já a bordo do *Helena*, o general De la Pava se embriaga reiteradamente e, ao brado de "Morra o Governo! Morra o presidente Aquileo Parra! Morra o condenado Partido Liberal!", dispara seis tiros para o alto com o revólver Smith & Wesson modelo 3 que comprou no Panamá de um mineiro californiano (Bartholomew J. Jackson, 1834). No dia 24 de agosto, o vapor aporta na cidade de Buenaventura, na costa pacífica colombiana.

 E assim, vencendo a lombo de mula – as mulas às vezes passam dois ou três dias seguidos sem descansar, e uma delas se rende subindo a Cordilheira – o difícil trajeto entre Buenaventura e Tuluá, o contrabando chega, sob a supervisão do general De la Pava, ao front de Los Chancos. Estamos em 30 de agosto, já é quase meia-noite; o general Joaquín María Córdoba, que comandará a batalha contra o monstro do liberalismo ateu, dorme placidamente em sua barraca de campanha, mas acorda ao ouvir o rumor das mulas e das carretas. Apresenta suas felicitações a De la Pava; ordena a seus generais que se ajoelhem e orem pela família Delestang, cujo sobrenome é variadamente pronunciado como Delestón, Colestén e Del Hostal. Em questão de minutos, os quatro mil e quarenta e sete soldados conservadores estão dizendo ao Sagrado Coração de Jesus que nele confiam, e pedindo-lhe saúde eterna para os cruzados marselheses, seus remotos benfeitores. Na manhã seguinte, depois de anos de inatividade nos nobres cenários da guerra, o Chassepot é depositado em mãos de Ruperto Abello (1849), cunhado do pároco de Buga, e torna a combater. Às 6h47, seu disparo atravessa a garganta de Wenceslao Serrano, artesão de Ibagué. Às 8h13, acerta o quadríceps direito de Silvestre E. Vargas, pescador de La Dorada, obrigando-o a cair; e às 8h15, depois de uma manobra de recarga falida, sua baioneta se enterra no tórax do próprio Vargas, entre a segunda e a terceira costelas. São 9h33 quando seu disparo perfura o pulmão direito de Miguel Carvajal Cotes, fabricante de *chicha*; são 9h54 quando arrebenta a nuca de Mateo Luis Noguera, jovem jornalista de Popayán que teria escrito grandes romances se tivesse vivido mais tempo. O Chassepot mata Agustín Iturralde às 10h12, Ramón Mosquera às 10h29, Jesús María Santander às 10h56. E às 12h44, Vicente Noguera, irmão mais velho de Mateo Luis e primeiro leitor de seus primeiros poemas – "Elegia para meu burro" e "Júbilo imortal" –, que durante quase três horas perseguiu Ruperto Abello pelo campo de batalha, desobedecendo às ordens do general Julián Trujillo e expondo-se a tribunais militares que posteriormente o absolverão, se embarrica atrás de Barrabás, seu próprio cavalo morto, e dispara. Não o faz com o fuzil Spencer que lhe entregaram antes da batalha, mas com o Remington calibre 20 que seu pai costumava levar quando caçava no vale do rio Cauca. A bala atinge a orelha esquerda de Ruperto Abello, despedaça a cartilagem, parte o pômulo e sai pelo olho (de cor verde e famoso na família). Abello morre no ato; o Chassepot fica na relva, entre duas bostas de vaca leiteira.

Como Abello, dois mil, cento e sete soldados conservadores, muitos deles portadores de Chassepots contrabandeados, morrem em Los Chancos. Do lado oposto, mil, trezentos e trinta e cinco soldados liberais morrem sob as balas contrabandeadas daqueles fuzis. Ao percorrer o campo de batalha como parte do exército vitorioso, o jovem Fidel Emiliano Salgar, antigo escravo do general Trujillo, recolhe o Chassepot e o leva consigo enquanto os liberais avançam para o estado de Antioquia. A batalha de

Los Chancos, uma das mais sangrentas da guerra civil de 1876, deixou uma marca profunda na alma de Salgar, além de um buraco profundo em sua mão esquerda (produzido pela baioneta oxidada de Marceliano Jiménez, peão de fazenda). Se Fidel Emiliano Salgar fosse poeta e francês, sem dúvida já se teria lançado com um soneto intitulado "L'ennui de la guerre". Mas Salgar não é nem francês nem poeta, e não tem como sublimar a insuportável tensão dos últimos dias nem a imagem persistente de cada um dos mortos que viu. Armado com o Chassepot, Salgar começa a falar sozinho; e naquela noite, depois de utilizar a mesma baioneta que matou Silvestre E. Vargas para matar o sentinela (Estanislao Acosta González, 1859), Salgar faz – com seu olhar, com seus atos – esta revelação surpreendente: enlouqueceu.

A vida do Chassepot termina pouco depois.

Corretamente empunhado, o fuzil dá condições a Salgar de atemorizar diversos de seus companheiros de batalhão e de sentir prazer com isso (é uma espécie de pequena vingança). Muitos deles deixam-no em paz, apesar do perigo que representa para um contingente militar um homem instável e armado, porque sua loucura não é visível de fora. Na noite de 25 de setembro, o batalhão, Salgar e o fuzil já cruzaram o estado de Antioquia e chegaram às margens do rio Atrato, como parte de sua reconquista de territórios conservadores. A noite os surpreende na fazenda Miraflores. Salgar, descalço e sem camisa, aponta para o general Anzoátegui, que dormia em sua barraca, e começa a caminhar na direção do rio; consegue empurrar uma canoa que encontra na margem mantendo o tempo todo a baioneta encostada nas costelas do general e o olhar solto e aflito como o de um boneco avariado. Mas a canoa mal avança dez metros pela correnteza do Atrato e os guardas já chegam à margem e formam um verdadeiro pelotão de fuzilamento. Em meio a seus raciocínios toldados, Salgar ergue o Chassepot, aponta para a cabeça do general e seu último disparo lhe atravessa o crânio antes que alguém tenha tempo de fazer alguma coisa. Os demais soldados, cujos nomes já não vêm ao caso, abrem fogo.

As balas – de diversos calibres – atingem Salgar em diversas partes do corpo: perfuram os dois pulmões, a face e a língua, estraçalham um joelho e lhe abrem a ferida já quase fechada da mão esquerda, queimando nervos, chamuscando tendões, cruzando o túnel cárpico como um navio cruza um canal. O Chassepot flutua no ar por um segundo e depois cai nas águas revoltas do Atrato; afunda, e antes de tocar o fundo chega a avançar alguns metros com a força da correnteza. Segue-o, caindo de costas, o cadáver de um homem (69 quilos de peso) que foi escravo e que já não será livre.

No momento em que Fidel Emiliano Salgar chega ao leito arenoso do rio, assustando uma arraia e recebendo uma ferroada – sem que seu corpo morto sinta nada, sem que seus tecidos se retraiam com a ação do veneno, sem que seus músculos sofram cãibras nem seu sangue se contamine –, nesse mesmo momento o aprendiz de marinheiro Korzeniowski, a bordo do *Saint-Antoine*, dirige um último olhar para a linha litorânea do porto de Saint-Pierre, na Martinica. Há vários dias que, cumprida a missão dos fuzis-para-derrubar-governos-liberais, partiu de Colón e dos mares territoriais dos Estados Unidos da Colômbia. E, posto que este parece ser o capítulo das coisas que não se sabem, devo fazer constar o que Korzeniowski neste momento não sabe.

Não sabe os nomes nem as idades das mil, trezentas e trinta e cinco vítimas dos Chassepots. Não sabe nem mesmo que houve mil, trezentas e trinta e cinco vítimas dos Chassepots. Não sabe que o contrabando terá sido inútil, que o Governo liberal e maçom ganhará a guerra contra os conservadores católicos e que será preciso esperar outra guerra – ou uma reedição da mesma – para que esse estado de coisas se modifique. Não sabe o que vai achar Monsieur Delestang, em Marselha, quando ficar sabendo disso, nem se tornará a se envolver em outras cruzadas. Não sabe que um jornal sensacionalista, *La Justicia*, inventará muitos anos depois uma versão absurda de sua passagem pela costa da Colômbia: nela, Korzeniowski assume o controle da negociação e vende as armas a um tal Lorenzo Daza, delegado do Governo liberal que depois as "dará por perdidas" e as venderá novamente, "pelo dobro de seu preço", aos conservadores revolucionários. Korzeniowski, que nem sequer sabe quem é o tal Daza, na Martinica continua de olhar fixo e continua sem saber coisas. Não sabe que o litoral de Saint-Pierre nunca mais será o mesmo, pelo menos para ele, pois a cidade conhecida como Viejo París será apagada do mapa em coisa de um quarto de século, obliterada por inteiro, como um fato histórico indesejável (mas ainda não está na hora de falar desse desastre). Não sabe que em questão de horas, quando estiver navegando entre Saint-Thomas e Porto Príncipe, travará conhecimento com a violência do Vento do Leste e do Vento Oeste, e não sabe que muito mais tarde escreverá sobre essa violência. Entre Porto Príncipe e Marselha completará dezenove anos, e não saberá que em sua casa o aguarda a sucessão de acontecimentos mais difícil de sua juventude, acontecimentos esses que acabarão, para ele, com um tiro no coração.

E enquanto esse aniversário se desenrola a bordo do *Saint--Antoine*, com canções e abraços de parte de Cervoni, em outra embarcação de outro lugar acontecem outras coisas (ou direi: correspondências). Apresento-lhes o *Lafayette*, vapor francês com bandeira das Índias Ocidentais que desempenhará papéis importantíssimos em nossa pequena tragédia. A bordo, o tenente Lucien Napoleón Bonaparte Wyse, filho ilegítimo de mãe famosa (no pior sentido) e pai desconhecido (no único sentido), esse tenente Wyse, queridos leitores, se prepara para partir em expedição. Sua missão é encontrar, na selva colombiana de Darién, a melhor rota para abrir um canal interoceânico, aquilo que alguns – em Paris, em Nova York, na própria Bogotá – começaram a chamar Aquela Merda de Canal. Digo de uma vez por todas: por razões que logo se tornarão aparentes, por razões impossíveis de reduzir à gaiola de ouro de uma única frase bonita, naquele momento não só o Canal, mas minha vida inteira começou a se foder.

A cronologia é uma fera indômita; não sabe o leitor os trabalhos inumanos por que passei para conferir a meu relato um aspecto mais ou menos organizado (não descarto a possibilidade de ter falhado em meu intento). Meus problemas com a fera se reduzem a um só. Verão os senhores, com o passar dos anos e a reflexão sobre os temas deste livro que agora escrevo, que comprovei o que sem dúvida não é surpresa para ninguém: que no mundo as histórias, todas as histórias que se sabem e se narram e se recordam, todas essas pequenas histórias que por alguma razão têm importância para os homens e que sem que nos demos conta vão compondo o temível afresco da Grande História, se justapõem, se tocam, se cruzam: nenhuma existe por conta própria. Como lidar com isso num relato linear? Impossível, temo. Eis aqui uma humilde revelação, a lição que aprendi à força de conviver com os fatos do mundo: calar é inventar, as mentiras são construídas com o que não é dito, e, posto que minha intenção é contar com fidelidade, meu relato canibal deverá incluir tudo, todas as histórias que lhe caibam na boca com naturalidade, as grandes e as pequenas. Pois bem, nos dias que antecederam a partida do *Lafayette* aconteceu uma das últimas: o encontro de outros dois viajantes. Foi a poucos metros do porto de Colón e, portanto, do tenente Wyse e seus homens. E no capítulo seguinte, se até lá minha vida não tiver acabado, se ainda houver forças em minha mão para mover a pena, tratarei de concentrar-me nele. (Em minha idade, que é mais ou menos a idade de um romancista morto, polonês de nascimento e marinheiro antes de escritor, não se devem fazer planos com muita antecipação.)

 Mas antes, respondendo à ordem peculiar que têm os fatos em meu relato, a ordem que eu, dono onipotente de minha experiência, resolvi dar-lhe para que ela seja melhor compreendida pelos senhores, tenho de me dedicar a outro assunto, ou melhor, a outro homem. Podemos chamá-lo de facilitador; podemos chamá-lo de intermediário. É evidente, parece-me: se vou dedicar tantas páginas a contar meu encontro com Joseph Conrad, entende-se que seja necessário que explique um pouco quem era a pessoa responsável pelo fato de que nos conhecêssemos, o anfitrião de minha desgraça, o homem que propiciou o roubo...
 Mas ainda é cedo para falar do roubo.

Voltemos, leitores, ao ano de 1903. O lugar é um cais qualquer do Tâmisa: um vapor de passageiros chegou do porto caribenho de Barranquilla, na convulsionada República da Colômbia. Desembarca do vapor um passageiro que tem como única bagagem um pequeno baú de roupas e pertences, mais conveniente para quem vai passar quinze dias longe de casa do que para quem nunca mais regressará a sua terra. Digamos que não é o baú de um emigrado, mas o de um viajante, e não só por seu tamanho humilde, mas porque seu dono ainda não sabe que chegou para ficar... Recordo detalhes daquela primeira noite em Londres: o anúncio publicitário, recebido de uma mão obscura ainda no cais, no qual se detalham os serviços e as virtudes do Trenton's Hotel, Bridgewater Square, Barbican; os adicionais que tive de pagar, um pelo uso da eletricidade, outro pela limpeza de minhas botas; a infrutífera negociação com o porteiro noturno, de quem exigi a tarifa especial, com café da manhã incluído, embora os documentos que me identificavam não fossem norte-americanos nem coloniais. Na manhã seguinte, mais recordações: um mapa de bolso que comprei por dois *pence*, um mapa desdobrável com capa amarelo-bile; o pão com marmelada e as duas taças de cacau que tomei no salão de refeições do hotel enquanto procurava em meio àquelas ruas brancas ou amarelas o endereço que trazia anotado na caderneta de jornalista. Um ônibus me deixou na Baker Street; atravessei o Regent's Park por dentro, em vez de fazer a volta, e entre as árvores já desfolhadas e as trilhas de lama de neve cheguei à rua que procurava. Não foi difícil encontrar o número.

Até hoje guardo o mapa que utilizei naquela manhã: sua lombada fina foi devorada pelas traças, suas páginas estriadas parecem uma cultura de fungos para fins científicos. Mas os objetos falam comigo, ditam coisas para mim; reclamam quando minto, e no caso oposto prestam-se de boa vontade a servir de prova. Pois bem, a primeira coisa que aquele velho mapa, inútil e desatualizado (Londres muda todos os anos), suscita na minha memória, é o encontro com o mencionado intermediário. Mas quem era Santiago Pérez Triana, o célebre negociante colombiano que com o tempo se tornaria embaixador plenipotenciário perante as cortes de Madri e Londres? Quem era aquele homem, um entre tantos que na Colômbia recebem como legado esse monstro indesejável e perigoso: uma Vida Política? A resposta, que alguns acharão curiosa, é: não me interessa. O importante não é quem era aquele homem, mas que versão estou disposto a dar da vida dele, que papel desejo que ele desempenhe no relato da minha. De maneira que agora mesmo faço uso de minhas prerrogativas de narrador, tomo a poção mágica da onisciência e entro, não pela primeira vez, na cabeça – e na biografia – de outra pessoa.

(Sim, queridos historiadores escandalizados: as vidas alheias, mesmo as dos personagens mais destacados da política colombiana, também estão sujeitas à versão que eu tenha delas. E será a minha versão que contará neste relato; para os senhores, leitores, será a única. Exagero, distorço, minto e calunio descaradamente? Os senhores não têm como sabê-lo.)

Naquela época, um colombiano que chegasse a Londres passava necessariamente pela casa de Santiago Pérez Triana, no número 45 da Avenue Road. Pérez Triana, filho de ex-presidente e escritor secreto de histórias para crianças, perseguido político e leitor aficionado, chegara à cidade vários anos antes e presidia com sua cara de sapo e suas anedotas em quatro idiomas a uma mesa em formato de auditório: seus jantares, suas reuniões no salão vitoriano, eram pequenas homenagens a sua própria pessoa, conferências magistrais destinadas a exibir seu talento de orador ateniense muito antes de que seus discursos lhe dessem projeção nas cortes de Haia. As tardes, naquele salão ou no aposento principal onde se tomava o café, eram todas iguais: Pérez Triana tirava os óculos de armação redonda para acender um charuto, ajeitava a gravata-borboleta enquanto os cálices de seu público privado se enchiam até a borda, e começava a falar. Falava de sua vida em Heidelberg ou da ópera em Madri, de suas leituras de Henry James, de sua amizade com Rubén Darío e Miguel de Unamuno. Recitava seus próprios versos: *Hay sepulcros que guardan mis secretos*, podia soltar de repente, ou também: *He sentido gemir las muchedumbres*. E seus convidados, políticos liberais ou empresários ilustrados da burguesia bogotana, aplaudiam-no como focas amestradas. Pérez Triana assentia com modéstia, fechava os olhos já gastos como as fendas de um cofre, apaziguava os ânimos com um movimento da mão gorducha como se atirasse um par de sardinhas às focas. E prosseguia sem perda de tempo rumo à anedota seguinte, ao verso seguinte.

Mas à noite, depois que todo mundo ia embora, Pérez Triana era tomado por um medo remoto e quase carinhoso, uma espécie de animal domesticado mas formidável que continuava a acompanhá-lo mesmo depois de todos aqueles anos. Era uma sensação física bem definida: uma perturbação intestinal semelhante à dos momentos prévios à fome. Quando sentia que ele estava chegando, a primeira coisa que Pérez Triana fazia era verificar se Gertrud estava dormindo; depois saía do quarto escuro e descia para a biblioteca, de bata verde e pantufas de couro, e acendia todas as lâmpadas do recinto. Das janelas de seu salão via-se a mancha negra que pela manhã seria o Regent's Park, mas Pérez Triana não gostava muito de olhar para a rua se não fosse para constatar o retângulo de claridade que sua janela projetava sobre a rua sombria e a presença reconfortante de sua própria silhueta despenteada. Acomodava-se diante da escrivaninha, abria uma gaveta de madeira munida de compartimentos ajustáveis, pegava alguns fólios em branco e alguns envelopes Perfection e escrevia cartas longas e sempre solenes nas quais perguntava como iam as coisas na Colômbia, quem mais havia morrido depois da última guerra civil, o que estava realmente acontecendo no Panamá. E as notícias lhe chegavam em envelopes norte-americanos: de Nova York, de Boston, até mesmo de San Francisco. Aquela era, como todos sabiam, a única maneira de evitar a censura. Pérez Triana sabia, assim como seus correspondentes, que uma carta dirigida a seu nome poderia ser irremediavelmente aberta e seu conteúdo verificado pelas autoridades do Governo; se a autoridade julgasse necessário, a carta desapareceria antes de chegar a seu destino e poderia provocar inquisições mais ou menos incômodas para o remetente. De modo que seus cúmplices bogotanos se habituaram rapidamente à rotina de transcrever as notícias à mão; habituaram-se também a receber envelopes com selos dos Estados Unidos dentro dos quais aparecia, como num jogo de esconde-esconde, a caligrafia do amigo proscrito. E uma das perguntas que mais se repetiam em suas cartas clandestinas enviadas de Londres era esta: Vocês acham que eu já posso voltar? Não, Santiago, respondiam os amigos. Ainda não está na hora de voltar.

Leitores do Júri: permitam-me que lhes dê uma brevíssima aula sobre política colombiana, para sintetizar as páginas transcorridas até agora e prepará-los para as que virão. O fato mais importante na história de meu país, como talvez os senhores já tenham percebido, não foi o nascimento de seu Libertador, nem sua Independência, nem nenhuma dessas invenções de manual de bacharelato. Tampouco foi uma catástrofe em escala individual como as que tantas vezes marcam os destinos de outras terras: nenhum Henry quis casar-se com nenhuma Bolena, nenhum Booth matou nenhum Lincoln. Não: o momento que definiria o destino da Colômbia para toda a história, como sempre acontece nesta terra de filólogos e gramáticos e ditadores sanguinários que traduzem a *Ilíada*, foi um momento feito de palavras. Mais exatamente: de nomes. Um duplo batismo, ocorrido em algum momento impreciso do século XIX. Reunidos os pais dos dois bebês rechonchudos e já malcriados, aqueles dois garotinhos que desde o nascimento fediam a vômito e a merda líquida, decidiu-se que o mais calmo recebesse o nome de Conservador. O outro (que chorava um pouco mais) foi chamado Liberal. Os meninos cresceram e se reproduziram em rivalidade constante, e as gerações rivais se sucederam umas às outras com a energia dos coelhos e a obstinação das baratas... e em agosto de 1893, como parte dessa herança incontestável, o ex-presidente – liberal – Santiago Pérez Manosalba, o homem que em outras épocas conquistara o respeito do general Ulysses Grant, era exilado sem maiores considerações pelo regime – conservador – de Miguel Antonio Caro. Seu filho, Santiago Pérez Triana, herdava a condição de indesejável, mais ou menos como se herda uma calva prematura ou um nariz adunco.

Talvez não seja deslocado incluir aqui uma evocação, pois não esqueço que alguns de meus leitores não têm a sorte de ser colombianos. A culpa de tudo fora das colunas subversivas que o ex-presidente – liberal – escrevia no *El Relator*, verdadeiros torpedos que teriam aberto rombos e afundado em questão de segundos qualquer Governo europeu. *El Relator* era o filho mimado da família: um jornal fundado unicamente para derrubar os conservadores do poder, e oportunamente fechado, com decretos dignos de uma tirania, pelos que não queriam ser derrubados. Não era o único: o ex-presidente Pérez – pálpebras caídas, barba tão cerrada que ocultava completamente a boca – costumava convocar reuniões clandestinas com outros conspiradores jornalísticos em sua casa da Carrera Sexta de Santa Fe de Bogotá. E assim, enquanto do outro lado da rua a igreja da Bordadita ficava lotada de godos* rezando, no salão dos Pérez reuniam-se os diretores do *El Contemporáneo*, do *El Tábano* e do *El 93*, todos jornais fechados sob a acusação de apoiar a facção anarquista e preparar a guerra civil.

Muito bem: a política, na Colômbia, Leitores do Júri, é um curioso jogo de classe. Por trás da palavra Motivação está a palavra Capricho; por trás de Decisão está Chilique. A história que nos ocupa deu-se de acordo com essas regras simplíssimas e, além disso, deu-se com toda a rapidez com que costumam dar-se os equívocos... No início do mês de agosto, Miguel Antonio Caro, Caprichoso Supremo da Nação, por acaso ouviu dizer que *El Relator* estaria disposto a moderar suas posições caso recebesse autorização para voltar a circular.

Alguma coisa nessa notícia tem sabor de vitória: a Regeneração conservadora, que estabeleceu leis de censura cuja severidade não tem paralelo no mundo da democracia, venceu a subversão escrita do liberalismo ateu. É o que pensa Caro; mas *El Relator* acaba com seu equívoco na edição do dia seguinte ao desafiar a censura com uma das invectivas mais poderosas que as instituições da Regeneração conservadora já receberam. O presidente Caro – previsivelmente – sente-se enganado. Ninguém lhe prometeu nada, mas aconteceu em seu mundo, em seu pequeno mundo privado, feito de clássicos latinos e de um profundo

---
* Conservadores. (N.T.)

desprezo por tudo o que não esteja de seu lado, uma coisa terrível: a realidade não correspondeu a suas fantasias. O presidente esbraveja, sapateia furioso sobre a madeira do Palácio de San Carlos, joga o chocalho no chão, faz beicinho, choraminga e se recusa a acabar de comer... e nem por isso a realidade se retira: *El Relator* continua existindo e continua sendo seu inimigo. Então os que estão por ali ouvem-no dizer que Santiago Pérez Manosalba, ex-presidente da Colômbia, é um mentiroso e um farsante e um homem sem palavra. Ouvem-no anunciar com a certeza de um oráculo que aquele liberal sem pátria nem deus levará o país à guerra, e que sua extradição é a única maneira de evitar isso. O decreto definitivo, o decreto que estabelece o exílio, é assinado no dia 14 de agosto.

    O pai o acatou, evidentemente – a pena de morte para exilados que não fossem para o exílio era moeda corrente na Colômbia de Caro –, e foi para Paris, rincão natural das altas burguesias latino-americanas. O filho, depois de receber as primeiras ameaças, tentou sair do país descendo de Bogotá até o rio Magdalena e embarcando no porto de Honda no primeiro vapor disposto a levá-lo até Barranquilla, de onde partiria para o exílio europeu. "Eu, na verdade, não me sentia em perigo", disse-me ele muito mais tarde, quando nossa relação já permitia esse tom e essas confidências. "Deixava a Colômbia porque, depois da afronta a meu pai, o ambiente para mim ficara irrespirável; ia para castigar, a meu modo, a ingratidão do país. Mas quando cheguei a Honda, um povoado infecto de três habitantes e temperaturas bestiais, percebi como estava equivocado." Nas noites de Londres, Pérez Triana continuava sonhando que os policiais o detinham em Honda, que tornavam a levá-lo para a Ciega – a prisão mais temida do Magdalena; só que no sonho o policial mais jovem lhe explicava, enquanto alisava o buço, o que não haviam lhe explicado na realidade: que as ordens tinham vindo da capital. Mas que ordens? Mas em que termos? No sonho era impossível saber, como fora impossível saber na realidade. Pérez Triana nunca mencionara a ninguém, nem mesmo a Gertrud, as horas que passara na Ciega, trancado na escuridão de um calabouço, com os olhos lacrimejantes devido aos vapores da merda humana e das roupas embebidas da umidade corrompida do trópico. Chegara a precisar de mais de uma mão para contar os casos de febre amarela de que tivera notícia durante seu brevíssimo encarceramento. Em algum momento, pensou, sua vez chegaria: cada mosquito, cada micróbio era seu inimigo. Teve então a certeza de que havia sido condenado à morte.

O prisioneiro não tinha como saber, mas no amanhecer de seu segundo dia na Ciega, enquanto aceitava a contragosto uma broa sem queijo à guisa de café da manhã, o advogado bogotano Francisco Sanín, que na ocasião veraneava em Honda, recebia a notícia do encarceramento. Quando Sanín chegou à Ciega, Pérez Triana transpirara tanto que o colarinho engomado de sua camisa já não lhe comprimia a garganta: sua sensação, impossível de confirmar, era de estar com as bochechas caídas, mas se passava a mão pelo rosto só encontrava os rastros ásperos da barba nova. Sanín avaliou a situação, indagou quais eram as acusações e recebeu evasivas, e seus clamores chegaram a Bogotá e voltaram sem respostas nem soluções. Nisso lhe ocorreu que a única solução possível passava pela mentira. Em certa ocasião, atuando como comerciante nos Estados Unidos, Pérez Triana fora obrigado a assinar cartas de lealdade. Sanín escreveu ao ministro norte-americano, um tal MacKinney, citando aquelas cartas e dizendo-lhe que um de seus cidadãos corria risco de vida numa prisão insalubre. Era uma mentira arriscada, mas deu certo: MacKinney acreditou em cada palavra de sua carta com a ingenuidade de uma criança e protestou perante o juiz correspondente, elevando a voz e dando tapas na mesa, e em questão de horas Pérez Triana estava a caminho de Bogotá, olhando para trás por cima do ombro, confusamente grato pelo poder que tem a voz rouca do Tio Sam nestas latitudes submissas. Daquela vez (ia pensando) não havia dúvida possível, não havia saudades antecipadas. Tinha de fugir; cada detalhe de sua pessoa maltratada lhe apontava o caminho da fuga. Se o caminho do rio Magdalena lhe estava vedado, encontraria alternativas menos evidentes. De modo que fugiu pelas Planícies Orientais, fez-se passar por padre e batizou índios incautos, navegou por três rios e viu animais que nunca havia visto e chegou ao Caribe sem ser reconhecido por ninguém, mas sentindo ao mesmo tempo que já não se reconhecia a si mesmo. E depois contou tudo isso num livro.

De Bogotá al Atlántico foi traduzido para o inglês e publicado pela Heinemann, com prólogo do aventureiro escocês, escritor diletante e líder socialista Robert Cunninghame-Graham, cuja percepção de Bogotá como a Atenas chibcha continua me parecendo mais engenhosa que exata. O livro saiu em 1902; em novembro de 1903, poucas horas antes de eu bater a sua porta – um exilado que pede ajuda a outro, um discípulo em busca de mestre –, Pérez Triana recebera carta de Sydney Pawling, seu editor. "Há um último assunto que eu queria comentar com o senhor, Mr. Triana", lia-se nela. "Como sem dúvida o senhor sabe, Mr. Conrad, cujo magnífico *Typhoon* publicamos em abril passado, está imerso num difícil projeto relativo à realidade latino-americana. Consciente de seu limitado conhecimento do tema, Mr. Conrad procurou e recebeu a ajuda de Mr. Cunninghame-Graham para levar a obra adiante; mas além disso ele leu seu livro e agora me pediu que lhe pergunte, Mr. Triana, se estaria disposto a responder a um breve questionário que Mr. Conrad lhe faria chegar por nosso intermédio."

Joseph Conrad leu meu livro, pensa Pérez Triana. *Joseph Conrad quer minha ajuda.*

Pérez Triana abriu a gaveta e tirou um fólio em branco e um novo envelope Perfection. (Ele gostava dessa invenção, ao mesmo tempo tão simples e tão engenhosa: era preciso passar a língua pela borda, como sempre, mas a adesão não estava nela, mas no corpo do envelope. Seu médico de cabeceira, o dr. Thomas Wilmot, lhe falara do assunto depois de descrever diversas infecções da língua, e Pérez Triana saíra na mesma hora para a papelaria da Charing Cross. Tinha que cuidar da saúde, claro, quantos envelopes um homem como ele chegava a lamber por dia?) Escreveu: "Minha demora em responder a sua carta, Mr. Pawling, é completamente imperdoável. Comunique a Mr. Conrad minha absoluta disponibilidade para responder a quantos questionários quiser enviar-me, não importa de que extensão". Depois introduziu o papel no envelope e lambeu a borda. Mas não enviou a carta imediatamente. Algumas horas mais tarde se alegraria por não tê-lo feito. Jogou aquela carta no lixo, tirou outro fólio e tornou a escrever as mesmas frases sobre a demora na resposta e a disponibilidade, mas acrescentando no final: "Transmita a Mr. Conrad, contudo, que determinados acontecimentos recentes me dão agora condições de contar com outras maneiras de ajudá-lo. Não pretendo saber melhor que o autor quais são suas necessidades, mas a informação que ele poderia obter de um emigrado já antigo, por intermédio de um questionário remetido por interposta pessoa, é invariavelmente inferior à que poderia lhe oferecer de viva voz uma testemunha direta dos fatos. Pois bem, o que posso proporcionar a ele é, inclusive, melhor que um testemunho. Ofereço-lhe uma vítima, Mr. Pawling. Uma vítima".

 O que teria ocorrido entre as duas cartas?

 Um homem chegara para visitá-lo, vindo de seu país remoto.

 Um homem lhe contara uma história.

 Esse homem, evidentemente, era eu.

 Essa história, Eloísa querida, é a que você está lendo neste momento.

SEGUNDA PARTE

Neste país, as palavras que tão bem conhecemos têm significados de pesadelo. Liberdade, democracia, patriotismo, governo: todas têm gosto de loucura e assassinato.

Joseph Conrad
Nostromo

IV

AS MISTERIOSAS LEIS DA REFRAÇÃO

Durante dois dias seguidos procurei meu pai, segui sua pista leve e ao mesmo tempo visível, sua pista de caramujo, pelas ruas de Colón. Mas não tive êxito. Não quis deixar recados, notas, avisos, porque tenho carinho por surpresas e concluí – sem nenhuma razão, evidentemente – que esse carinho me viria do lado paterno. No hospital as enfermeiras mulatas falaram de meu pai com (achei) excessiva confiança; logo depois me informaram, em meio a sorrisinhos impertinentes, que ele passara por lá naquela manhã e que dedicara três longas horas a conversar com um jovem tuberculoso, mas que ignoravam qual havia sido seu destino seguinte; quando falei com o jovem tuberculoso fiquei sabendo de várias coisas, mas não do paradeiro de meu pai. Ele era bogotano de nascimento e advogado de profissão, essa conjunção muito frequente em meu país centralista e leguleio; duas semanas depois de chegar a Colón acordara com uma sacola de pele grudada embaixo do queixo; por ocasião de minha visita, a infecção já abandonara o gânglio inflamado e invadira os pulmões e a corrente sanguínea; restavam-lhe, na melhor das hipóteses, poucos meses de vida. "Aquele homem era seu amigo?", perguntou, entreabrindo os olhos cor de bile. "Bom, então diga a ele que espero por ele amanhã. Diga-lhe para não me deixar aqui jogado. Nas três horas que ficou comigo, ele cuidou melhor de mim do que todos esses médicos de merda. Diga isso a ele, combinado? Diga que antes de morrer quero saber como é que acaba a porra do D'Artagnan." E ao pronunciar o erre gutural, numa ânsia de correção que me pareceu no mínimo curiosa no caso de um moribundo, levou a mão esquerda ao gânglio inflamado, cobrindo-o como se estivesse doendo.

Nos escritórios da Companhia Ferroviária – que alguns nativos chamavam pelo nome inglês, o que me deu a curiosa sensação de viver em dois países ao mesmo tempo, ou de ficar

cruzando repetidamente uma fronteira invisível –, os norte-
-americanos me confundiram com um comprador potencial de
passagens e me enviaram, não sem prestimosidade, ao Birô de
Passagens, sacudindo em direção à rua os punhos de suas impe-
cáveis camisas, e um deles chegou inclusive a acomodar o chapéu
de feltro na cabeça para me acompanhar até o local. Aquela comunicação se deu integralmente em inglês; foi só depois de me
despedir que me dei conta disso, com um pouco mais de surpresa
do que o pudor me permite confessar. No lugar que o punho impecável me havia indicado, um braço fino de pano moveu-se para
me informar que não, que as passagens já não eram vendidas ali,
e uma testa suada me disse que embarcasse tranquilo no trem
que apareceria alguém para me cobrar. "Mas não é isso, eu estou
procurando..." "Não se preocupe, não vai acontecer nada com
o senhor. No vagão eles cobram." E enquanto isso o calor me
acossava como um veneno; ao cruzar um umbral e entrar numa
sombra qualquer, uma solitária gota de suor me escorregava pela
ilharga, por baixo da roupa; e na rua eu ficava maravilhado ao
ver que um chinês podia se vestir de preto e apresentar uma fisio-
nomia em que não parecia haver um só poro aberto. Me refugiei
numa barraca de flores habitada por carroceiros que jogavam dados e que conseguiam que os inocentes dados criassem um clima
de pôquer de vida ou morte. E foi então, na hora de maior calor,
com a Calle del Frente esvaziada de transeuntes – só um doido
ou um recém-chegado se arriscaria a sair andando ao sol naquele horário –, que o avistei. A porta de um restaurante se abriu;
revelou um lugar decadente, uma parede coberta de espelhos; e
pela porta saiu aquela criatura temerária. Como na velha piada
dos gêmeos que se encontram na rua e se reconhecem no mesmo
instante, eu reconheci meu pai.

    Os senhores, leitores de histórias românticas; os senho-
res, vítimas sentimentais de nossa cultura folhetinesca, esperam
agora um reencontro de lei, com gestos iniciais de ceticismo, la-
crimosas concessões às evidências físicas, abraços suarentos no
meio da rua, sonoras promessas de recuperar o tempo perdido.
Pois bem: permitam-me dizer que (não) sinto desiludi-los. Não

houve reencontro algum, porque não havia encontro a renovar; não houve promessa, porque para meu pai e para mim não havia tempo perdido. Sim, algumas coisas me separam de certo escritor inglês, polonês de nascimento e marinheiro antes de escritor. Meu pai não me ensinou a ler Shakespeare nem Victor Hugo em nossa propriedade da Polônia nem eu imortalizei a cena em minhas memórias (sem dúvida exagerando-a ao fazê-lo, convém dizer tudo); ele não me esperava deitado quando, vivendo os dois na fria Cracóvia, eu voltava da escola para consolá-lo da morte de minha mãe no exílio... Entendam-me, por favor: meu pai era o relato de minha mãe. Um personagem, uma versão, pouco mais que isso. Pois bem, ali, no meio da rua abrasadora, aquele pai cinquentão falou através de uma barba já grisalha que lhe cobria o rosto e definia suas feições. Ou antes a ausência delas: pois a penugem do bigode cobria os lábios (e se tornara amarelada, ou quem sabe sempre tivesse sido assim), e a que lhe invadia os pômulos chegava tão perto dos olhos que com um pouco de esforço meu pai teria podido olhar para ela. E através daquela cortina de fumaça, daquele grisalho bosque de Dunsinane que avançava para as áreas despovoadas do rosto, a boca invisível de meu pai disse: "De modo que eu tenho um filho". As mãos enlaçadas atrás das costas e o olhar fixo no chão de terra, nas reverberações que o calor produzia à altura das botas lustrosas, ele começou a andar. Entendi que deveria ir atrás, e de trás, como uma gueixa que segue seu senhor, ouvi quando ele acrescentou: "Nada mal, em minha idade. Nada mal".

E assim começou a coisa: simples assim. Assim passei a ter um pai, e ele, um filho.

Sua casa ficava ao norte da ilha de Manzanillo, na cidade postiça e mesmo assim aparatosa que os fundadores da ferrovia – ou seja: de Aspinwall-Colón – haviam erguido para seus empregados. Gueto cercado de bosques, luxuoso casario sobre pilotis, a cidade da Panama Railroad Company era uma espécie de oásis de salubridade no pântano da ilha, e entrar nela era respirar outro ar: o ar limpo do Caribe em vez dos vapores enfermiços do rio Chagres. A casa de paredes brancas e telhado vermelho, pintura descascada devido à umidade e telas de portas e janelas sujas dos corpos acumulados dos mosquitos, pertencera primeiro a um tal Watts, engenheiro assassinado cinco dias antes da inauguração da estrada de ferro, quando, durante um verão seco, voltava depois de comprar dois tonéis de água potável em Gatún e fora apunhalado por ladrões de mulas (ou talvez de água potável); e meu pai idealista, ao herdá-la, sentira que herdava muito mais que paredes e redes e telas protetoras... Mas se alguém – por exemplo seu filho recentemente descoberto – tivesse lhe perguntado na ocasião em que consistia aquele legado, ele não teria sabido o que responder; em compensação, teria retirado de um baú espanhol forrado com couro de vaca e fechado com um cadeado suficiente para proteger um calabouço nos tempos da Inquisição, a coleção semicompleta dos artigos que publicara desde sua chegada a Colón-Aspinwall. Foi o que fez comigo. Em muitas palavras mais e com alguns gestos, eu lhe perguntei: Quem é você? E ele, sem nenhuma palavra e com o simples gesto de abrir o baú e deixá-lo aberto, tentou responder à pergunta. E os resultados, pelo menos para mim, foram a primeira grande surpresa das muitas que me esperavam na cidade de Colón. Compartilhem, leitores, meu assombro filial, essa coisa tão literária. Pois ali, deitado numa rede de San Jacinto e com um *sherry-cobbler* na mão livre, encetei a tarefa de examinar os artigos de meu pai, ou seja, de verificar quem era aquele Miguel Altamirano em cuja vida eu acabara de irromper. E o que descobri? Descobri um sintoma, diria um médico, ou um complexo, diria um desses novos discípulos freudianos que nos assediam por todo lado. Vejamos se consigo explicar. É preciso que eu consiga explicar.

 Descobri que ao longo de duas décadas meu pai produzira, desde sua primeira escrivaninha de mogno – que tinha como único adorno uma mão esquelética sobre um pedestal de mármore –, um modelo em escala do Istmo. Não, a palavra não é *modelo*, ou quem sabe é essa a palavra aplicável aos seus primeiros anos de trabalho como jornalista; mas a partir de um momento impreciso (inútil, do ponto de vista científico, tentar encontrá-lo), o que era representado nas crônicas de meu pai era mais uma distorção, uma versão – de novo a maldita palavrinha – da realidade panamenha. E essa versão, fui percebendo à medida que lia, só tocava a verdade objetiva em certos pontos selecionados, como um navio mercante só se interessa por certos portos. Em seus escritos, meu pai não temia nem por um instante modificar o já sabido ou o que todo mundo recordava. Por uma boa razão, aliás: no Panamá, que ao fim e ao cabo era um estado colombiano, quase ninguém sabia; e, principalmente, ninguém se lembrava. Hoje posso afirmar: aquele foi meu primeiro contato com a noção, que tantas vezes se tornaria presente em minha vida futura, de que a realidade é um frágil inimigo para o poder da pena, de que qualquer um pode fundar uma utopia, bastando armar-se de uma boa retórica. *No princípio foi o verbo*: o conteúdo dessa vacuidade bíblica me foi revelado ali, no porto de Colón, diante da caligrafia de meu pai. A realidade real como criatura de tinta e papel: essa descoberta, para alguém de minha idade, é dessas que balançam mundos, modificam crenças, transformam o ateu em devoto e vice-versa.

Esclareçamos de uma vez: não é que meu pai escrevesse mentiras. Surpreso e ao mesmo tempo admirado, fui me dando conta ao longo dos primeiros meses de vida com ele da curiosa enfermidade que desde alguns anos antes começara a dominar sua percepção e, portanto, sua pena. A realidade panamenha entrava por seus olhos como uma vara de medição entra nas águas da margem: dobrava-se, quebrava-se, dobrava-se no início e quebrava-se depois, ou vice-versa. *Refração* é o nome do fenômeno, como me explicam pessoas mais competentes. Pois bem, a pena de meu pai era a maior lente refratora do Estado Soberano do Panamá; somente o fato de que o Panamá fosse em si mesmo um lugar tão propenso à refração pode explicar que ninguém, estou dizendo *ninguém*, parecesse dar-se conta disso. No começo pensei, como teria feito todo filho respeitoso, que a culpa era minha, que eu havia herdado a pior das distorções: o cinismo de minha mãe. Mas depressa aceitei o óbvio.

Nas primeiras crônicas de Miguel Altamirano, os mortos da companhia ferroviária haviam sido quase dez mil; em outra, de 1863, ele os contabiliza em menos da metade, e mais ou menos em 1870 escreve sobre "os dois mil e quinhentos mártires de nosso atual bem-estar". Em 1856 meu pai foi um dos que narraram com indignada riqueza de detalhes um incidente ocorrido perto da estação, quando um tal Jack Oliver se recusou a pagar a um tal José Luna a quantia correspondente a uma fatia de melancia, e, ao longo de várias horas, panamenhos da periferia e passageiros gringos se enfrentaram a tiros, com um saldo de quinze mortos e uma multa que o Governo colombiano teve de pagar em prestações ao governo dos ofendidos. Exame das colunas de meu pai: numa, de 1867, os quinze mortos se transformaram em nove; em 1872 fala-se em dezenove feridos, sete deles em estado grave, mas de mortos nem uma palavra; e num dos últimos textos publicados – de 15 de abril do ano de minha chegada –, meu pai evocava "a tragédia dos nove danificados" (e inclusive transformava a melancia em laranja, embora eu ignore qual possa ser o significado disso). Leitores do Júri, agora recorro a esta frase que é recurso dos escritores preguiçosos, e digo: os exemplos abundam. Mas me interessa fazer constar um em particular: o primeiro dos ocorridos em minha presença.

Já mencionei o tenente Lucien Napoleón Bonaparte Wyse e sua expedição pelo Darién; mas não mencionei os resultados dessa expedição. Naquela manhã de novembro, meu pai se fez presente no ancoradouro do porto de Colón para se despedir do *Lafayette* e dos dezoito expedicionários, depois escreveu para o *Star & Herald* (que era como agora se chamava o *Panama Star*) um panegírico de fólio e meio desejando-lhes sorte de pioneiros e coragem de conquistadores naquele primeiro passo rumo ao canal interoceânico. Estive ao lado dele naqueles momentos; fui acompanhá-lo. Seis meses depois, meu pai voltou ao porto para dar as boas-vindas à comitiva de conquistadores e pioneiros, e mais uma vez fui com ele; e ali, no próprio porto, ele ficou sabendo – ou os dois ficamos sabendo – que dois dos homens haviam morrido de malária na selva e outros dois em alto-mar, e que a chuva impossibilitara a passagem por vários pontos, de modo que os territórios que a expedição queria investigar haviam permanecido convictamente virgens. Os conquistadores voltaram a Colón desidratados, doentes e deprimidos, e principalmente vítimas do mais retumbante fracasso; mas dois dias depois aparecia no jornal a versão de Miguel Altamirano:

ÊXITO ABSOLUTO DA EXPEDIÇÃO WYSE

Tem início a longa rota para o Canal

O tenente francês não conseguira definir a melhor rota para uma obra daquela magnitude, mas meu pai escreveu: "Todas as dúvidas se dissiparam". O tenente francês não conseguira sequer verificar se era melhor um canal com túneis e eclusas ou um ao nível do mar, mas meu pai escreveu: "Para a ciência da engenharia, a selva do Darién não tem mais segredos". E ninguém o contradisse. As leis da refração são uma coisa complicada...

Mas complicações há por todo lado, e naquele momento também havia complicações do outro lado do Atlântico. De modo que agora viajaremos para Marselha. Por quê? Estou interessado em demonstrar, por mera questão de justiça, que outros também têm a invejável capacidade de distorcer verdades (e mais: conseguem fazê-lo com mais sucesso, com melhores garantias de impunidade). Agora volto a Korzeniowski, e o faço um tanto retraído pelo pudor e desculpando-me antecipadamente pelo tom que este relato está a ponto de assumir. Quem teria podido adivinhar que um dia minha pena se ocuparia de temas tão escabrosos? Mas não há como evitá-lo. Leitores sensíveis, pessoas de estômago frágil, senhoras recatadas e crianças inocentes: peço-lhes ou sugiro-lhes que fechem os olhos, tapem os ouvidos (em outras palavras, que pulem para o próximo capítulo), porque aqui me referirei, mais que ao jovem Korzeniowski, à mais privada de suas partes.

Estamos no mês de março de 1877, e na cidade de Marselha o ânus de Korzeniowski sofre. Não, sejamos mais francos ou, pelo menos, mais cientificamente precisos: há nele um abscesso. Trata-se, com toda probabilidade, do abscesso anal mais documentado da história dos abscessos anais, pois aparece em pelo menos duas cartas do jovem marinheiro, duas de um amigo, uma de seu tio e no informe de um ajudante de bordo. Perante tamanha proliferação, muitas vezes me fiz esta inevitável pergunta: Há alusões ao abscesso anal na obra literária de Joseph Conrad? Queridos leitores, confesso: se há, não encontrei. Evidentemente não compartilho a opinião de certo crítico (George Gallaher, *Illustrated London News*, novembro de 1921, página 199) segundo a qual aquele abscesso é "o verdadeiro coração das trevas", nem acredito que na vida real tenha sido Korzeniowski que, num ataque de incômodos íntimos, gritou: "O horror! O horror!". Seja como for, nenhum abscesso, nem anal nem de outra natureza, teve consequências tão intensas do ponto de vista metafísico quanto o que tortura Korzeniowski durante aquela primavera. Pois é devido a sua doença que ele se vê obrigado a permanecer em terra enquanto seu veleiro, o *Saint-Antoine*, zarpa novamente para o Caribe.

Durante aqueles dias de terra obrigatória, um Korzeniowski desconsolado e mortalmente aborrecido se dedica a receber formação teórica como oficial de bordo. Trata-se, porém, de uma formação teórica em mais de um sentido, pois o que acontece na prática é bem diferente: Korzeniowski passa o tempo caminhando pelo *vieux port* e frequentando as pessoas de reputação duvidosa. Começa o verão e Korzeniowski trata de complementar sua educação: em seu paupérrimo quartinho do número 18 da Rue Sainte, entre duas aplicações da pomada de Madame Fagot, recebe aulas de inglês de um tal Henry Grand, que morava no número 22 da mesma rua; no café Bodoul, entre dois cálices ou dois charutos, recebe aulas de política dos Nostálgicos Realistas. O abscesso anal não o impede de perceber que os seguidores de Monsieur Delestang têm razão: o rei espanhol Alfonso XII, que naquele momento está com a mesma idade de nosso marinheiro polonês, não passa de um títere dos republicanos ateus, e o único dono legítimo do trono da Espanha é don Carlos, o pobre católico perseguido que teve de se esconder do outro lado da fronteira francesa. Esta, é claro, é apenas uma maneira de considerar a questão: a outra é que para Korzeniowski os carlistas, a monarquia, a República e a Espanha em geral não têm a menor importância; contudo o abscesso anal que o obrigou a permanecer em terra privou-o, ao mesmo tempo, do soldo com que contava... Korzeniowski se vê de repente apertado em matéria de finanças. Como vai fazer para comprar seu bom brandy, seus bons charutos, aos quais se habituou nas últimas viagens? E então ocorre que a política europeia lhe oferece uma oportunidade que não pode desdenhar: o contrabando de fuzis para os conservadores colombianos deu tão certo, funcionou tão direitinho, que agora Korzeniowski aceita o convite de um tal capitão Duteuil. Este deposita mil francos sobre a mesa para a compra de armas para os carlistas; alguns dias depois o capital produz um rendimento de quatrocentos francos. Viva don Carlos!, grita Korzeniowski pelas ruas de Marselha, produzindo uma espécie de eco involuntário de certo general belicoso, conservador e colombiano. Morra a República! Morra Alfonso XII! Korzeniowski, entusiasmado com o próprio talento para os negócios, investe pela segunda vez na cruzada carlista. Mas a bolsa do contrabando com fins políticos é caprichosa e oscilante, e desta vez o jovem investidor perde tudo. Enquanto se unta com uma nova pomada, desta vez preparada por uma amiga de Madame Fagot, Korzeniowski pensa: a culpa de tudo é do abscesso. Viva a amiga de Madame Fagot! Morram os abscessos anais!

 É naquela época que fica conhecendo Paula de Somogyi, atriz húngara, amante do aspirante don Carlos, ativista em prol de sua reinstalação no trono e *belle dame sans merci*. Paula é bela, e pela idade está mais próxima do contrabandista que do aspirante; e o que acontece nos livros românticos acontece na vida de Korzeniowski, quando o jovem desorientado e a desmiolada amante de don Carlos acabam se envolvendo. Têm encontros clandestinos e frequentes em motéis de marinheiros. Para não ser reconhecida, Paula cobre a cabeça com um capuz, no melhor estilo de Milady de Winter; Korzeniowski entra e sai pelas janelas e se transforma em morador dos telhados marselheses... Mas o paraíso dos amores clandestinos não pode durar (essa é uma das leis do romantismo). É então que entra em cena John Young Mason Key Blunt, aventureiro norte-americano que vivera no Panamá durante a febre do ouro e enriquecera, naquela era anterior à da ferrovia, levando caçadores de ouro de um lado a outro do Istmo. Blunt – quem acreditaria – começou a se embeiçar pela húngara. Persegue-a, acossa-a em cenas dignas de cabaré (ela com as costas coladas à parede, ele prendendo-a nos braços enquanto lhe diz de muito perto obscenidades com cheiro de peixe). Mas doña Paula é uma mulher virtuosa, e sua religião só lhe permite um amante de cada vez; de modo que conta tudo a Korzeniowski, aproximando o dorso da mão da testa e jogando a cabeça para trás. O jovem sabe que sua honra e a da mulher por quem se apaixonou não permitem alternativa. Desafia Blunt para um duelo de morte. No silêncio da sesta marselhesa, de repente se ouvem disparos. Korseniowski leva uma das mãos ao peito: "Estou morrendo", diz. E em seguida, como é mais do que evidente, não morre.

Ah, querido Conrad, que jovenzinho impetuoso você foi! (Você me permite chamá-lo de você, não é mesmo, querido Conrad? Nos conhecemos tão bem, afinal, e a intimidade entre nós é tão grande...) Mais tarde você deixará registro escrito dessas atividades, de sua própria viagem como contrabandista mediterrâneo no *Tremolino*, do encontro com a patrulha costeira – alguém delatara os contrabandistas – e da morte do delator César pela mão de seu próprio tio, nada mais e nada menos que Dominic Cervoni, o Ulisses da Córsega. Mas "registro escrito" é sem dúvida uma expressão condescendente e generosa, querido Conrad, porque a verdade é esta: por mais que passem os anos, que transformam tudo em verdade, não consigo acreditar em uma só palavra do que você contou. Não acredito que tenha sido testemunha do momento em que Cervoni assassina o próprio sobrinho jogando-o por cima da amurada; não acredito que o sobrinho tenha afundado no Mediterrâneo sob o peso dos dez mil francos que havia roubado. Admitamos, querido Conrad, que você foi destro na arte de reescrever sua própria vida; suas mentirinhas brancas – e outras tantas que puxam mais para o bege – entraram em sua biografia oficial sem serem questionadas. Quantas vezes você mencionou seu duelo de honra, querido Conrad? Quantas vezes contou essa história romântica e ao mesmo tempo esterilizada a sua mulher e seus filhos? Até o fim de seus dias, Jessie acreditou nela, e Borys e John Conrad também cresceram convencidos de que o pai era um mosqueteiro dos tempos modernos: nobre como Athos, simpático como Porthos e religioso como Aramis. Mas a verdade não é bem essa; antes de mais nada, ela é mais prosaica. É verdade, Leitores do Júri, que no peito de Conrad havia uma cicatriz de tiro; mas as semelhanças entre a realidade conradiana e a realidade real ficaram sepultadas sob a folhagem da profusa imaginação do romancista. Leitores do Júri: aqui estou eu, novamente, para dar uma versão contraditória, para desbastar a folhagem, para criar discórdia na casa pacífica das verdades recebidas.

O jovem Korzeniowski. Vejo-o agora, e gostaria que os leitores também o vissem. As fotos daquele tempo mostram um rapaz imberbe, de cabelo liso, sobrancelhas longas e retas, olhos cor de avelã: um jovem que vê suas origens aristocráticas ao mesmo tempo com orgulho e afetado desprezo; que mede um metro e setenta, mas que naquele tempo parece mais baixinho de pura timidez. Olhem para ele, leitores: Korzeniowski é antes de mais nada um rapaz que perdeu o norte... e não é só isso que ele perdeu. Perdeu a confiança nas pessoas; perdeu todo o seu dinheiro, apostando no ressabiado cavalo do contrabando. O capitão Duteuil o traiu: tomou-lhe o dinheiro e se mandou para Buenos Aires. Estão olhando, leitores? Korzeniowski, desorientado, vaga pelo porto de Marselha com um abscesso no ânus e nem uma moeda nos bolsos... O mundo, pensa Korzeniowski, transformou-se de repente num lugar difícil, e tudo por culpa do dinheiro. Rompeu relações com Monsieur Delestang; nunca mais pisará num navio de sua companhia. Todos os caminhos parecem fechar-se. Korzeniowski pensa – é de pensar que pense – em seu tio Tadeusz, o homem cujo dinheiro lhe deu provimento desde que saiu da Polônia. O tio Tadeusz escreve regularmente; para Korzeniowski, suas cartas deveriam ser motivo de alegria (o contato com a pátria, etcétera), mas a verdade é que elas o atormentam. Cada uma delas é um julgamento; depois de cada leitura, Korzeniowski é considerado culpado e condenado. "Com suas transgressões, em dois anos você dilapidou sua manutenção do terceiro ano", escreve-lhe o tio. "Se a mesada que lhe dou é insuficiente, trate de ganhar algum dinheiro. Se não consegue ganhar dinheiro, contente-se com o que lhe proporciona o trabalho alheio, enquanto não for capaz de suplantá-lo com o seu próprio." O tio Tadeusz faz com que se sinta inútil, infantil, irresponsável. O tio Tadeusz, de repente, começou a representar tudo o que a Polônia tem de detestável, cada constrangimento e cada restrição que obrigaram Korzeniowski a fugir de lá. "Esperando que esta seja a primeira e a última vez que você me causa tantos aborrecimentos, envio-lhe minha bênção e meu abraço." Primeira vez, pensa Korzeniowski, última vez. Primeira. Última.

Aos vinte anos, Korzeniowski aprendeu o que é endividar-se até o pescoço. À espera dos resultados do contrabando, vivera com o dinheiro de outros; com o dinheiro de outros comprara os pertences básicos para uma viagem que nunca chegara a realizar. E é então que recorre, pela última vez – primeira, última –, a seu amigo Richard Frecht. Pede oitocentos francos emprestados e parte para Villa Franca. Sua intenção: reunir-se a um esquadrão norte-americano que ali se encontra ancorado. O que se segue acontece muito depressa, e assim continuará acontecendo na cabeça de Korzeniowski, e também na de Conrad, pelo resto da vida. Nos navios norte-americanos não há lugares disponíveis: Korzeniowski, cidadão polonês sem papéis militares, sem emprego estável, sem certificados de boa conduta, sem nada que comprove suas habilidades a bordo, é recusado. A estirpe Korzeniowski é irrefletida, apaixonada, impulsiva: Apolo, o pai, fora condenado por conspirar contra o Império Russo e por organizar variados motins, além de pôr a vida em jogo por um ideal patriótico; mas o jovem marinheiro desesperado não pensa nele quando consegue que um transporte público o leve até Montecarlo, onde tratará de pôr a vida em jogo por motivos – digamos – menos altruístas. Korzeniowski fecha os olhos. Quando torna a abri-los está em pé diante de uma roleta. "Bem-vindo a Roletemburgo", pensa ironicamente. Não sabe onde ouviu esse nome antes, código jocoso de jogadores viciados. Mas não se esforça por perseguir a lembrança porque sua concentração está em outro lugar: a bola começou a girar. Korzeniowski pega seu dinheiro, todo seu dinheiro. Depois movimenta as fichas sobre a superfície macia da mesa; as fichas se acomodam tranquilamente sobre um losango preto. *Les jeux sont faits*, grita uma voz. E enquanto a roleta gira, e sobre ela a bola preta, preta como o losango por baixo das fichas, Korzeniowski se surpreende evocando certas palavras que não são suas e cuja procedência é desconhecida.

Não, não as evoca: as palavras o invadiram, tomaram-no de assalto. São palavras russas: a língua do império que matou seu pai. De onde vêm? Quem está falando, a quem se dirige? "Bastaria ser cauteloso", diz a nova e misteriosa voz que surge em sua cabeça. "Mas por acaso eu sou criança? Será que não me dou conta de que sou um homem liquidado?" A roleta gira, as cores desaparecem, mas na cabeça de Korzeniowski a voz prossegue, sempre falando. "Mas por que eu não poderia ressuscitar? Bastaria, por uma vez na vida, ser calculista e paciente, bastaria ser perseverante, e no prazo de uma hora poderia mudar meu destino! O essencial é o caráter. Só preciso lembrar-me do que aconteceu comigo há sete meses em Roletemburgo, antes que eu ficasse definitivamente arruinado." Aí está, pensa Korzeniowski: a estranha palavra. Não sabe o que é Roletemburgo; não sabe onde fica, não sabe quem menciona, lá do fundo de sua cabeça, esse lugar ignoto. É algo que escutou, algo que leu, algo que sonhou? Quem está aí?, pergunta Korzeniowski. E a voz: "Foi um caso excepcional de determinação! Você havia perdido tudo, tudo". Quem é, quem está falando?, diz Korzeniowski. E a voz: "Saí do cassino, olhei: no bolso do colete havia uma moeda. Terei com o que comer, pensei, mas, mal dei cem passos, mudei de ideia e voltei para a sala de jogo". A roleta começa a parar. Quem é você?, pergunta Korzeniowski. E a voz: "Posso jurar que se experimenta uma sensação peculiar quando uma pessoa que está sozinha num país estrangeiro, longe da pátria, dos amigos, sem saber se terá o que comer naquele dia, arrisca sua última moeda. E... ganhei, vinte minutos depois saía do cassino com cento e setenta florins no bolso. É um feito! Eis o que às vezes pode significar uma última moeda. E se eu tivesse me acovardado e não tivesse reunido a coragem de tomar aquela decisão?". Mas quem é você?, pergunta Korzeniowski. E a voz: "Amanhã, amanhã tudo terá terminado".

A roleta se detém.

"*Rouge!*", grita a gravata – borboleta de um homem.

"*Rouge*", repete Korzeniowski.

Rouge. Red. Rodz.

Perdeu tudo.

De volta a Marselha, sabe muito bem o que deve fazer. Convida o amigo Fecht, seu principal credor, a tomar chá com ele em seu apartamento da Rue Sainte. Em sua casa não há chá, nem dinheiro com que comprá-lo, mas isso não interessa. *Rouge, Red, Rodz*, pensa. *Amanhã tudo terá terminado.* Sai para dar uma volta pelo porto, aproxima-se do casco de um veleiro inglês e estende um dos braços, como se quisesse tocá-lo, como se o veleiro fosse um burro recém-nascido. Ali, diante do veleiro e diante do Mediterrâneo, Korzeniowski sofre um violento ataque de tristeza. Sua tristeza é a do ceticismo, da desorientação, da perda total de um lugar no mundo. Chegou a Marselha atraído pela aventura e pelo desejo de abandonar uma vida na qual essa aventura não existe, mas agora se sente extraviado. Um cansaço que não é físico mina-o por dentro. Agora se dá conta pela primeira vez de que nos últimos sete dias não dormiu, no total, mais que sete horas. Ergue o rosto para o céu nublado que se estende por trás dos três mastros do veleiro; ali, cercado pelo rumor sutil do porto, o universo lhe aparece como uma sucessão de imagens incompreensíveis. Minutos antes das cinco, Korzeniowski está de volta em seu quarto. Madame Fagot lhe pergunta se por acaso não teria o dinheiro que lhe deve. "Só mais um dia, por favor", responde Korzeniowski, "só mais um dia." E pensa: *Amanhã tudo terá terminado.*

A primeira coisa que faz ao entrar em seu quarto é abrir a única janela. O cheiro do mar entra numa lufada solitária e densa que por pouco não o faz cair no choro. Abre seu baú pessoal e do fundo tira uma caderneta com nomes e endereços – todas as pessoas que conheceu em sua breve vida – e a deposita com delicadeza, como a uma criança adormecida, sobre a colcha da cama, de modo que fique bem visível para quem chegar. No baú também encontrou um revólver: é um Chamelot-Delvigne de seis cartuchos metálicos, mas Korzeniowski abre o tambor e retira cinco deles. Naquele momento ouve vozes: é Fecht, chegando para o chá sem saber que não há chá para tomar; Fecht que, cortês como sempre, cumprimenta Madame Fagot e lhe pede notícias das filhas. Korzeniowski ouve os passos que sobem as escadas e senta-se na cama. Recosta-se contra a parede, erguendo ao mesmo tempo a camisa, e quando encosta o cano frio do revólver no peito, no ponto onde imagina que deve estar o coração, sente que seus mamilos se endurecem e que a pele de sua nuca se arrepia como a de um gato raivoso. *Amanhã tudo terá terminado*, pensa, e nesse momento a luz se faz em sua cabeça: é uma frase de romance, sim, a última frase de um romance russo, e as palavras misteriosas que escutara no cassino são as últimas daquele romance. Pensa no título, *Igrok*, e lhe parece elementar demais, quase insípido. Pergunta-se se Dostoiévski ainda estará vivo. Estranho, pensa, que a imagem de um autor que acha antipático será a última coisa que lhe passe pela cabeça.

 Konrad Korzeniowski sorri ao considerar essa ideia e em seguida dispara.

 A bala do Chamelot-Delvigne atravessa o corpo de Korzeniowski sem tocar num único órgão vital, fazendo zigue-zagues improváveis para se esquivar de artérias, traçando ângulos de noventa graus se necessário para evitar pulmões e desse modo postergar a morte do jovenzinho desesperado. A colcha e o travesseiro ficam empapados de sangue, o sangue salpica a parede e a cabeceira. Minutos depois, o amigo Fecht encontrará o ferido primeiro e a caderneta de endereços depois, e escreverá ao tio Tadeusz aquele famoso telegrama que depois se transformará em síntese da situação do jovem: KONRAD BLESSÉ ENVOYEZ

ARGENT. O tio Tadeusz viajará de Kiev a Marselha em trens urgentes e ao chegar pagará as dívidas que é preciso pagar – descobrindo, ao fazê-lo, que há mais de um credor – e também os gastos médicos. Korzeniowski se recuperará pouco a pouco e, em questão de anos, depois de ter transformado a atividade de mentir numa profissão mais ou menos rentável, começará a mentir também sobre a origem do ferimento em seu peito. Jamais confessará as verdadeiras circunstâncias do ferimento; nunca se verá obrigado a fazê-lo... Vamos direto ao ponto: morto tio Tadeusz, morto Richard Fecht, o fracassado suicídio de Joseph Conrad desapareceu do rol de acontecimentos do mundo. E eu mesmo fui enganado... pois no início de 1878 fui acometido por uma dor aguda no peito, que naquele momento, antes que me fosse revelada a imprevisível lei de minhas correspondências com Joseph Conrad, foi diagnosticada como principal sintoma de uma forma branda de pneumonia. Muitos anos depois – quando finalmente tomei ciência dos laços invisíveis que me uniam a minha alma gêmea e pela primeira vez pude interpretar corretamente os fatos mais importantes de minha vida –, a princípio senti orgulho com o fato de que aquela dor monstruosa, que me atacou acompanhada de tosse seca (no começo) e produtiva (no fim), que me atormentou com dificuldades para respirar e perda de sono, tivesse sido o eco nobre de um duelo de honra, uma espécie de participação na história cavalheiresca da humanidade. Conhecer a verdade, confesso, foi uma pequena desilusão. O suicídio não é nobre. Como se isso não bastasse: o suicídio não é muito católico. E Korzeniowski/Conrad, católico e nobre, sabia disso. Do contrário, Leitores do Júri, não teria se dado ao trabalho de ocultá-lo.

A suposta pneumonia me fez guardar o leito durante dez semanas. Sofri os calafrios sem pensar e sem saber que outro homem, em outro lugar do mundo, também os sofria naquele exato instante; e quando eu transpirava rios inteiros, não era mais sensato imputá-los à suposta pneumonia em vez de pensar nas ressonâncias metafísicas de remotas transpirações alheias? Os dias da suposta pneumonia estão associados, em minha memória, à pensão Altamirano: meu pai me trancou na casa dele

– me sequestrou, me manteve em quarentena –, pois era sabedor daquilo que tantas pessoas diziam com tantas variadas palavras mas que pode ser sintetizado nestas: no Panamá, no Panamá insalubre e repleto de febres e contagioso daquele tempo, entrar no hospital equivalia a nunca mais sair. "Doente ao chegar, morto ao sair", era o refrão que resumia o assunto (e que circulava por Colón em todas as línguas, do inglês ao papiamento). De modo que a casa de paredes brancas e telhado vermelho, banhada pelas brisas do mar e os cuidados do médico amador que era Miguel Altamirano, se transformou em meu pequeno sanatório privado. Minha Montanha Mágica, para dizê-lo em outras palavras. E eu, Juan Castorp ou Hans Altamirano, recebia no sanatório as diversas lições que meu pai prodigalizava.

Assim ia passando o tempo, como se diz nos romances.

E assim (teimosamente) continuou passando.

Ali, ao local de meu isolamento ou quem sabe de meu asilamento, chegava meu pai para me contar as coisas magníficas que se passavam no mundo inteiro. Esclarecimento pertinente: por *coisas magníficas* o otimista do meu pai se referia a praticamente qualquer coisa relacionada com o tema, já àquela altura ubíquo, do canal interoceânico: com *mundo inteiro* ele se referia a Colón, Cidade do Panamá e o pedaço de terra mais ou menos firme que se estendia entre ambas, aquela faixa por onde passava a estrada de ferro e que logo, por razões que o leitor pode imaginar, se tornaria algo assim como o Pomo da Discórdia Ocidental. Nada mais existia, na época. Não valia a pena falar de nenhuma outra coisa, ou talvez nada se passasse em nenhum outro lugar do mundo. Por exemplo (é apenas um exemplo), meu pai não me contou que por aqueles dias chegara à baía Limón um navio de guerra norte-americano armado até as bandeiras e decidido a atravessar o Istmo. Não me contou que o coronel Ricardo Herrera, comandante do batalhão de Sapadores de Colón, tivera de declarar que "não consentiria que atravessassem o território da Colômbia como pretendiam fazer", e chegou a ameaçar os gringos com "defender a soberania da Colômbia por meio das armas". Não me contou que o comandante das tropas norte-americanas acabara desistindo de seu intento e atravessara o Istmo de trem, como qualquer pessoa. Foi um incidente banal, claro; anos depois, como veremos, esse ataque inusual de Orgulho Soberano adquiriria importância (uma importância metafórica, digamos), mas meu pai não tinha como sabê-lo, e assim condenou também a mim à ignorância.

Em compensação, fui um dos primeiros a saber, graças às notícias de meu pai e com pujança de detalhes, que o tenente Lucien Napoleón Bonaparte Wyse viajara para Bogotá em missão urgente, percorrendo os quatrocentos quilômetros em dez dias e pela estrada de Buenaventura, e que chegara cheirando a merda e terrivelmente necessitado de uma navalha para se barbear. Assim, ainda, eu soube que dois dias depois, barbeado e cheirando a água-de-colônia, ele se entrevistara em Bogotá com don Eustorgio Salgar, secretário de Relações Exteriores, e que obtivera do Governo dos Estados Unidos da Colômbia o privilégio exclusivo, válido por noventa e nove anos, de construir a Porra do Canal. Desse modo fiquei sabendo que Wyse, com a concessão no bolso, viajara para Nova York para comprar dos gringos os resultados de suas expedições ístmicas; desse modo fiquei sabendo que os gringos haviam se negado taxativamente a vendê-las e, para arrematar, haviam se negado a mostrar um mapa que fosse ou a revelar uma medição que fosse, a partilhar um dado geológico que fosse ou mesmo a ouvir as propostas dos franceses. "As negociações avançam", escreveu meu pai refrator no *Star & Herald*. "Avançam como um trem, e nada poderá detê-las."

Agora, quando rememoro aqueles dias remotos, vejo-os como a última época de tranquilidade de que desfrutei na vida. (Esta declaração melodramática contém menos melodrama do que parece à primeira vista: para alguém que nasceu no isolamento tropical em que eu nasci, naquele Remoto Reino de Umidade que é a cidade de Honda, toda experiência medianamente mundana é exemplo de rara intensidade: em mãos de alguém menos tímido, aquela infância pastoral e ribeirinha teria podido ser matéria de muitos decassílabos baratos, coisas como *As águas turvas dessa infância simples* ou *A infância turva dessas águas simples* ou ainda *A água infante e simplesmente turva.*) Mas o que estou querendo dizer é o seguinte: aqueles primeiros anos de minha vida em Colón, ao lado de meu pai recente – que não me parecia menos improvisado e postiço que a casa de pilotis onde vivia –, foram momentos de relativa paz, embora na época eu não me desse conta disso. Minha bola de cristal não me permitiu ver o que estava para despencar em cima de mim. Como eu teria podido prever o que aconteceria, antecipar-me à Cascata de Grandes Acontecimentos que nos esperava na volta da esquina, concentrado como estava naquela novidade que acuava todas as outras: a aquisição de um pai? Adiante escreverei uma temeridade, esperando que ela me seja permitida: durante aqueles dias, conversando com Miguel Altamirano, participando de suas atividades e gozando de seus cuidados, senti que havia encontrado meu lugar no mundo. (Não senti isso com muita convicção; não cheguei a comprazer-me em semelhante ousadia. No fim, como em geral acontece, verificou-se que eu estava equivocado.)

Em troca de seus cuidados, Miguel Altamirano exigia de mim somente minha atenção incondicional, a presença do rosto em branco do auditório. Meu pai era um falador em busca de público; perseguia o ouvinte ideal dotado de uma insônia não menos ideal, e tudo parecia indicar que o encontrara no filho. Pois durante meses, muito depois de meu peito ter superado a suposta pneumonia, meu pai continuou falando para mim exatamente do jeito que fizera enquanto eu estava doente. Ignoro as razões, mas minha doença e minha reclusão na Montanha Mágica haviam provocado nele curiosos afãs pedagógicos, e esses afãs se prolongaram, depois. Meu pai me cedia a rede, como teria feito com um convalescente, e puxava uma cadeira para junto dos degraus de madeira do alpendre; e ali, submersos ambos no calor denso e molhado das noites panamenhas, assim que os hábitos dos mosquitos permitiam e sob o voejar ocasional de um ou outro morcego faminto, começava o monólogo. "Como a maioria de seus compatriotas, deixava-se levar pelo som de uma palavra elegante, especialmente se a pessoa que a pronunciava era ele próprio", escreveu muito depois em certo *Livro do Caralho* certo romancista que nem sequer conheceu meu pai. Mas a descrição é adequada: meu pai, apaixonado pela própria voz e pelas próprias ideias, me utilizava como um tenista utiliza o paredão. De modo que uma estranha rotina se instalou em minha nova vida. Durante o dia eu me dedicava a caminhar pelas ruas ardentes de Colón, acompanhando meu pai em sua faina de Cronista do Istmo como uma testemunha da testemunha, visitando e tornando a visitar os escritórios da Companhia Ferroviária com tanta assiduidade que para mim eles passaram a ser um segundo lar (como a casa da avó, por exemplo, um lugar onde sempre somos bem-vindos e onde sempre há um prato para nós à mesa), e em noites não menos ardentes assistia à Cátedra Altamirano sobre o Canal Interoceânico e o Futuro da Humanidade. Durante o dia visitávamos os escritórios de madeira branca do *Star & Herald* e meu pai recebia encomendas ou sugestões ou missões que na sequência saíamos para executar; durante a noite, meu pai me explicava por que um canal construído a nível era melhor, mais barato e menos problemático que outro construído com eclusas, e como todo aquele que afirmasse o oposto não passava de um inimigo do progresso. Durante o dia, minha pessoa empapada de suor acompanhava a pessoa de meu pai na visita a um maquinista da ferrovia e ouvia-o falar de como a Company mudara sua vida, muito embora durante seus anos de trabalho tivesse sido assaltado mais vezes do que era capaz de lembrar-se e tivesse, para prová-lo, uma dúzia de navalhadas ainda vivas no dorso ("Toque aqui, don, pode tocar, não me incomodo"); durante a noite era informado com riqueza de detalhes de que o Panamá era melhor território do que a Nicarágua para a abertura do Canal, embora as expedições gringas tivessem chegado aos resultados opostos ("De pura vontade de foder com a Colômbia", segundo meu pai). Durante o dia... Durante a noite... Durante o dia... etcétera.

Eu não tinha por que saber, mas por aqueles dias reuniam-se, no número 184 do Boulevard Saint-Germain, em Paris, representantes de mais de vinte países, inclusive os Estados Unidos da Colômbia. Durante duas semanas eles haviam se dedicado a fazer o mesmo que meu pai e eu fazíamos nas noites colonenses:

discutir a plausibilidade (e as dificuldades, e as implicações) de construir um canal a nível no Istmo do Panamá. Entre os diferentes oradores estava o tenente Lucien Napoleón Bonaparte Wyse, que ainda estacava no meio da rua como um cachorro sarnento para coçar as picadas dos mosquitos ístmicos, ou acordava soltando berros de horror depois de ser visitado, durante um sonho suarento, por um dos engenheiros mortos na selva do Darién. Apesar de ter fracassado em sua expedição, apesar de carecer de conhecimentos de engenharia, o tenente Wyse – recém-barbeado e com a concessão firmada por Eustorgio Salgar bem guardada no bolso do casaco – opinou que o Panamá era o único lugar da Terra suscetível de abrigar o empreendimento descomunal de um canal interoceânico. Opinou também que o canal a nível era o único método suscetível de levar esse empreendimento a bom termo. Diante de uma pergunta sobre o caudal monstruoso do rio Chagres, seu histórico de inundações que pareciam saídas do Gênesis e o inventário de naufrágios que jaziam em seu leito como se não se tratasse de um rio mas de um pequeno Triângulo das Bermudas, respondeu: "Um engenheiro francês não conhece a palavra problema". Sua opinião, respaldada pela figura heroica de Ferdinand de Lesseps, autor do canal de Suez, convenceu os delegados. Setenta e oito deles, dos quais setenta e quatro eram amigos pessoais de Lesseps, votaram sem reticências a favor do projeto de Wyse.

Seguiram-se diversas homenagens, seguiram-se banquetes num ponto e noutro de Paris, mas um deles me interessa em particular. No café Riche, e representando a ilustre colônia colombiana, um tal Alberto Urdaneta organizou um banquete de luxo: duas orquestras, baixela e talheres de prata, um criado de libré para cada comensal, e inclusive uma dupla de intérpretes circulando pelo salão para facilitar a comunicação entre os convidados. Sua intenção era comemorar ao mesmo tempo a Independência da Colômbia e a vitória de Lesseps perante os delegados do Congresso. O banquete foi uma espécie de quintessência do colombiano e da Colômbia, esse país onde todo mundo – digo *todo* mundo – é poeta, e quem não é poeta é orador. E assim foi:

houve poesia e também houve discursos. No anverso do menu litografado em ouro estavam estampados os retratos de Bolívar ou de Santander. Atrás de Bolívar, três versos que pareciam eles próprios litografias douradas e que eram, considerados de qualquer ponto de vista, o que mais se assemelhava a uma masturbação política, tanto assim que os julgo prescindíveis. Atrás de Santander, porém, havia esta joia da versificação adolescente, um quarteto que teria podido sair do livro de composições de uma fina senhorita do La Presentación.

Capitão valoroso e denodado,
abateste o poder de altivos reis.
E, sábio na curul do Magistrado,
tu foste designado o homem das leis.

O discurso foi responsabilidade (por assim dizer) de um tal Quijano Wallis. Disse o orador: "Assim como os filhos da Arábia, que em qualquer ponto da Terra onde se encontrem, e cobrindo as distâncias com o espírito, prosternam-se perante a cidade santa, façamos nosso pensamento atravessar o Atlântico, aquecer-se ao sol dos trópicos e cair de joelhos sobre nossas queridas praias para saudar e bendizer a Colômbia em seu dia de regozijo. Nossos pais nos independentizaram da Metrópole; Monsieur de Lesseps independentizará o comércio universal do obstáculo do Istmo e quem sabe a Colômbia, para sempre, da discórdia civil".

Seu pensamento, suponho, atravessou o Atlântico, aqueceu-se e ajoelhou-se e bendisse e todas aquelas coisas... E no fim daquele ano, no momento de mais calor e menos chuva, os que atravessaram o Atlântico (só que sem ajoelhar-se) foram os franceses. O *Star & Herald* encarregou meu pai de escrever – em prosa, se possível – sobre Ferdinand de Lesseps e seu time de heróis gauleses. Afinal de contas, por uma vez os representantes do Governo, os banqueiros e os jornalistas, os analistas de nossa incipiente economia e os historiadores de nossa incipiente República estavam todos de acordo: para Colón, aquela era a Visita mais Importante desde o remoto dia em que Cristóvão Idem descobrira por acidente nossas convulsas terras.

Desde o momento em que Lesseps desembarcou do *Lafayette* falando um espanhol perfeito com todo mundo, olhando com aquele olhar curioso que lhe davam seus olhos de gato cansado, lançando para a direita e para a esquerda um sorriso que os panamenhos nunca haviam visto na vida, ostentando um cabelo generoso e branco que o tornava parecido com um Papai Noel inacabado, meu pai não o perdeu de vista nem por um instante. À noite ele percorreu a poucos passos de sua presa a rua principal de Colón, passando por baixo de lanternas chinesas de papel de seda que pareciam prestes a provocar um incêndio, pela frente da estação ferroviária e em seguida pela frente do cais onde Korzeniowski desembarcara os fuzis de contrabando, pela frente do hotel onde seu filho se hospedara na primeira noite que passara em Colón, quando ainda não era seu filho, e por perto do local onde a melancia mais famosa do mundo fora vendida e onde seus comensais e outros curiosos haviam morrido a tiros. Na manhã seguinte espiou-o de uma distância prudente e viu-o sair com os três filhos em trajes de veludo sob o sol insuportável, e viu os garotos correndo felizes em meio à escória das ruas e ao cheiro das frutas estragadas, e espantando ao correr um bando de abutres que saboreava um burro recém-nascido a poucos passos do mar. Viu-o abraçar de chofre uma índia no cais da Pacific Mail (no momento em que a banda contratada pelo alcaide explodiu em ruídos metálicos para celebrar sua chegada) e tentar dançar com ela uma música que não era de dançar, uma música marcial, e quando a índia se soltou à força e se acocorou junto ao mar para lavar as mãos com uma careta de nojo, Lesseps continuou sorrindo, e o que é mais, começou a gargalhar enquanto gritava seu amor por todos os trópicos e o brilhante, o luminoso (*lumineux*) futuro que os esperava.

Lesseps embarcou no trem que ia para Cidade do Panamá e meu pai embarcou atrás, e quando o trem chegou ao rio Chagres viu-o chamar aos gritos o responsável e ordenar-lhe que parasse a locomotiva porque ele, Ferdinand de Lesseps, precisava levar para casa um copo da água do inimigo, e a comitiva inteira – os gringos, os colombianos, os franceses – ergueu cálices e brindou pela vitória do Canal e a derrota do rio Chagres, e enquanto os cálices se entrechocavam no ar com seus tim-tins, um mensageiro de Lesseps atravessava a trote o casario de Gatún, por trilhas de terra molhada e pastagens que lhe chegavam aos joelhos, e chegava a uma plataforma improvisada onde uma canoa descansava, e se acocorava junto à canoa como a índia se acocorara no cais e recolhia num cálice de champanhe recém-esvaziado um líquido verdolengo que saiu cheio de algas gosmentas e moscas mortas. A única vez que meu pai falou com Lesseps foi quando o trem passou ao lado do Mount Hope, onde nos tempos da construção os empregados da estrada de ferro haviam enterrado seus mortos, e tomou a decisão de falar-lhe num arranco de entusiasmo sobre os chineses dentro dos baús de gelo que tanto tempo atrás despachara para Bogotá – "Para onde?", perguntara Lesseps, "Para Bogotá", repetira meu pai –, e que se eles não tivessem sido úteis para os estudantes de medicina da universidade da capital sem dúvida teriam acabado aqui, debaixo destas terras, debaixo das orquídeas e dos cogumelos. Em seguida estendeu a mão para Lesseps e lhe disse Muito prazer ou É um grande prazer ou quem sabe só Prazer (o prazer, em todo caso, esteve presente em sua frase), e depois voltou para a periferia do grupo, não querendo incomodar, e de lá continuou observando Lesseps durante o resto do trajeto que levou aquele bendito trem, aquele trem histórico, pelas frondosas sombras da floresta.

Seguiu-o de perto enquanto Lesseps visitava a velha igreja de Santo Domingo, cujo arco desafia as leis da gravidade e da arquitetura, e tomou nota de todo comentário admirado emitido pelo admirado turista. Seguiu-o enquanto Lesseps apertava as mãos do alcaide e dos militares na estação de Cidade do Panamá (nem os militares nem o alcaide lavariam as mãos no restante do dia). Seguiu-o enquanto caminhavam pelas ruas recém-varridas e lavadas, sob bandeiras francesas confeccionadas *ad hoc* pelas esposas dos políticos mais prestativos (tal como anos mais tarde seria confeccionada outra bandeira, a primeira de um país que talvez tenha começado a existir naquela mesma tarde em que Lesseps visitava a cidade, mas não nos adiantemos nem tiremos conclusões antecipadas), e acompanhou-o até o Grand Hotel, um claustro colonial recém-inaugurado com todo o luxo sobre um dos flancos mais extensos da praça da Catedral, cujo calçamento – o da praça, claro, não o do hotel – era habitado normalmente por caleças puxadas por cavalos velhos, pelo ruído dos cascos sobre as pedras do calçamento, e daquela vez, porém, por soldadinhos imberbes vestidos de branco e em silêncio como meninos nervosos prestes a fazer a primeira comunhão. No Grand Hotel, perante o olhar fascinado de meu pai, teve lugar o banquete de boas-vindas com pratos franceses e um pianista trazido de Bogotá – "De onde?", perguntou Lesseps, "De Bogotá", lhe disseram – para que tocasse a *Barcarolle* ou alguma polonesa mais para suave enquanto os líderes locais do Partido Liberal contavam a Lesseps o que dissera Victor Hugo, que a constituição dos Estados Unidos da Colômbia fora feita para um país de anjos, não de seres humanos, ou algo do estilo. Para aqueles políticos colombianos, que não mais de sessenta anos antes eram habitantes de uma colônia, a mera atenção daquele profeta, autor de *Último dia de um condenado à morte* e de *Os miseráveis*, advogado da humanidade, era o maior elogio do mundo, e queriam que Lesseps a conhecesse: porque a atenção de Lesseps também era o melhor elogio do mundo. Lesseps fazia uma pergunta banal, abria levemente os olhos ao ouvir um caso, e os colonizados sentiam de repente que sua vida inteira adquiria um sentido renovado. Se Ferdinand de Lesseps assim tivesse querido, ali mesmo eles teriam dançado para ele um *mapalé* ou uma *cumbia*, ou melhor um cancã, para que não fosse imaginar que aqui todo mundo era índio. Pois ali, no Istmo panamenho, o espírito colonial flutuava no ar, como a tuberculose. Ou talvez, passou-me pela cabeça em algum momento, a Colômbia nunca tivesse deixado de ser colônia, e o tempo e a política simplesmente substituíam um colonizador por outro. Porque a colônia, tal como a beleza, está nos olhos de quem a admira.

Quando o banquete terminou, meu pai, que já reservara um quarto com vista para o pátio interno e sua fonte onde nadavam peixes coloridos, seguiu Lesseps até vê-lo finalmente retirar-se, e se preparava para retirar-se também quando a porta do salão de bilhar se abriu e saiu para o corredor um homem jovem, de bigode encerado e manchas de giz nas mãos, que foi falar com ele como se o conhecesse de toda a vida. Fazia parte da comitiva do *Lafayette*, chegara com Monsieur de Lesseps e integraria, em Paris, o gabinete de imprensa da Compagnie. Haviam lhe falado muito bem da atividade jornalística de meu pai, disse, e inclusive Monsieur de Lesseps, ao conhecê-lo, guardara dele excelente impressão. Lera algumas de suas crônicas sobre a ferrovia, as crônicas do *Star & Herald*, e agora queria propor-lhe uma vinculação permanente com a Grandiosa Companhia do Canal. "Uma pena como a sua ser-nos-á de grande ajuda na luta contra o Ceticismo, que é, como o senhor bem sabe, o pior inimigo do Progresso." E antes que a noite chegasse ao fim meu pai estava jogando uma partida de bilhar francês, um jogo de três tabelas, com um grupo de franceses (e, diga-se de passagem, perdendo por várias carambolas e chegando a rasgar o pano importado), e a partir daí associaria para sempre o verde refulgente daquele pano e o tintinar de marfim das bolas imaculadas com o momento em que dissera que sim, que aceitava e considerava uma honra fazê-lo, que a partir de amanhã seria correspondente no Panamá do *Boletim do Canal Interoceânico*. Ou *Boletim*, para os amigos.

E na manhã seguinte, antes de posicionar-se diante da porta do hotel para esperar a saída de Lesseps, antes de acompanhá-lo até o refeitório do hotel onde o esperavam três engenheiros de elite para falar do Canal e de seus problemas e possibilidades, antes de sair com ele e embarcar na mesma canoa dele para percorrer sob um sol escorchante duas ou três curvas do inimigo Chagres, antes de tudo aquilo, meu pai me contou o que eu não assistira com meus próprios olhos. Fez isso com a evidente (e muito problemática) sensação de ter começado a fazer parte da história, de ter começado a conviver com o Anjo, e, quem sabe, em certo sentido, não se enganasse. É claro que não falei a meu pai do Efeito Refrator de seu jornalismo nem da possível incidência que tal efeito poderia ter operado na decisão daqueles franceses sedentos de propaganda contratada; perguntei-lhe, contudo, que opinião formara sobre o Velho Lobo Diplomático, aquele homem que para mim era portador de um sorriso muito mais perigoso do que qualquer cenho franzido, autor de apertões de mão mais letais que uma franca punhalada, e diante de minha pergunta e de meus comentários imprudentes meu pai ficou sério, muito sério, sério como eu nunca o vira antes, e me disse, com algo que estava a meio caminho entre a frustração e o orgulho:

"Ele é o homem que eu teria gostado de ser."

V
Sarah Bernhardt e a Maldição Francesa

"Faça-se o Canal", disse Lesseps, e o Canal... começou a ser feito. Mas isso não aconteceu diante de seus olhos-de-gato-cansado: o Grande Homem voltou para Paris – e seu regresso em perfeito estado de saúde foi a prova tangível de que a reputação assassina do clima panamenho não era mais que um mito – e dos escritórios da Rue Caumartin agiu como General em Chefe de um exército de engenheiros manipulado à distância, um exército enviado àqueles trópicos selvagens para derrotar as guerrilhas do Clima, para instaurar o jugo da traidora Hidrologia. E meu pai seria o narrador desse embate, isso mesmo, o Tucídides daquela guerra. Para Miguel Altamirano, uma evidência surgiu naqueles dias, vívida e profética como um eclipse do sol: seu destino manifesto, que só agora, quando ele estava com sessenta e tantos anos, lhe estava sendo revelado, era deixar testemunho escrito da suprema vitória do Homem contra as Forças da Natureza. Porque o canal interoceânico era isto: o campo de batalha onde a Natureza, inimiga legendária do Progresso, firmaria finalmente sua rendição incondicional.

Em janeiro de 1881, enquanto Korzeniowski navegava pelos mares territoriais da Austrália, o consabido *Lafayette* entrava nos respectivos do Panamá, trazendo um carregamento que meu pai descreveu em sua crônica como uma Arca de Noé dos tempos modernos. Pela passarela desembarcaram não casais de todos os animais da Criação, mas algo muito mais definitivo: cinquenta engenheiros com suas famílias. E durante cerca de duas horas houve mais diplomas da École Polytechnique no porto de Colón do que carregadores para levá-los até o hotel. No dia 1º de fevereiro um daqueles engenheiros, um tal Armand Réclus, escreveu aos escritórios da Rue Caumartin: "Obras iniciadas". As duas palavras do glorioso telegrama reproduziram-se como coelhos em todos os jornais do hexágono francês; naquela noite, meu pai ficou na Calle del Frente de Colón, passando do General Grant para o tugúrio de jamaicanos mais próximo, e de lá para os grupos de ébrios inofensivos (e outros que não o eram tanto) dos portos de carga, até que o amanhecer lhe relembrou sua idade respeitável. Chegou à casa dos pilotis com as primeiras luzes, bêbado de brandy mas também de *guarapo*, porque brindara e bebera com toda e qualquer alma disposta a fazer coro com ele. "Viva Lesseps e viva o Canal", gritava.

E Colón inteira parecia responder: "Que vivam!".

Eloísa querida, se meu relato transcorresse nestes tempos de filmadoras (ah, a filmadora: uma criatura que teria agradado a meu pai), a câmera neste instante focalizaria uma janela do Jefferson House, que era, sejamos sinceros, o único hotel de toda Colón digno dos engenheiros do *Lafayette*. A câmera se aproxima da janela, focaliza as réguas de cálculo, os transferidores e os compassos, move-se até enquadrar o rosto profundamente adormecido de um garoto de cinco anos e o fiozinho de saliva que escorre de sua boca até escurecer o veludo vermelho do coxim, e depois de transpor uma porta fechada – nada está vedado à magia das câmeras – capta os últimos movimentos de um casal em pleno coito. Que não são locais é um fato evidente em seus respectivos índices de transpiração. Em questão de poucas linhas me referirei *in extenso* à mulher, mas por enquanto é importante destacar que tem os olhos fechados, que cobre a boca do marido com a mão para evitar que a criança acorde com os inevitáveis (e iminentes) ruídos orgásticos e que seus peitos pequenos sempre foram fonte de conflito para ela e seus sutiãs. Quanto ao homem: entre seu tórax e o da mulher abre-se um ângulo de trinta graus; sua pélvis se move com a precisão e a invencível regularidade de um êmbolo a gás; e sua habilidade para manter essas variáveis – o ângulo e a frequência do movimento – deve-se, em grande parte, a sua engenhosa utilização da alavanca de terceiro tipo. Na qual, como todo mundo sabe, a Potência se encontra entre a Resistência e o Fulcro. Sim, meus inteligentes leitores, vocês adivinharam: o homem era engenheiro.

Chamava-se Gustave Madinier. Formara-se com distinção e louvor primeiro na Polytechnique e mais tarde na École des Ponts et Chaussées; durante sua brilhante carreira de engenheiro vira-se obrigado a repetir mais de uma vez que não tinha nenhuma relação com o outro Madinier, o que combatera com Napoleão em Vincennes e mais tarde desenvolvera uma teoria matemática do fogo. Não: nosso Madinier, nosso querido Gustave, que neste instante mesmo ejacula no interior de sua mulher enquanto recita para si mesmo "Dê-me uma alavanca e moverei o mundo", era o responsável por vinte e nove pontes que cobriam a República francesa, ou melhor seus rios e lagos, de Perpignan a Calais. Era autor de dois livros: *Les fleuves et leur franchissement* e *Pour une nouvelle théorie des câbles*; suas obras haviam chamado a atenção da equipe do canal de Suez, e sua participação foi decisiva na construção da nova cidade de Ismailía. Vir para o Panamá como integrante da Compagnie du Canal fora, para ele, um desenvolvimento tão natural quanto os filhos depois do casamento.

E já que estamos nisso: Gustave Madinier se casara com Charlotte de la Môle no início de 1876, aquele ano mágico para meu pai e para mim, e cinco meses depois nascia Julien, pesando três quilos e duzentos gramas e gerando igual número de comentários maldosos. Charlotte de la Môle, a mulher que era um desafio para qualquer sutiã, também fora um desafio para seu marido: era obstinada, voluntariosa e insuportavelmente atraente. (Gustave gostava que os peitos dela grudassem em seu corpo quando fazia frio, porque aquilo lhe dava a sensação de estar fornicando com uma jovenzinha. Mas eram gostos culposos; Gustave não se orgulhava deles, e só uma vez, durante uma bebedeira, confessara-os à mulher.) A questão é que a viagem coletiva ao Panamá fora ideia de Charlotte, que não precisara de mais de dois acasalamentos para convencer o engenheiro. E ali, no quarto do Jefferson House, enquanto seu marido cai num sono satisfeito e começa a roncar, Charlotte sente que tomou a decisão correta, pois sabe que por trás de todo grande engenheiro há uma grande teimosa. Sim, a imagem inicial de Colón – seus odores putrefatos, a assiduidade insuportável de seus insetos, o caos de suas ruas – provocara um breve desencanto; mas logo depois a mulher fitara o céu límpido, e o calor seco de fevereiro abrira seus poros e entrara em seu sangue, e ela gostara daquilo. Charlotte não sabia que o calor nem sempre era seco, que o céu nem sempre estava límpido. Alguém, alguma alma caridosa, deveria ter-lhe contado. Ninguém o fez.

Foi mais ou menos naquele momento que chegou Sarah Bernhardt. Os leitores abrem os olhos, soltam comentários céticos, mas é fato: Sarah Bernhardt esteve lá. A visita da atriz foi outro dos sintomas da umbiguização do Panamá, o súbito deslocamento do Istmo para a posição de exatíssimo centro do mundo... La Bernhardt chegou, para variar, naquele distribuidor de personagens franceses que era o vapor *Lafayette*, e permaneceu em Colón apenas o tempo necessário para tomar o trem para Cidade do Panamá (e para merecer sua breve incursão neste livro). Num teatro minúsculo e muito abafado, montado às pressas num salão lateral do Grand Hotel, perante um público em que todos, menos um, eram franceses, Sarah Bernhardt subiu a um palco com duas cadeiras e, com a ajuda de um atorzinho aficionado que trouxera de Paris, recitou, de memória e sem se enganar, todos os bifes da *Fedra* de Racine. Uma semana depois voltava a tomar o trem, mas em sentido oposto, e regressava à Europa sem ter falado com um único panamenho... mas obtendo, mesmo assim, um lugar em meu relato. Pois naquela noite, na noite da *Fedra*, duas pessoas aplaudiram mais do que as outras. Uma era Charlotte Madinier, para quem a presença de Sarah Bernhardt fora uma espécie de bálsamo contra o tédio insuportável da vida no Istmo. A outra era o encarregado de comunicar todo benefício e proveito ocorrido como consequência (direta ou não) das obras do Canal: Miguel Altamirano.

Explicar-lhes-ei sem rodeios: Charlotte Madinier e Miguel Altamirano se conheceram naquela noite, trocaram nomes e cumprimentos e mesmo alexandrinos clássicos, mas só bem mais tarde voltaram a ver-se. Coisa, aliás, bastante normal: ela era uma mulher casada, e todo o seu tempo era dedicado a entediar-se--de-acordo-com-os-bons-costumes; ele, de seu lado, não parava de movimentar-se, pois naquele tempo não havia um único instante em que não acontecesse alguma coisa no Panamá digna de ser resenhada para o *Bulletin*. Charlotte conheceu meu pai e em seguida o esqueceu, e foi em frente com sua própria rotina, e de dentro de sua rotina viu que, com o passar das semanas, o ar seco de fevereiro estava ficando cada vez mais denso, e numa noite de maio acordou espantada porque achou que a cidade estava sendo vítima de um bombardeio. Aproximou-se da janela: chovia. Seu marido também se aproximou e com um golpe de vista calculou que nos quarenta e cinco minutos que durou o aguaceiro caíra mais água do que a que cai sobre a França durante um ano inteiro. Charlotte viu as ruas inundadas, as cascas de banana ou as folhas de palmeira que passavam boiando na torrente, e uma ou outra vez chegou a ver outros objetos mais intimidantes: um rato morto, por exemplo, ou uma bola de merda humana. Idênticos aguaceiros se repetiram onze vezes no curso daquele mês, e Charlotte, que, de sua reclusão, via Colón transformar-se num pântano sobre o qual voavam insetos de todos os tamanhos, começou a se perguntar se a viagem não fora um equívoco.

 E então, num dia de julho, seu menino amanheceu com calafrios. Julien trepidava com violência, como se a cama tivesse vida própria, e o ruído de seus dentes batendo era perfeitamente audível apesar do açoite do aguaceiro no terraço. Gustave estava nas obras do Canal, avaliando os danos causados pela chuva; Charlotte, vestindo as roupas ainda úmidas que mandara lavar na tarde anterior, pegou o menino no colo e voou para o hospital numa caleça desabalada. Os calafrios haviam cessado, mas, ao acomodar Julien na cama que lhe fora indicada, Charlotte encostou o dorso da mão em sua testa, mais por instinto que por outra coisa, e no mesmo instante se deu conta de que o menino ardia em febre e de que ele estava com os olhos brancos. Julien movia a boca como uma vaca pastando; mostrava uma língua ressecada e em sua boca não havia saliva. Mas Charlotte não encontrou água suficiente para acalmar a sede do menino (fato que, no meio daquele aguaceiro, não deixava de ser irônico). Na metade da tarde chegou Gustave, que andara pela cidade inteira perguntando em francês se alguém havia visto sua mulher, e no fim decidira, para esgotar as possibilidades, ir até o hospital. E sentados em cadeiras de madeira dura cujo espaldar se soltava quando se encostavam nele, Gustave e Charlotte passaram a noite, dormindo sentados quando eram vencidos pelo esgotamento, revezando-se por uma espécie de superstição privada para medir a temperatura de Julien. Ao amanhecer, Charlotte foi despertada pelo silêncio. Parara de chover e seu marido dormia dobrado sobre si mesmo, com a cabeça entre os joelhos, os braços pendurados até o chão. Estendeu a mão e sentiu uma onda de alívio ao comprovar que a febre baixara. E então tratou, sem êxito, de acordar Julien.

E mais uma vez escrevo esta frase que escrevi tantas vezes: entra em cena Miguel Altamirano.

Meu pai insistiu para acompanhar pessoalmente o casal Madinier naqueles trâmites diabólicos: tirar o menino morto do hospital, depositá-lo no caixão, depositar o caixão na terra. "A culpa é do fantasma de Sarah Bernhardt", dir-me-ia meu pai muito depois, procurando explicar as razões (que permaneceram inexplicadas) pelas quais mergulhara de cabeça na dor daquele casal que mal conhecia. Os Madinier lhe votariam uma gratidão que devo chamar eterna: em meio à perda e à desorientação da perda, meu pai lhes serviria de intérprete, de coveiro, de advogado, de menino de recados. Houve dias em que a presença do luto o esgotava; nesses momentos pensava que sua tarefa já estava completa, que estava sendo intrusivo; mas Charlotte lhe pedia que não se fosse, que não os deixasse, que continuasse a ajudá-los com a mera ajuda de sua companhia, e Gustave apoiava uma das mãos no ombro dele com o gesto de um companheiro de batalha: "O senhor é tudo o que nós temos", dizia-lhe... e então passava Sarah Bernhardt, falava para ele um verso da *Fedra* e seguia seu caminho. E meu pai era incapaz de despedir-se: os Madinier pareciam cachorrinhos e dependiam dele para enfrentar aquele mundo ístmico, inóspito e incompreensível de que Julien já não fazia parte.

Talvez tenha sido por aqueles dias que as pessoas em Colón começaram a falar da Maldição Francesa. Entre maio e setembro, além do filho único dos Madinier, vinte e dois operários do Canal, nove engenheiros e três mulheres de engenheiros foram vítimas das febres assassinas do Istmo. Continuava chovendo – o céu ficava preto às duas da tarde e quase na mesma hora despencava o aguaceiro, que não caía em gotas mas era sólido e denso, como uma capa jogada no ar –, mas as obras prosseguiam embora a terra escavada num dia no dia seguinte amanhecesse devolvida ao fosso pelo peso da chuva. O Chagres subiu tanto num fim de semana que a ferrovia teve de interromper suas operações, pois os trilhos ficaram trinta centímetros submersos naquelas águas com algas; e, com os serviços da ferrovia interrompidos, o Canal também se paralisava. Os engenheiros se reuniam no medíocre restaurante do Jefferson House ou no 4th of July, um *saloon* com mesas suficientemente amplas para que sobre elas se abrissem mapas topográficos e plantas arquitetônicas – e eventualmente uma mão rápida de pôquer por cima das plantas e dos mapas –, e ali passavam horas discutindo por onde avançariam as obras quando a chuva finalmente estiasse. Era frequente ocorrer que os engenheiros se despedissem no fim de uma tarde marcando encontro nas escavações na manhã seguinte, só para na manhã seguinte tomar conhecimento de que um deles dera entrada no hospital com uma crise de calafrios, ou estava no hospital acompanhando a febre da esposa, ou estava com a esposa no hospital tomando conta de um filho e arrependendo-se de ter vindo para o Panamá. Poucos sobreviviam.

    E aqui entro em territórios conflituosos: apesar daquilo tudo, apesar de sua relação com os Madinier, meu pai (ou antes sua curiosa Pena Refratora) escreveu que "os raros casos de febre amarela que se apresentaram entre os heroicos artífices do Canal" haviam sido "importados de outras paragens". E como ninguém o deteve, continuou escrevendo: "Ninguém nega que as pragas tropicais se fizeram presentes entre a população não autóctone; mas uma ou duas mortes, sobretudo de operários que antes vinham da Martinica ou do Haiti, não devem gerar alarmes injustificados". Suas crônicas/informes/reportagens eram lidos somente na França. E lá, na França, os Familiares do Canal liam-nas e ficavam tranquilos, e os acionistas continuavam comprando ações, porque tudo ia bem no Panamá... Muitas vezes pensei que meu pai teria ficado rico se tivesse patenteado a invenção daquele seu Jornalismo de Refração, do qual tanto se tem abusado de lá para cá. Mas sou injusto ao pensá-lo. Afinal de contas, nele consistia seu estranho dom: em não perceber a fissura – não: a cratera imensa – que se abria entre a verdade e a versão que ele fazia dela.

A febre amarela continuou matando sem descanso, e matou principalmente os franceses recém-chegados. Para o bispo do Panamá, isso era prova suficiente: a praga escolhia, a praga possuía inteligência. O bispo descreveu uma longa mão que chegava à noite nas casas dos dissolutos, dos adúlteros, dos bebedores, dos ímpios, e levava seus filhos como se Colón fosse o Egito do Antigo Testamento. "Os homens de reta moral não têm o que temer", disse, e suas palavras, para meu pai, tinham o sabor dos antigos combates contra o presbítero Echavarría: era como se o tempo se repetisse. Mas então don Jaime Sosa, primo do bispo e administrador da velha catedral de Porto Bello, relíquia dos tempos da colônia, disse um dia que estava se sentindo mal, logo depois que estava com sede, e três dias depois era enterrado, muito embora o bispo em pessoa o tivesse banhado numa solução de uísque, mostarda e água-benta.

Durante aqueles meses os sepultamentos se tornaram uma parte da rotina diária, como as refeições, pois os mortos de febre eram enterrados em questão de horas para evitar que seus humores decompostos disseminassem a febre pelo ar. Os franceses começaram a se locomover com as mãos na boca, ou atando uma máscara improvisada de tecido fino sobre a boca e o nariz, como os foragidos das lendas; e uma tarde, mascarado até o meio do rosto, a poucos metros de sua mascarada esposa, Gustave Madinier – derrotado pelo clima, pelo luto, pelo medo da febre incompreensível e traidora – enviou um bilhete de despedida a meu pai. "É tempo de voltar à pátria", escreveu. "Minha mulher e eu precisamos de novos ares. Saiba, senhor, que estará sempre em nossos corações."

Pois bem: eu teria podido entendê-los. Vocês, leitores hipócritas, meus semelhantes, meus irmãos, tê-los-iam entendido, nem que fosse apenas por mera simpatia humana. Mas o mesmo não ocorreu com meu pai, cuja cabeça começava a percorrer trilhos diferentes, puxada por locomotivas independentes... Invado a cabeça dele e eis o que encontro: uma multidão de engenheiros mortos, outros tantos desertores e um canal abandonado com a obra pelo meio. Se o inferno é individual, um espaço diferente para cada biografia (feito com nossos piores medos, os que são intercambiáveis), aquele era o de meu pai: a imagem das obras abandonadas, das gruas e das escavadeiras a vapor apodrecendo debaixo do musgo e da ferrugem, a terra escavada voltando dos depósitos de carga dos vagões para suas úmidas origens no solo da selva. A Grande Trincheira do Canal Interoceânico abandonada por seus construtores: esse, Leitores do Júri, era o pior pesadelo de Miguel Altamirano. E Miguel Altamirano não ia permitir que semelhante inferno se instalasse na realidade. Assim que ali, aliado ao fantasma de Sarah Bernhardt, que lhe arremessava alexandrinos de Racine à menor provocação, meu pai encontrou pulso para escrever estas linhas: "Trate de honrar, Monsieur Madinier, a memória de seu filho único. Conduza as obras a bom termo, e o pequeno Julien terá para sempre este Canal por monumento". Uma observação: quando Gustave Madinier leu essas linhas não foi num bilhete particular, mas na primeira página do *Star & Herald*, sob um cabeçalho que era pouco menos que uma chantagem: CARTA ABERTA A GUSTAVE MADINIER.

E numa tarde de dezembro, enquanto o sol da temporada seca – que regressara com aquele curioso talento que tem dezembro para fazer esquecer as chuvas passadas, para fazer-nos crer que na realidade o Panamá é assim – brilhava sobre as ruas de Colón e sobre toda a área da Grande Trincheira do Canal, no Jefferson House um engenheiro e sua esposa desfaziam baús já feitos. As roupas voltavam para os armários e os instrumentos para a escrivaninha, e os retratos de um menino morto tornavam a ocupar a cômoda dos retratos.

E lá permaneceriam, pelo menos enquanto alguma força imprevisível não os derrubasse.

Afinal de contas, eram tempos convulsos.

Permitam-me que torne a dizer: eram tempos convulsos. Não, queridos leitores, não me refiro à ideia batida dos políticos que não têm mais o que dizer. Não me refiro às eleições que os conservadores fraudaram no estado colombiano de Santander, desaparecendo com votos liberais e fabricando conservadores onde eles não existiam; nem me refiro à reação liberal que já começava a pensar em revoluções armadas, a convocar juntas revolucionárias e a reunir dinheiro revolucionário. Não, Eloísa querida: não me refiro ao temor de uma nova guerra civil entre conservadores e liberais, esse temor constante que acompanhava os colombianos como um cachorro fiel e que levaria pouco tempo, muito pouco tempo, mas muito pouco tempo mesmo, a materializar-se outra vez... Tampouco me refiro às declarações em sessão secreta de certo dirigente radical, que assegurava perante o Senado da República ter notícia de que "os Estados Unidos resolveram apoderar-se do Istmo do Panamá"; muito menos à resposta de um conservador crédulo para quem "as vozes alarmistas" não devem assustar a pátria, pois "o panamenho é feliz como cidadão desta República e nunca trocaria sua honrada pobreza pelas comodidades sem alma desses caçadores de ouro". Não: a nada disso me refiro. Quando digo que eram tempos convulsos, refiro-me a convulsões menos metafóricas e muito mais literais. Digamo-lo com clareza: o Panamá era um lugar onde as coisas balançavam.

No espaço de um ano, os habitantes do Istmo se alarmaram com cada estrondo de dinamite importada, e em pouquíssimo tempo se acostumaram a cada estrondo de dinamite importada: o Panamá era um lugar onde as coisas balançavam. Foram meses em que os panamenhos caíam de joelhos e começavam a rezar toda vez que as dragas a vapor abriam a terra, e não tardou para que as dragas começassem a fazer parte da paisagem auditiva e os panamenhos deixassem de se ajoelhar, pois o Panamá era um lugar onde as coisas balançavam... Nos pavilhões dos doentes com febre amarela, as camas retumbavam sobre o piso de madeira, erguidas pela força dos calafrios, e ninguém, ninguém se surpreendia: o Panamá, Leitores do Júri, era um lugar onde as coisas balançavam.

Pois bem: no dia 7 de setembro de 1882 elas balançaram para valer.

Eram três e vinte e nove da manhã quando os movimentos tiveram início. Apresso-me em dizer que eles não duraram mais que um minuto; mas naquele minuto curto consegui pensar primeiro na dinamite, depois que não era hora de explodir dinamite na zona do Canal, depois nas máquinas francesas, e as descartei todas pela mesma razão. Naquele momento um vaso de cerâmica que fora do sr. Watts, ocupante anterior da casa dos pilotis, e que até aquele momento dormira pacificamente no alto de uma estante, avançou quatro palmos até a borda e despencou no vazio. A estante inteira caiu em seguida (escândalo da louça espatifada, cacos de vidro perigosamente espalhados pelo assoalho). Meu pai e eu mal tivemos tempo de recolher a mão óssea do chinês morto e uma gaveta cheia de arquivos e abandonar a casa antes que o terremoto partisse os pilotis e a casa viesse abaixo, lenta e pesada e maciça como um búfalo perseguido. E ao mesmo tempo, a poucos metros do bairro residencial da Panama Railroad Company, o casal Madinier saía para a rua, ambos de pijama e ambos embasbacados, antes que os retratos de Julien se estilhaçassem de encontro ao chão do Jefferson House, e antes, por sorte, que o Jefferson House – ou pelo menos sua fachada – se despedaçasse sobre a rua levantando uma poeirama que provocou espirros em diversas testemunhas.

O terremoto de 1882, que para muitos foi um novo episódio da Maldição Francesa, levou abaixo a igreja de Colón como se ela fosse um castelo de cartas, partiu os dormentes da estrada de ferro ao longo de cento e cinquenta metros e percorreu a Calle del Frente rasgando-a como uma faca de fio danificado. Sua primeira consequência: meu pai pôs mãos à obra (nunca uma expressão foi mais exata). O leito da Grande Trincheira afundou, assim como afundaram as paredes da escavação, pondo a perder boa parte do trabalho realizado, e um acampamento instalado perto de Miraflores desapareceu – instrumentos, pessoal e uma pá a vapor – na terra que se abriu como a dinamite não fora capaz de abri-la. E em meio a esse panorama de desconsolo, meu pai escreveu: "Ninguém deve preocupar-se, ninguém deve sentir receio: as obras prosseguem sem o menor atraso".

Em seus escritos posteriores, referiu-se à alcaidaria de Cidade do Panamá, da qual não restou pedra sobre pedra? Referiu-se ao telhado do Grand Hotel, que sepultou o quartel-general da Companhia, várias plantas, um empreiteiro recém-chegado dos Estados Unidos e um ou outro engenheiro? Não: meu pai não viu nada disso. A razão: naquele momento já adquirira definitivamente a famosa doença colombiana da C. S. (Cegueira Seletiva), também conhecida como C. P. (Cegueira Parcial) e ainda como R. I. P. (Retinopatia por Interesses Políticos). Para ele – e, consequentemente, para os leitores do *Bulletin*, acionistas reais ou potenciais – as obras do Canal acabariam em metade do tempo previsto e custariam metade do dinheiro previsto; as máquinas que estavam trabalhando eram o dobro das existentes, mas haviam custado a metade; os metros cúbicos de terra escavada por mês, que não iam além de duzentos mil, se transformavam, nos informes do *Bulletin*, num grande milhão com todos os seus zeros bem posicionados. Lesseps estava feliz. Os acionistas – os reais e os potenciais – também. Viva a França e viva o Canal, caralho.

Enquanto isso, no Istmo, a Guerra pelo Progresso se travava em três frentes: na construção do Canal, nos reparos na estrada de ferro e na reconstrução de Colón e Cidade do Panamá, e Tucídides dava conta dela em detalhe (tão detalhadamente quanto seu R. I. P. lhe permitia perceber). Desmoronada a casa dos pilotis, fui testemunha pela primeira vez dos efeitos práticos da Cegueira de meu pai: não se passaram nem quatro dias e lhe foi destinada uma das pitorescas habitações de Christophe Colomb, o casario construído para os técnicos brancos da Companhia do Canal. Era uma construção pré-fabricada, localizada junto ao mar com sua rede própria e suas persianas de cores vivas parecendo uma casa de bonecas, e nela viveríamos sem nenhum ônus. Era um tratamento régio, e meu pai sentiu na nuca o golpe nada sutil do Elogio dos Poderosos, aquilo que em outros lugares se conhece por outro nome: caixinha ou suborno, agrado ou peita.

A satisfação, aliás, foi dupla: quatro casas adiante se instalavam, quase simultaneamente, outros deslocados pelo terremoto, Gustave e Charlotte Madinier. Todos estavam de acordo que sair daquele hotel horroroso e cheio de lembranças sombrias resultaria em benefícios notáveis, *tabula rasa* e essa coisa toda. À noite, depois da ceia, meu pai percorria os cinquenta metros que nos separavam da casinha Madinier, ou eles faziam o trajeto até a nossa, e nos sentávamos no alpendre com brandy e puros cubanos para ver como a lua amarela se dissolvia nas águas da baía Limón e alegrar-nos com o fato de que Monsieur Madinier tivesse resolvido ficar. Queridos leitores, não sei como explicar, mas acontecera alguma coisa depois do terremoto. Uma transformação em nossas vidas, talvez, ou quem sabe o começo de uma vida nova.

Reza a tradição panamenha que as noites de Colón favorecem as intimidades. As causas são, suponho, cientificamente indemonstráveis. Há alguma coisa no queixume melancólico da coruja que parece dizer o tempo todo *Acabou*; há alguma coisa na escuridão das noites, em que a pessoa poderia erguer a mão e arrancar um pedaço da Ursa Maior; e principalmente (parando com as cafonices) há alguma coisa muito tangível na iminência do perigo, cujas encarnações não se limitam a um jaguar entediado que decide fazer uma excursão fora da selva, nem ao escorpião ocasional que se enfia em nossos sapatos, nem à violência de Colón-Gomorra, onde até a chegada dos franceses havia mais facções e revólveres do que picaretas e pás. O perigo em Colón é um ser cotidiano e proteico, e o sujeito se habitua a seu cheiro e em pouco tempo se esquece de sua presença. O medo une; no Panamá, sentíamos medo mesmo sem saber. E era por isso, ocorre-me agora, que uma noite diante da baía Limón, desde que o céu estivesse limpo e a temporada das chuvas estivesse concluída, era capaz de produzir amizades profundas. Foi o que aconteceu conosco. Sob meu olhar de secretário, meu pai e os Madinier passaram cento e quarenta e cinco noites de amizade e confissões.

Nelas, Gustave confessou que as obras do Canal eram um desafio quase desumano, mas que enfrentar aquele desafio era uma honra e um privilégio. Charlotte confessou que a imagem de Julien, seu filho morto, já não a atormentava, mas que a acompanhava nos momentos de solidão, como um anjo da guarda. Os Madinier confessaram (em uníssono e desafinando um pouco) que nunca, desde o dia de seu casamento, haviam se sentido tão unidos.

"Devemos isso ao senhor, Monsieur Altamiranô", dizia o engenheiro.

"Senhor", dizia meu pai diplomata, "o que a Colômbia ficará devendo ao senhor é muito mais."

"Deve ao terremoto", dizia eu.

"Nada disso", dizia Charlotte. "Devemos a Sarah Bernhardt."

E risos. E brindes. E versos alexandrinos.

Em fins de abril, meu pai pediu ao engenheiro Madinier que o levasse para ver as máquinas. Os dois saíram de madrugada, depois de uma colherada de uísque com quinino para contra-arrestar o que os panamenhos chamavam de calores e os franceses de *paludisme*, e embarcaram numa canoa no Chagres para chegar às escavações de Gatún. As máquinas eram a mais recente paixão de meu pai: uma pá a vapor era capaz de deixá-lo absorto durante longos minutos; uma draga americana, das que haviam chegado no início daquele ano, podia arrancar-lhe suspiros como os que sem dúvida minha mãe arrancara dele no *Isabel* (mas eram outros tempos). Uma daquelas dragas, estacionada a um quilômetro de Gatún como um gigantesco barril de cerveja, foi a primeira escala da canoa. Os remadores se aproximaram da margem e cravaram os remos no leito do rio para que meu pai pudesse contemplar, imóvel e hipnotizado apesar do assédio dos mosquitos, a magia do trambolho. O Panamá era um lugar onde as coisas balançavam: as correntes do monstro tiniam como os grilhões de um prisioneiro medieval, os baldes de ferro repercutiam ao erguer a terra extraída, e logo em seguida vinha a cusparada de água sob pressão que lançava a terra para além da área das obras com um cicio de arrepiar. Meu pai anotava tudo minuciosamente e começava a pensar em comparações tiradas de algum livro de dinossauros ou de *As viagens de Gulliver*, quando se virou para agradecer a Madinier, mas encontrou-o sentado na canoa com a cabeça entre as pernas. O engenheiro disse que o uísque lhe caíra mal. Resolveram voltar. Naquela tarde eles se reuniram (nós nos reunimos) no alpendre, e o ritual dos puros cubanos e do brandy se repetiu. Madinier estava se sentindo bem melhor: não sabia o que acontecera, disse, teria de ficar um pouco mais atento com o estômago dali em diante. Bebeu uns dois copos e Charlotte achou que era coisa do álcool quando o viu levantar-se no meio da conversa para ir se deitar na rede. Meu pai e Charlotte não falaram de Sarah Bernhardt nem da *Fedra* de Racine nem da sala improvisada no Grand Hotel porque já eram amigos, já se sentiam amigos, e aqueles códigos não eram necessários. Falaram, não sem nostalgia, de seus passados em outro lugar: até agora não haviam se dado conta de que meu pai também era um forasteiro no Panamá, também ele passara pelos processos do recém-chegado – pelos esforços para aprender, pela ansiedade de adaptar-se –, e ter isso em comum os entusiasmou. Charlotte contou como conhecera Gustave. Ambos haviam assistido a uma espécie de comemoração mais ou menos privada no Jardin des Plantes; comemorava-se a partida de um grupo de engenheiros para o canal de Suez. Haviam se conhecido naquela ocasião, contou Charlotte, e pouco depois perdiam-se intencionalmente no labirinto de Buffon, só para poder conversar sem que ninguém os interrompesse. Charlotte estava repetindo o que Gustave lhe explicara naquela tarde – que para sair de um labirinto, caso suas paredes estivessem conectadas, bastava manter a mesma mão encostada numa das paredes que tarde ou cedo se encontraria a saída ou se voltaria à entrada –, quando se interrompeu no meio de uma frase e seu peito chato ficou parado como a superfície de um lago. Meu pai e eu nos viramos instintivamente para olhar o que ela estava olhando, e foi isto o que vimos: a rede, estufada com o peso do engenheiro Gustave Madinier, modelada com a curva de suas nádegas e os ângulos de seus cotovelos, começara a tremer, e as vigas de onde ela pendia rangiam desesperadas. Não sei se já falei: o Panamá, queridos leitores, era um lugar onde as coisas balançavam.

Em questão de minutos os calafrios cessaram e começou a febre, começou a sede. Mas houve um detalhe diferente: com a pouca lucidez que lhe restava, o engenheiro Madinier começou a dizer que estava com dor de cabeça, e a dor era tão desatinada que em algum momento ele pediu a meu pai que lhe desse um tiro, por piedade, que lhe desse um tiro. Charlotte não permitiu que o levássemos para o hospital, apesar da insistência de meu pai, e o que fizemos foi erguer aquele corpo dolorido e transportá-lo para minha cama, que era a que estava mais perto do alpendre. E ali, sobre meus lençóis de linho recém-comprados pela metade do preço de um comerciante antilhano, Gustave Madinier passou a noite. Sua esposa ficou ao lado dele como ficara ao lado de Julien, e sem dúvida a lembrança de Julien atormentou-a durante a noite. Quando amanheceu, e Gustave disse que a cabeça já não doía tanto, que já não sentia aquela dor inclemente nas pernas e nas costas mas só uma vaga inquietude, Charlotte nem sequer prestou atenção na tonalidade amarelada que invadira a pele e os olhos dele, mas deixou-se arrastar pelo alívio. Aceitou dormir um pouco; o esgotamento a tomou até as últimas horas da tarde. Já havia escurecido quando chegou minha vez de ver o momento em que seu marido começou a vomitar uma substância preta e viscosa que não podia ser sangue, não, senhor, juro que aquilo não podia ser sangue.

A morte de Gustave Madinier foi tristemente famosa no bairro de Christophe Colomb. Os vizinhos obrigaram meu pai a queimar os lençóis de linho, juntamente com cada cálice/taça/pedaço de louça que tivesse entrado em contato com os lábios contaminados do pobre engenheiro; a mesma obrigação embargou, como é evidente, Charlotte. É óbvio que a mulher obstinada e voluntariosa que ela era opôs alguma resistência no início: não iria se desfazer daquelas lembranças, não iria queimar as últimas recordações de seu marido sem lutar. Foi preciso que o cônsul da França em Colón fosse até lá para obrigá-la, mediante um decreto insolente decorado com todos os selos do mundo, a efetuar a fogueira purificadora à vista de todo mundo. (O cônsul morreria de febre amarela, com cãibras e vômito preto, três semanas mais tarde; mas essa pequena justiça poética não vem ao caso agora.) Meu pai e eu fomos a mão de obra daquela cerimônia de inquisição: e no meio da rua principal de Christophe Colomb foi crescendo uma pilha de cobertores e gravatas-borboleta, escovas de cerda de porco e navalhas de barbear, tratados de Teoria das Resistências e álbuns com fotos de família, exemplares intonsos de *Les fleuves et leur franchissement* e de *Pour une nouvelle théorie des câbles*, cálices de cristal e pratos de porcelana, e até um naco de pão de centeio que ostentava a marca suja de uma mordida. Tudo aquilo ardeu com odores misturados, com fumaça preta, e, extinto o fogo, restou uma massa crestada e escura. Vi meu pai abraçar Charlotte Madinier e em seguida buscar um balde, andar até a margem da baía e voltar com água suficiente para apagar as últimas brasas descoloridas. Quando ele voltou, quando esvaziou o balde sobre a capa reconhecível de um livro de estampas que fora de veludo azul, Charlotte não estava mais lá.

    Vivia a quatro casas da nossa, contudo deixamos de vê-la. Todos os dias, depois da queima, meu pai e eu passávamos por seu alpendre e dávamos três pancadas com os nós dos dedos na moldura de madeira da tela da porta, mas nunca houve resposta. Tentar espiar para dentro indiscretamente era inútil: Charlotte recobrira as janelas com roupas escuras (capas parisienses, saias compridas de tafetá). Deviam ter se passado uns cinco ou seis meses desde a morte do engenheiro quando a vimos sair, muito cedo, e deixar a porta aberta. Meu pai foi atrás dela; eu segui meu pai. Charlotte caminhou até o porto levando na mão direita – pois a esquerda estava coberta até a altura do punho por uma atadura malcolocada – uma maleta semelhante à utilizada pelos médicos. Não escutou ou não quis escutar as palavras de meu pai, seus cumprimentos, suas renovadas condolências; ao chegar à Calle del Frente dirigiu-se, como um cavalo que volta para casa, à casa de penhores de Maggs & Oates. Entregou a maleta e recebeu em troca uma quantia que parecia estabelecida de antemão (algumas das cédulas traziam estampada uma estrada de ferro, outras um mapa, outras ainda um velho ex-presidente); e fez tudo isso com o rosto voltado para a baía Limón e os olhos fixos no *Bordeaux*, um vapor que ancorara na baía trinta dias antes e agora boiava deserto, pois toda a tripulação morrera de febre. "Je m'en vais", repetia Charlotte com os olhos muito abertos. Meu pai a seguiu durante todo o caminho de volta para casa, e ela só dizia: "Je m'en vais". Meu pai lhe suplicou que parasse, que olhasse um instante para ele, e ela só dizia: "Je m'en vais". Meu pai subiu atrás dela até o alpendre de sua casa e chegou a receber um bafo sólido de sujeira humana, e ela só dizendo: "Je m'en vais".

Charlotte Madinier decidira partir, é verdade, mas não pôde ou não quis fazê-lo de imediato. Durante o dia era vista caminhando sozinha por Colón, ia visitar a sepultura do marido no cemitério e muitas vezes passava como uma sombra pelo hospital e ficava horas diante da cama de algum paciente febril, olhando para ele com tanta intensidade que acabava por assustá-lo e perguntando às enfermeiras por que a tabuleta dizia gastrite se a verdade era evidentemente outra. Houve gente que a viu pedir esmola aos passageiros da estrada de ferro; houve quem a visse desafiar todas as regras da decência e ficar conversando com uma das putas francesas da Maison Dorée, famosa em todo o Caribe. Não sei quem falou pela primeira vez em Viúva do Canal; mas o mote grudou com a persistência de uma peste, e passado algum tempo até meu pai começou a utilizá-lo. (Desconfio que para ele o termo não tinha o tom de gozação, o tom um pouco impiedoso que tinha para os demais; meu pai falava da Viúva do Canal com respeito, como se na verdade a sepultura do engenheiro Madinier contivesse uma chave para o destino do Istmo.) A Viúva do Canal, como costuma acontecer nos Trópicos Charlatães, começou a se transformar em lenda. Era vista em Gatún, ajoelhada no meio do lodo para falar com uma criança, e na passagem de Culebra, discutindo com os operários os últimos avanços das obras. Disseram que ela não tinha dinheiro suficiente para a passagem e que por isso não viajara; e a partir desse momento foi vista no beco de las Botellas, cobrando dos operários do Canal por uma trepada rapidinha e dando outras, mais demoradas e aliás gratuitas, com os operários recém-chegados da Libéria. Mas a Viúva do Canal,

surda e indiferente aos boatos, continuava vagabundeando pelas ruas de Colón, dizendo "Je m'en vais" a quem quisesse ouvi-la e em todos os tons possíveis, mas não partindo nunca. Até o dia em que...
Mas não.
Ainda não.
Ainda é cedo.
Mais adiante me ocuparei do curioso destino da Viúva do Canal. Mais importante agora é mencionar os outros boatos que circulavam longe dali, e dos quais a Viúva do Canal tampouco tomou conhecimento. Porque agora a dama exigente da Política reclama minha atenção e eu, pelo menos durante a elaboração deste livro, sou seu dócil servidor. No resto do país, em seus discursos os políticos mencionavam o "iminente perigo para a ordem social" e a "paz que se ameaça toldar". Mas no Panamá ninguém prestou atenção no que eles diziam. Os políticos continuavam falando com duvidoso empenho em "comoção interna", nas "revoluções" que estariam sendo forjadas no país e de sua "sombria corte de desgraças". Mas em Colón, sobretudo naquele gueto de Colón formado pelos empregados da Companhia do Canal, todos éramos surdos e indiferentes a tais discursos. Os políticos falavam do destino do país com palavras alarmistas, "Regeneração ou Catástrofe", mas suas palavras se emaranhavam na selva do Darién, ou se afogavam em um ou outro de nossos dois oceanos. Finalmente, o boato fatal, o boato dos boatos, chegou ao Panamá; e assim nós, habitantes do Istmo, ficamos sabendo que naquela terra remota à qual o Istmo pertencia haviam se realizado eleições, um partido ganhara em circunstâncias confusas, outro partido estava bastante descontente. Que maus perdedores eram os liberais!, exclamavam, nos salões de Colón, os (conservadores) padres panamenhos. Os fatos eram simples: alguns votos haviam se extraviado, algumas pessoas haviam tido dificuldades para chegar ao local da votação e alguns que pretendiam votar pelos liberais haviam mudado de opinião no último momento, graças à oportuna e divina intervenção do Sacerdócio, bastião da democracia. Que culpa tinha o Governo conservador daqueles

imprevistos eleitorais? E nessa estavam os salões de Colón quando chegou o informe detalhado do que estava ocorrendo lá fora: o levante armado dos renitentes. O país, incrivelmente, estava em guerra. As primeiras vitórias foram para os rebeldes. O general liberal Gaitán Obeso tomou Honda, apoderou-se dos navios que navegavam no Magdalena e entrou em Barranquilla. Seus êxitos foram imediatos. A costa caribenha estava a ponto de tombar nas mãos rubras da revolução; então, pela primeira vez na história, os escritores dessa extensa comédia que é a democracia colombiana resolveram dar um papel pequeno, coisa de um par de linhas fáceis, ao Estado do Panamá. O Panamá seria o defensor da costa de outrora; do Panamá navegariam os mártires destinados a resgatar o país das mãos do diabo maçom. E um belo dia um contingente de soldados veteranos reuniu-se no porto de Colón sob o comando do governador panamenho, general Ramón Santodomingo, e zarpou veloz para Cartagena, decidido a fazer história. Do porto, Miguel Altamirano e seu filho os viram partir. Não eram os únicos, evidentemente. No porto se aglomeraram curiosos de todas as nacionalidades, falando em todas as línguas, perguntando nessas línguas o que estava acontecendo e por quê. Entre os curiosos havia um que sabia muito bem o que estava acontecendo e que estava resolvido a aproveitar-se disso, a tirar vantagem da ausência dos soldados... E em fins de março o advogado mulato Pedro Prestán, no comando de treze antilhanos descalços, esfarrapados e armados de facões, declarava-se General da Revolução e Chefe Civil e Militar do Panamá.

    A guerra, Eloísa querida, finalmente chegara a nossa província neutra, àquele lugar que até então fora conhecido como a Suíça do Caribe. Depois de meio século cortejando o Istmo, de bater a suas portas ístmicas, a guerra conseguira que as abrissem para ela. E suas consequências... é, aqui vêm suas desastrosas consequências, mas antes um momento de breve e barata filosofia. A Colômbia – como sabemos – é um país esquizofrênico, e Colón-
-Aspinwall herdara a esquizofrenia. A realidade, em Aspinwall-
-Colón, tinha uma misteriosa capacidade de duplicar-se, de

multiplicar-se, de dividir-se, de ser uma e outra ao mesmo tempo, convivendo sem muito esforço. Permitam-me que faça um breve salto para o futuro de minha narração, e que de passagem destroce todos os efeitos do suspense e da estratégia narrativa, para contar o fim deste episódio: o incêndio de Colón. Eu estava na casa nova da cidade francesa, deitado na rede (que para mim se transformara numa segunda pele), segurando na mão aberta uma cópia da *Maria* de Isaacs que mal chegara de vapor vinda de Bogotá, quando o céu por trás do livro ficou amarelo, mas não como os olhos dos febricitantes, e sim como a mostarda que para alguns funciona como antídoto.

    Me precipitei para a rua. Muito antes de chegar à del Frente, o ar parou de balançar e fui atingido pela primeira bofetada de um calor que não era do trópico. Na entrada do beco de las Botellas, onde segundo a lenda a Viúva do Canal trocava ideias com liberianos, fui atingido pelo cheiro da carne queimada, e logo depois surgiu do meio das sombras a figura de uma mula tombada de lado, as patas traseiras já calcinadas, a língua comprida derramada sobre os pedaços de vidro esverdeado. Não fui eu, mas meu corpo, quem se aproximou das chamas como um lagarto hipnotizado por um archote aceso. As pessoas passavam correndo junto de mim, deslocando o ar quente, e era como se o fole de um balão estivesse bafejando sobre meu rosto: o cheiro da carne tornou a sacudir-me. Só que dessa vez ele não provinha de nenhuma mula, mas do corpo do *mesié* Robay, um mendigo haitiano de idade, família e residência desconhecidas, que chegara a Colón antes de todos nós e se especializara em roubar comida dos açougueiros chineses. Lembro-me de que me agachei para vomitar e, ao aproximar o rosto do calçamento, senti-o tão quente que não ousei me apoiar com as mãos. Então começou a soprar um vento forte e constante vindo do norte, e o incêndio viajou sobre o vento... Em questão de horas, durante a tarde e a noite daquele 31 de março de 1885, Colón, a cidade que sobrevivera às inundações e ao terremoto, virava pedaços de tição.

    Imagine o leitor nossa grande surpresa quando, neste país de impunidades, nesta capital mundial da irresponsabilidade que é a Colômbia, o culpado pelo incêndio de Colón foi julgado em poucos dias. Meu pai e eu, lembro-me, ficamos pálidos de espanto quando tomamos conhecimento da natureza do ocorrido; mas mais pálidos ficamos pouco depois, sentados à mesa no alpendre de casa, ao dar-nos conta de que nossas avaliações do ocorrido divergiam radicalmente, pois diferentes eram nossas versões dos fatos. Em outras palavras: circulavam histórias desencontradas sobre o incêndio de Colón.

Como diz, sr. narrador?, protesta alguém do público. Mas se os fatos não têm versões, se a verdade é uma única! Ao que só posso responder contando o que foi contado naquele meio-dia, ao calor do trópico recém-incendiado, em minha casa panamenha. Minha versão e a de meu pai coincidiam no começo da história: ambos tínhamos conhecimento, como tinha conhecimento todo morador de Colón que estivesse a par do que se passava na cidade, da origem do incêndio de Colón. Pedro Prestán, aquele advogado mulato e liberal, pega em armas contra seu remoto Governo conservador, somente para dar-se conta em seguida de que não tem armas suficientes; ao ficar sabendo que um carregamento de duzentos fuzis está chegando dos Estados Unidos num navio particular, Prestán o adquire a bom preço; mas o carregamento é interceptado por uma oportuna e nem um pouco neutra fragata norte-americana que recebeu de Washington instruções claríssimas de defender o Governo conservador. Prestán, como represália, manda prender três norte-americanos, inclusive o cônsul de Colón. Enquanto isso, tropas conservadoras desembarcam na cidade e obrigam os rebeldes a recuar; enquanto isso, *marines* norte-americanos desembarcam na cidade e também obrigam os rebeldes a recuar. Os rebeldes, recuados, dão-se conta de que a derrota está próxima... E aqui tem lugar o ataque de esquizofrenia da política panamenha. Aqui minha versão dos fatos subsequentes se separa da de meu pai. O inconsistente Anjo da História nos fornece dois evangelhos diferentes, e os cronistas continuarão quebrando a cabeça até o final de seus dias, porque é simplesmente impossível saber qual dos dois merece o crédito da posteridade. E foi assim que ali, na mesa dos Altamirano, Pedro Prestán se dividiu em dois.

Ao ver-se derrotado, Prestán Um, líder carismático e prócer anti-imperialista, foge por mar rumo a Cartagena para unir-se às tropas liberais que ali combatem, e os soldados conservadores, por ordem de seu próprio Governo e em conivência com os Malvados Marines, tacam fogo em Colón e jogam a culpa no carismático líder. Prestán Dois, que ao fim e ao cabo é pouco mais que um assassino ressentido, resolve satisfazer sua profunda piromania, porque nada lhe parece mais atraente do que atacar os interesses dos brancos e queimar a cidade onde residiu nos últimos anos... Antes de fugir, Prestán Um ainda chega a ouvir os canhonaços que a fragata *Galena* assesta contra Colón, e que em questão de horas terão dado início ao incêndio. Antes de fugir, Prestán Dois ordena a seus antilhanos armados de facões que apaguem a cidade do mapa, pois Colón prefere a morte à ocupação. Passam-se os meses para Prestán Um e passam também para Prestán Dois. E em agosto daquele mesmo ano de 1885, Prestán Um é detido em Cartagena, levado para Colón, julgado em Conselho de Guerra e considerado culpado do incêndio com provas irrefutáveis, plenas garantias processuais e direito a um advogado ilustrado, competente e isento de preconceitos de raça ou de classe.

Prestán Dois, em compensação, não teve tanta sorte. O Conselho que o julgou não ouviu as testemunhas de defesa; não investigou a versão que circulava pela cidade – e que merecera a credibilidade de ninguém menos do que o cônsul francês –, segundo a qual o responsável pelo incêndio fora um tal George Burt, antigo diretor da Companhia Ferroviária e *agent provocateur*; sem conseguir produzir outras testemunhas para sua causa além de um norte-americano, um francês, um alemão e um italiano, nenhum dos quais falava uma só palavra de espanhol, suas declarações nunca foram traduzidas nem se tornaram públicas; e não conseguiu esclarecer por que, se o que movia Pedro Prestán era o ódio a norte-americanos e franceses, as únicas propriedades de Colón que não foram danificadas pelo incêndio haviam sido a Companhia Ferroviária e a Companhia do Canal.

No dia 18 de agosto, Prestán Um foi condenado à morte.
Que coincidência: Prestán Dois também.

Leitores do Júri: eu estava presente. A Política, essa Górgone que transforma em pedra aqueles que a olham nos olhos, daquela vez passou muito perto de mim, negando-se a ser ignorada: na manhã do dia 18, as autoridades do Governo conservador, vencedoras da Enésima Guerra Civil, conduziram Pedro Prestán até a linha do trem, vigiada a intervalos regulares (e sem que ninguém estranhasse) por *marines* norte-americanos armados com canhões. Do segundo andar de um edifício danificado pelo incêndio vi quatro operários, mulatos como o condenado, armarem em poucas horas um pórtico de madeira; em seguida apareceu, avançando sem ruído pelos trilhos, uma plataforma de carga. Pedro Prestán subiu para a plataforma, ou melhor, foi posto em cima dela com um empurrão, e atrás dele subiu um homem que não estava de capuz, mas que sem dúvida seria o carrasco. Ali, debaixo do pórtico de madeira barata, Prestán parecia um menino desorientado: suas roupas de repente ficaram folgadas, a cartola parecia a ponto de cair-lhe da cabeça. O carrasco largou sobre a plataforma uma sacola de lona que trouxera consigo e do interior da sacola retirou uma corda tão bem engraxada que vista de longe parecia uma serpente (absurdamente pensei que Prestán seria morto com sua picada venenosa). O carrasco lançou a soga por cima do travessão e com a outra ponta envolveu a cabeça do condenado, com delicadeza, como se estivesse com medo de rasgar sua pele. Apertou o nó corredio; desceu da plataforma. E então, sobre os trilhos da estrada de ferro do Panamá, a plataforma deslizou com um silvo e o corpo de Prestán ficou pendurado no vazio. O ruído de seu pescoço ao quebrar-se se confundiu com o puxão da soga, com o balançar da madeira. Era madeira barata, e o Panamá, de todo jeito, era um lugar onde as coisas balançavam.

A execução de Pedro Prestán, naquela época em que ainda estava vigente a Constituição para Anjos e sua proibição explícita da pena de morte, foi um verdadeiro choque para muitos. (Pouco depois houve outros setenta e cinco choques, quando setenta e cinco moradores de Colón, presos pelas tropas conservadoras, foram postos de costas diante dos restos chamuscados das paredes e fuzilados sem julgamento.) É óbvio que meu pai, em sua crônica para o *Bulletin du Canal*, puxou sua Varinha de Refração e reacomodou a realidade como tão bem sabia fazer. E assim, o acionista francês, que tão preocupado estava com as convulsões políticas daquele país remoto e o prejuízo que elas poderiam causar a seus investimentos, ficou sabendo do "lamentável incêndio" que, depois de "um acidente imprevisível e fortuito", conseguiu consumir "alguns casebres sem importância" e várias "casinholas de papelão que estavam, de todo modo, a ponto de cair". Depois do incêndio, "dezesseis panamenhos foram internados no hospital em razão de problemas respiratórios", escreveu meu pai (o problema respiratório consistia no fato de que não respiravam, porque os dezesseis panamenhos estavam mortos). Na crônica de meu pai, os operários do Canal eram "verdadeiros heróis de guerra" que haviam defendido a "Oitava Maravilha" a capa e espada, e cujo inimigo era "a temível natureza" (nada se dizia a respeito das temíveis democracias). Assim foi: por obra e graça da Refração, a guerra de 1885 nunca existiu para os investidores franceses, nem Pedro Prestán morreu enforcado sobre os trilhos da estrada de ferro que para os franceses servia para transportar os materiais. O general rebelde e derrotado Rafael Aizpuru, depois de ouvir o clamor de vários panamenhos notáveis, oferecera-se para declarar a independência do Panamá caso os Estados Unidos o reconhecessem como governante: isso Miguel Altamirano não mencionou.

    Tal como as instalações das duas companhias, o casario de Christophe Colomb saiu ileso, como se uma fossa corta-fogo o tivesse separado da cidade incendiada, e meu pai e eu, que já começávamos a nos sentir nômades em escala ístmica, não precisamos mudar-nos novamente. Pouco depois do incêndio, enquanto os empregados da estrada de ferro/patíbulo tratavam de reconstruir a cidade, eu disse a meu pai que tivéramos sorte, e ele me respondeu com o rosto tomado pela careta críptica de alguma coisa que devia ser melancolia. "Sorte não", disse ele. "O que tivemos foram navios gringos." Sob a vigilância paternal do *Galena* e do *Shenandoah*, sob a autoridade irrefutável do *Swatara* e do *Tennessee*, as obras na Grande Trincheira trataram de ir em frente. Mas as coisas não eram mais as mesmas. Algo mudara naquele mês de agosto em que a guerra colombiana chegou ao Istmo, aquele mês infausto da execução de Pedro Prestán. Algo apodrecera no Estado do Panamá, e o fato não passou despercebido para todo mundo. Direi depressa e sem anestesia: senti que algo havia começado a naufragar. Os acionistas, os leitores do *Bulletin*, haviam começado a dar ouvidos a mentiras grotescas: que seus irmãos, seus primos, seus filhos estavam morrendo às dezenas no Panamá. Será que era verdade?, perguntavam-se eles. O *Bulletin* afirmava o oposto... Trabalhadores ou engenheiros chegavam a Marselha ou a Le Havre vindos do Istmo e a primeira coisa que faziam ao desembarcar do vapor era soltar uma calúnia desprezível, dizer que as obras não estavam avançando como previsto, ou que seu custo estava aumentando de forma escandalosa... Incrivelmente, aquelas falsidades sem fundamento começaram a calar na mente crédula dos franceses. E enquanto isso, meu país começava a mudar de nome e de constituição como uma serpente troca de pele, e mergulhava de cabeça nos anos mais sombrios de sua história.

VI

NA BARRIGA DO ELEFANTE

Meu país naufragaria metaforicamente, claro, assim como metafórico seria o naufrágio da Companhia do Canal (de que tratarei mais adiante). Mas naquela época houve outros naufrágios muito mais literais, cujas qualidades, evidentemente, dependeram muito do objeto naufragado. Do outro lado do Atlântico, por exemplo, naufragava o veleiro *Annie Frost*, fato que não teria apresentado nada de especial se você, querido Korzeniowski, não tivesse inventado descaradamente que havia participado do naufrágio. É, eu sei, você estava precisado de dinheiro e o tio Tadeusz era o banco mais próximo e o que menos garantias exigia; de modo que você lhe escreveu um telegrama urgente, VÍTIMA NAUFRÁGIO STOP TUDO PERDIDO STOP PEÇO AUXÍLIO... E como as correspondências que me atormentam não se interromperam, embora eu tenha deixado de falar nelas pelo espaço de alguns fólios, permito-me deixar constância de uma neste momento. Pois enquanto Korzeniowski fingia ter participado de um afundamento, outro afundamento se verificava, talvez em escala mais modesta, mas com consequências muito mais imediatas.

Em certa madrugada da estação seca, Charlotte Madinier alugou uma canoa – sem dúvida semelhante à que um dia transportara seu marido e meu pai – e, sem que ninguém a visse, partiu remando ela mesma pelo rio Chagres. Vestia um casaco que fora do marido e que conseguira salvar da famosa queima *post--mortem*; tinha os bolsos lotados com a coleção de pedras que o marido acumulara durante os primeiros dias das explorações. Imiscuo-me na cabeça dela – eu, o narrador, tenho permissão para fazê-lo – e encontro, no meio do emaranhado de medos e saudades e pensamentos desordenados, as palavras "Je m'en vais", repetidas como um mantra e empilhadas umas em cima das outras; em seus bolsos encontro pedaços de basalto e lâminas de pedra calcária. Então Charlotte enfia as mãos nos bolsos, com a esquerda agarra um generoso pedaço de granito e com a direita uma bola de argila azulada do tamanho de uma maçã. Deixa-se cair na água, de costas, como recostando-se no ar, e a terra panamenha, a mais antiga formação geológica do continente americano, arrasta-a para o fundo em questão de segundos.

Imaginemos: enquanto afunda, Charlotte perde os sapatos, de modo que ao chegar ao leito do rio a pele nua de seus pés toca a areia... Imaginemos: a pressão da água nos ouvidos e nos olhos fechados, ou talvez não estejam fechados mas bem abertos, e talvez vejam passar trutas ou cobras aquáticas, algas flutuantes, pedaços de galhos desprendidos de suas árvores em razão da umidade. Imaginemos o peso que se concentra agora sobre o peito sem ar de Charlotte, sobre seus seios pequenos e os mamilos fechados, oprimidos pela água fria. Imaginemos que todos os poros de sua pele se fecham como pequenas bocas obstinadas, cansados de engolir água e conscientes de que muito em breve não conseguirão mais resistir, de que a morte por asfixia está logo ali. Imaginemos o que Charlotte imagina: a vida que chegou a ter – um marido, um filho que aprendeu a falar antes de morrer, umas poucas alegrias sexuais, sociais ou econômicas – e principalmente a vida que não terá, isso que nunca é fácil imaginar, porque a imaginação (sejamos sinceros) não dá conta do recado. Charlotte começa a se perguntar como é aquilo de morrer afogada, qual de seus sentidos desaparecerá primeiro, se existe dor nessa morte e onde se localiza essa dor. O ar já lhe falta: o peso sobre seu peito se multiplicou; suas bochechas se contraíram, o ar que havia nelas foi consumido pela voracidade – não, pela gula – involuntária dos pulmões. Charlotte sente que seu cérebro se apaga.

E então uma coisa lhe passa pela cabeça.

Ou então: uma coisa lhe passa *na* cabeça.

De que se trata? É uma lembrança, uma ideia, uma emoção. É (caso único) uma coisa a que eu, apesar de minhas prerrogativas de narrador deste texto, não tenho acesso. Com um movimento dos ombros magros, dos braços elegantes, Charlotte se liberta do casaco do marido. Pedaços de linhito, lâminas de xisto caem no fundo do rio. No mesmo instante, com a presteza de uma boia liberada, o corpo de Charlotte se descola do leito do Chagres.

Seu corpo começa a emergir.

Seus ouvidos doem. A saliva lhe volta à garganta.

Me antecipo às dúvidas e perguntas de meus curiosos leitores: não, Charlotte nunca mencionaria o que pensou (ou imaginou, ou sentiu, ou simplesmente viu) poucos segundos antes do que teria sido uma morte terrível no fundo do rio Chagres. Eu, que sou tão dado à especulação, neste caso fui incapaz de especular, e com os anos essa incapacidade se confirmou... Toda e qualquer hipótese sobre o ocorrido empalidece perante esta realidade: Charlotte resolveu continuar vivendo, e ao chegar à superfície turva e esverdeada do Chagres já era uma nova mulher (e provavelmente já decidira que levaria o segredo consigo para o túmulo). Não há como insistir muito nesse processo de renovação radical, na reinvenção maiúscula de si mesma empreendida pela Viúva do Canal depois que sua cabeça – a respiração cessante, a boca engolindo ar com o desespero de um salmão fisgado – voltou a aflorar no mundo superficial do Istmo, aquele mundo que ela chegara a odiar e que agora perdoava. Não temo deixar a constância dos fatos físicos que acompanharam a transformação: a cor de seus olhos ficou mais clara, sua voz, um tom mais grave, e o cabelo cor de madeira cresceu-lhe até a cintura, como se a água escura do rio Chagres tivesse formado uma cascata perpétua sobre suas costas. Charlotte Madinier, que ao afundar no rio com os bolsos repletos de geologia panamenha era uma mulher bela mas gasta, ao reviver – porque foi isso, uma ressurreição, o que aconteceu com ela naquele dia – pareceu recuperar a beleza perturbadora de uma adolescência não tão remota. Foi um evento quase mítico. Charlotte Madinier como Sereia do rio Chagres. Charlotte Madinier como Fausto panamenho. Leitores do Júri, vocês gostariam de testemunhar outra Metamorfose? Esta é imprevisível e também sem precedentes; esta é a mais poderosa que me foi dado conhecer, talvez porque acabou me dizendo respeito. Porque a mulher nova não se limitou a sair do fundo do Chagres, o que em si já era um prodígio, como levou a cabo um feito ainda mais prodigioso: entrou na minha vida.

E a transformou, evidentemente. Não há dúvida: no fim dos agitados anos 1880, a Metamorfose estava no espírito dos tempos. Do outro lado do mundo, em Calcutá, Korzeniowski sofria uma série de sutis deslocamentos da identidade e começava – assim, sem mais – a assinar suas cartas como Conrad; a Viúva do Canal não mudou de nome, pois houve entre nós um acordo tácito segundo o qual ela manteria seu sobrenome de casada e eu entenderia suas razões sem necessidade de que ela as explicasse, mas com necessidade de mudanças práticas em sua vida. Ela abriu as portas de sua casa em Christophe Colomb, retirou as saias e capas que cobriam as janelas, e eu mesmo a acompanhei ao bairro dos liberianos e a ajudei a trocar suas roupas parisienses, grossas e escuras até onde era possível, por túnicas de algodão verdes ou azuis ou amarelas que, colocadas sobre sua pele pálida, faziam-na parecer uma fruta não amadurecida. Nova fogueira no meio da rua: mas desta vez a fogueira foi exorcismo e não purificação, uma tentativa de descartar os demônios das vidas passadas. Ali, no porto de Colón, durante os últimos dias de 1885, Charlotte empreendeu uma reencarnação da qual fui partícipe. A cerimônia de iniciação (cujos detalhes, por simples cavalheirismo, devo calar) teve lugar num sábado à noite, e foi alimentada por certas solidões partilhadas, por nostalgias que continuaram sem ser partilhadas e pelo combustível garantido do brandy francês. Em meu dicionário privado, que talvez não corresponda ao dos leitores, *reencarnação* significa *voltar à carne*. Eu voltei todos os sábados; todos os sábados, a carne generosa de Charlotte Madinier me esperava com a voracidade, com a entrega desesperada daqueles que não têm nada a perder. Mas nunca, nem nos dias da iniciação nem depois, consegui saber o que se passou no fundo do rio Chagres.

Passei a noite de Ano-Novo na casa de Charlotte, não na de meu pai, e a primeira frase que ouvi em 1886 foi uma petição na qual se ocultava uma ordem: "Nunca mais vá embora". Obedeci (de bom grado, convém registrar); e aos trinta e um anos vi-me de repente e sem aviso prévio vivendo em concubinato com uma viúva que mal alinhavava duas palavras de castelhano, colonizando seu corpo de adolescente como um explorador que não sabe que não foi o primeiro e sentindo-me descarada, convencida, perigosamente contente. O local onde se situava nossa residência e a nacionalidade de Charlotte, esses dois critérios cadastrais, constituíram uma espécie de salvo-conduto moral, uma carta branca para que nos movêssemos dentro do rígido sistema da burguesia panamenha à qual, muito a contragosto, continuávamos pertencendo. Queridos leitores: não falo, contudo, de impunidade. Em certa ocasião o padre Federico Ladrón de Guevara, da Companhia de Jesus, disse que Charlotte era uma "mulher de reputação maculada" e sublinhou que a França era historicamente "guarida de liberais e mãe de revoluções anticristãs". Lembro-me bem disso porque foi naquele momento, como em resposta àquelas acusações, que Charlotte marcou um encontro comigo certa noite no alpendre da casa. Acabava de cair o primeiro aguaceiro de abril, e a umidade da terra, o cheiro das minhocas mortas e da água estagnada nas valetas, as nuvens de mosquitos parecendo redes flutuantes – tudo isso ainda estava no ar. A frase mais redundante costuma ser a que anuncia os momentos definitivos da humanidade: "Preciso lhe dizer uma coisa", diz a pessoa que – evidentemente – tem alguma coisa a dizer. Charlotte foi fiel a essa tradição da superfluidade. "Preciso lhe dizer uma coisa", disse ela. Eu achei que ela iria me confessar de uma vez por todas o que acontecera no fundo do rio Chagres, aquele obstinado mistério insubornável; mas ela, deitada na rede e vestindo uma túnica alaranjada e com um turbante vermelho na cabeça, me deu as costas mas também a mão, e ali mesmo, enquanto do céu se desprendia outra tromba d'água, me contou que estava grávida.

  Nossa história privada é capaz às vezes das mais notáveis simetrias. No ventre de Charlotte um novo Altamirano se anunciava, determinado a prosseguir o ramo ístmico da estirpe; ao mesmo tempo meu pai, Altamirano o Velho, começava a se retirar, a abandonar o mundo como um javali ferido. Como um urso hibernando. Como o animal equivalente mais do agrado de vocês.

Começou por afastar-se de mim. Charlotte, a nova Charlotte, conservava (apesar de sua reencarnação) um desprezo cósmico em relação a meu pai. Preciso explicar? Alguma coisa nela culpava Miguel Altamirano pela morte do filho e do marido. Ele, óbvio, não conseguia entender isso. A ideia de que houvesse um vínculo direto entre sua Cegueira Seletiva e a morte dos Madinier ter-lhe-ia parecido absurda e indemonstrável. Se alguém tivesse lhe dito que os dois Madinier haviam sido assassinados e que a arma do crime fora determinada carta aberta publicada determinado dia em determinado jornal, meu pai, juro, não teria entendido a referência. Miguel Altamirano soltou duas lágrimas pela extinção, em mãos do Panamá, de toda uma família; mas foram lágrimas inocentes, visto que não eram culpadas, e também inocentes, visto que não eram sábias. Miguel Altamirano elevava os previsíveis mecanismos de defesa – a negação e a recusa – ao nível de uma modalidade de arte. E o processo se tornava extensivo às outras áreas de sua vida. Pois havíamos começado a receber as notícias da imprensa europeia, e para meu pai indignado, enfurecido e frustrado, a única maneira de manter a calma era fingir que certas coisas não eram verdade.

Agora, pelo espaço de umas poucas páginas, meu relato se transforma numa antologia de imprensa personalíssima, algo que os Leitores do Júri apreciarão, parece-me, de modo especial. Imaginem vocês as páginas grisês daqueles jornais, as colunas apertadas, as letras diminutas e às vezes incompletas... Que poder desmedido têm esses caracteres mortos! Quanto podem afetar a vida de um homem! Os vinte e oito signos do alfabeto haviam estado tradicionalmente do lado de meu pai; agora, de repente, umas quantas palavras sediciosas e subversivas estavam agitando o panorama político da República Jornalística.

Mais ou menos ao mesmo tempo em que o pescoço de Pedro Prestán se partia com um ruído seco, o *Economist* de Londres avisava o mundo inteiro, mas em especial os acionistas, que Lesseps iludira deliberadamente os franceses, e terminava assegurando: "O Canal nunca será concluído, entre outras razões porque concluí-lo nunca esteve nos planos dos especuladores". A França, o querido hexágono de Ferdinand de Lesseps, começava pouco a pouco a dar suas hexagonais costas à Companhia do Canal. Meu pai recebia aquelas notícias nas ruas de Colón (nos escritórios da Companhia, no porto onde chegavam alguns jornais) com a boca aberta e babosa de um touro cansado, como se cada jornalista fosse um *banderillero**, cada artigo uma *banderilla*. Mas não acredito – não consigo acreditar – que estivesse preparado para a estocada final, o impiedoso golpe de misericórdia que lhe estava destinado. Compreendi que este mundo deixara de ser o mundo de meu pai, ou que meu pai deixava de pertencer a este mundo, quando no espaço de poucos dias aconteceram duas coisas decisivas: em Bogotá a Constituição era reformada; no *Economist* era publicada a famosa denúncia de imprensa. Em Bogotá, o presidente Rafael Núñez, curioso trânsfuga que passara do liberalismo mais radical ao conservadorismo mais acérrimo, devolvia à Constituição o nome de Deus, "fonte de toda autoridade". Em Londres, o *Economist* fazia esta acusação absurda: "Se o Canal não vai para a frente, e se os franceses não se deram conta antes do monstruoso logro de que foram vítimas, é porque Mr. Lesseps e a Companhia do Canal investiram mais dinheiro em comprar jornalistas que escavadeiras, mais em subornos que em engenheiros".

Queridos leitores de imprensa marrom, queridos amantes do escândalo barato, queridos espectadores fascinados pela desgraça alheia: a denúncia do *Economist* foi como um saco de merda que alguém jogasse num ventilador a toda velocidade. O aposento – imaginemos, somente a título de exemplo, que eu esteja me referindo aos escritórios da Rue Caumartin – ficou sujo do teto ao assoalho. Voaram cabeças em todos os jornais: diretores, editores, redatores, que depois das investigações pertinentes verificou-se que faziam todos parte da Folha de Pagamentos do Canal. E a merda, cujas propriedades voláteis são muito pouco reconhecidas, atravessou o oceano e chegou até Colón, salpicando também as paredes do *Correo del Istmo* (três repórteres a soldo) e as do *El Panameño* (dois repórteres e dois editores), e atingindo principalmente o rosto de um pobre

---
* Toureiro que coloca as *banderillas*. (N.T.)

homem inocente que padecia de Síndrome de Refração. O *Star & Herald* foi o jornal encarregado de traduzir com inusitada presteza a denúncia do *Economist*. Meu pai vivenciou o fato como uma traição com todas as letras. E um dia, enquanto em Bogotá Nuñez, o presidente metamorfoseado, declara que a educação na Colômbia será católica ou não será, em Colón Miguel Altamirano sente que foi vítima de um acidente, do tiro perdido de uma briga de rua, do raio que racha uma árvore e a faz tombar sobre a cabeça de um transeunte. Parece-lhe incompreensível que o *Star & Herald* acuse de venalidade a todos os jornalistas que cobriram o Canal (a eles, que só contaram aquilo que viram), e que em questão de trinta linhas passe dessa acusação a outra, mais direta, de fraude (contra eles, cujo único interesse foi colaborar com a causa do Progresso). É incompreensível.

A F RANÇA COMEÇA A SE VER LIVRE DO FEITIÇO L ESSEPS, foi a manchete do *Le Figaro*. E esta era a sensação geral: Lesseps era um feiticeiro barato, um prestidigitador de circo, e, nas melhores opiniões, um hipnotizador competente. Mas qualquer que fosse a qualificação a ele outorgada, por baixo dela – dormindo uma longa sesta como um urso hibernando – subsistia a ideia de que os termos de construção do Canal, desde seu custo até sua duração, passando por sua engenharia, haviam sido uma monstruosa mentira. "Que não teria sido possível", disse o jornalista, "não fosse o solícito colaboracionismo da mídia escrita e de seus redatores inescrupulosos." Mas meu pai se defendia: "Num empreendimento dessa magnitude", escreveu ele no *Bulletin*, "os contratempos são parte da vida diária. A virtude de nossos operários não está na ausência de inconvenientes, mas no heroísmo com que os superaram e continuarão superando". Meu pai idealista, que de vez em quando parecia recuperar o vigor de seus vinte anos, escrevia: "O Canal é obra do Espírito Humano; para chegar a uma conclusão feliz, precisa do apoio da humanidade". Meu pai comparatista lançava mão de outros grandes empreendimentos humanos – o argumento do Canal de Suez já parecia desgastado –, e escrevia: "Por acaso a ponte do Brooklyn não custou oito vezes o que fora previsto inicialmente? Por acaso o túnel do Tâmisa não acabou custando o triplo do esperado? A história do Canal é a história da humanidade, e a humanidade não pode parar para debater centavos". Meu pai otimista, o mesmo que anos antes deixara para trás as comodidades de sua cidade natal para oferecer o apoio de seu ombro a quem mais precisava dele, continuava escrevendo: "Deem-nos tempo e deem-nos francos". Por aqueles dias caiu sobre o Istmo um aguaceiro cotidiano, nem mais forte nem mais amável do que os dos últimos anos; só que daquela vez a terra escavada absorveu a água, deixou-se arrastar pela corrente e voltou para seu lugar, úmida e obstinada e intratável como um gigantesco terraço que se soltou de sua mureta de argila. Numa tarde intensa de chuva panamenha três meses de trabalho ficaram perdidos. "Deem-nos tempo", escreveu meu pai ideal-otimista, "deem-nos francos."

O último item em minha antologia de imprensa (em minhas pastas, os recortes brigam uns com os outros para que eu os cite, trocam cotoveladas, enfiam os dedos nos olhos uns dos outros) saiu no *La Nación*, o jornal do oficialismo. Para todos os efeitos práticos – os conhecidos e os futuros –, aquele texto era uma ameaça. Sim, é claro que todos já tínhamos conhecimento da hostilidade explícita que o Governo central nutria em relação a Lesseps em particular e aos franceses em geral; sabíamos que o Governo, depois de meses e mais meses dessangrando meticulosamente o Tesouro Público, pedira dinheiro emprestado à Companhia do Canal, e que a Companhia se recusara a emprestar. Foram e vieram telegramas tão secos que a tinta desaparecia depois da leitura, e isso ficou sabido. Também ficou sabido que o fato gerara ressentimentos, e que no Palácio presidencial se ouvira esta frase: "A gente devia ter entregado aquilo aos gringos, eles sim são amigos da gente". Mas não tínhamos como prever a profunda satisfação que parecia emanar daquela página.

Companhia do Canal à beira da falência, dizia a manchete. O corpo da matéria explicava que inúmeras famílias panamenhas haviam hipotecado propriedades, vendido joias de família e espoliado contas-poupança para investir tudo em ações do Canal. E a última frase era esta: "Caso haja uma debacle, a ruína absoluta de centenas de compatriotas terá responsáveis evidentes". E na sequência transcrevia *in extenso* uma lista de escritores e jornalistas que haviam "mentido, enganado e defraudado" o público em seus informes.

A lista estava em ordem alfabética.

Na letra A só havia um nome.

Para Miguel Altamirano, era o começo do fim.

Agora minha memória e minha pena, irremediavelmente afeiçoadas aos avatares da política (fascinadas pelos horrores de pedra que a Górgone deixa atrás de si), deveriam dirigir-se sem distrações ao relato daqueles anos terríveis que se iniciam com os curiosos versos de um hino nacional e terminam com os mil cento e vinte e oito dias de uma guerra. Mas um evento quase sobrenatural paralisou o porvir político do país, ou o paralisa na minha lembrança. No dia 23 de setembro de 1886, depois de seis meses e meio de gravidez, nasceu Eloísa Altamirano, uma menina tão pequena que minhas duas mãos eram suficientes para cobri-la inteiramente, tão mirrada de carnes que em suas pernas ainda era possível perceber a curvatura dos ossos e em seus genitais sem lábios só era visível a diminuta protuberância do clitóris. Eloísa nasceu tão fraca que sua boca era incapaz de dar conta dos mamilos da mãe; durante as primeiras seis semanas foi preciso alimentá-la com colheradas de leite devidamente fervido. Leitores do Júri, leitores comuns em idade de procriar, pais e mães de todos os lugares: a chegada de Eloísa paralisou o mundo inteiro, ou melhor, anulou-o, apagou-o sem piedade assim como a cor do mundo vai se apagando para um cego... Lá fora a Companhia do Canal fazia esforços desesperados para não afundar, emitindo novos títulos e mesmo organizando patéticas loterias para recapitalizar a empresa, mas nada daquilo tinha importância para mim: minha tarefa consistia em ferver a colher de Eloísa, segurar suas bochechas com os dedos e cuidar para que não houvesse desperdício de leite. Com a ponta do indicador eu massageava seu gasganete para ajudá-la a engolir; para mim era indiferente saber que naquele momento Conrad escrevia "The Black Mate", seu primeiro conto. Pouco antes de completar vinte e nove anos, Conrad prestava em Londres o exame para capitão, e se transformava para nós no capitão Joseph K.; mas isso me parece banal ao lado da primeira vez que Eloísa enfiou na boca um mamilo rugoso e, depois de semanas e mais semanas de lenta aprendizagem e fortalecimento paulatino da mandíbula, sugou com tanta força que o cortou com as gengivas e o fez sangrar.

 E contudo, eis um fato que foge a minha compreensão: apesar do nascimento de Eloísa, dos cuidados que presidiram a sua lenta e trabalhosa sobrevivência, o mundo anulado continuava andando, o país continuava se movendo com independência insolente, no Istmo panamenho a vida seguia seu curso com total indiferença pelo que acontecia com seus súditos mais fiéis. Como falar de política pensando ao mesmo tempo naqueles anos, evocando momentos que em minha memória pertencem a minha filha em caráter exclusivo? Como dedicar-me ao trabalho de recuperar eventos de caráter nacional, quando a única coisa que me importava na época era ver Eloísa ir ganhando um grama atrás do outro? Todos os dias, Charlotte e eu a levávamos, bem enrolada em panos recém-fervidos, ao açougue do chinês Tang, e a desenrolávamos para colocá-la como um filé ou um pedaço de fígado no prato grande da balança. Do outro lado da mesa alta de madeira, Tang ia dispondo os pesos, aqueles discos maciços cor de ferrugem, e para nós, os pais, não havia prazer maior do que ver o chinês buscar numa caixinha laqueada e lustrosa um peso maior, porque o anterior não fora suficiente... Incluo essa lembrança em meu relato e logo depois me pergunto: como procurar, em meio a minhas cálidas memórias pessoais, a aridez das memórias públicas?

 Homem sacrificado que sou, farei a tentativa, queridos leitores, farei a tentativa.

 Porque no meu país estavam a ponto de suceder coisas do tipo que os historiadores sempre acabam registrando em seus livros, perguntando-se entre sonoros pontos de interrogação como foi possível que chegássemos a isto e em seguida respondendo eu sei, eu tenho a resposta. O que, evidentemente, tem pouquíssima graça, pois até o mais despistado dos homens teria sentido uma coisa esquisita no ar, naqueles anos. Por toda parte havia profecias: bastava saber interpretá-las. Ignoro o que terá pensado meu pai, mas eu teria devido reconhecer a tragédia iminente no dia em que meu país de poetas deixou de ser capaz de escrever poesia. Quando a República da Colômbia perdeu o ouvido, confundiu o gosto literário e descartou as mais mínimas regras da lírica, eu teria devido acionar o alarme, gritar homem ao mar e deter o barco. Teria devido roubar um bote salva-vidas e desembarcar imediatamente, mesmo correndo o risco de não encontrar terra firme, no dia em que ouvi pela primeira vez os versos do Hino Nacional.

Ah, aqueles versos... Onde foi que os ouvi pela primeira vez? Mais importante agora é perguntar-me: de onde saíram aquelas palavras, palavras que ninguém compreendia e que todo crítico literário teria julgado, mais que péssima literatura, o produto de uma mente instável? Percorramos, leitores, os rastros do crime (contra a poesia, contra a decência). Ano de 1887: um tal José Domingo Torres, funcionário público cujo maior talento era montar presépios na época do Natal, resolve virar diretor de teatro e resolve também que nas próximas festas nacionais será cantado um Poema Patriótico Produzido Por Presidencial Pena. E isto para os bem-aventurados que o ignoram: o presidente de nossa República, don Rafael Núñez, costumava distrair-se em seus momentos livres compondo versos de bacharel entediado. Seguia nisso uma arraigada tradição colombiana: quando não estava assinando novos acordos com o Vaticano para satisfazer a elevada moral de sua segunda esposa – e para conseguir que a sociedade colombiana lhe perdoasse o pecado de ter se casado pela segunda vez, no exterior e no civil –, o presidente Núñez envergava o pijama, com gorrinho e tudo, jogava uma manta nos ombros para o frio de Bogotá, pedia um chocolate com queijo e se punha a vomitar hexassílabos. E numa tarde de novembro o Teatro Variedades de Bogotá é testemunha do profundo constrangimento com que um grupo de jovens, que não têm culpa de nada, entoa estas inefáveis estrofes:

De Boyacá en los campos
el genio de la gloria
con cada espiga un héroe
invicto coronó.
Soldados sin coraza
ganaron la victoria:
su varonil aliento
de escudo les sirvió.*

Enquanto isso, em Paris, Ferdinand de Lesseps se dedicava em tempo integral a esta esmerada tarefa: aceitar. Aceitava que o Canal não ficaria pronto a tempo, e que necessitaria de vários anos mais. Aceitava que a quantia de um bilhão de francos proporcionados pelos franceses seria insuficiente: seriam necessários mais seiscentos milhões. Aceitava, enfim, que a ideia de um canal ao nível do mar era uma impossibilidade técnica e um erro de avaliação; aceitava que o Canal do Panamá seria construído mediante o sistema de eclusas... Aceitava, aceitava, continuava aceitando: aquele homem orgulhoso fez mais concessões em duas semanas do que as que fizera em sua vida inteira. E nem assim – mas se tratava de um nem assim bastante grande – foi suficiente. Ocorrera o que ninguém havia imaginado (onde "ninguém" significa "Lesseps"): os franceses estavam fartos. No dia em que os títulos que salvariam a Companhia do Canal foram postos à venda, um bilhete anônimo chegou a todos os jornais europeus dizendo que Ferdinand de Lesseps havia morrido. Não era verdade, claro; mas o prejuízo estava feito. A venda dos títulos fracassou. A loteria fracassara. Quando se anunciou a dissolução da Companhia do Canal e foi nomeado um liquidante para ocupar-se de suas máquinas, meu pai estava nos escritórios do *Star & Herald*, implorando para que o aceitassem de novo, oferecendo-se para escrever gratuitamente os primeiros cinco textos caso tornassem a abrir espaço para ele em suas páginas. As testemunhas

---

* De Boyacá nos campos/ o gênio da glória/ com cada espiga um herói/ invicto coroou./ Soldados sem armadura/ ganharam a vitória:/ seu varonil alento/ de escudo lhes serviu. (N.T.)

me garantem que o viram chorar. E enquanto isso, na Colômbia inteira as pessoas cantavam:

> *La virgen sus cabellos*
> *arranca en agonía*
> *y de su amor viuda*
> *los cuelga del ciprés.*
> *Lamenta su esperanza*
> *que cubre losa fría,*
> *pero glorioso orgullo*
> *circunda su alba tez.**

Os trabalhos no Canal do Panamá, a Grande Trincheira, ficaram oficialmente interrompidos ou detidos em maio de 1889. Os franceses começaram a partir; diariamente no porto de Colón viam-se pilhas de baús e sacos de sisal e cestos de varetas de madeira, e os carregadores não davam conta de transferir as bagagens de turno para o vapor de turno. O *Lafayette* triplicou seus percursos semanais durante aquele êxodo (porque era isso, um êxodo, o que estava acontecendo no Istmo, os franceses no papel de raça perseguida que foge em busca de terras mais amáveis). A cidade francesa de Christophe Colomb foi ficando deserta, como se a peste a tivesse invadido e seus moradores tivessem sido exterminados: era o processo pelo qual nasce um povo fantasma, mas ele acontecia diante de nossos olhos, e em si mesmo o espetáculo teria fascinado qualquer pessoa. As casas recém esvaziadas ficavam todas com o mesmo cheiro de armário recém-lavado; Charlotte e eu gostávamos de pegar Eloísa pela mão e sair a passear pelas casas abandonadas, procurando nas gavetas um diário revelador e cheio de segredos (coisa que nunca chegamos a encontrar) ou roupas velhas com as quais Eloísa brincava de se fantasiar (coisa que encontramos com frequência). Nas paredes das casas ficavam os rastros dos percevejos, os retângulos de um

---

* A virgem seus cabelos/ arranca em agonia/ e de seu amor viúva/ pendura-os no cipreste./ Lamenta sua esperança/ que cobre lousa fria,/ mas glorioso orgulho/ circunda sua alva tez. (N.T.)

branco diferente nos lugares onde antes estivera o retrato do avô que lutara com Napoleão. Os franceses vendiam tudo o que não achassem indispensável, não com o objetivo de reduzir as dimensões de seus pertences, mas porque para eles, a partir do momento em que souberam que podiam ir embora de lá, o Panamá se transformara num lugar maldito que era preciso esquecer o mais depressa possível e cujos objetos eram capazes de levar a maldição consigo. Um desses pertences, rematado pouco depois em hasta pública, foi uma natureza-morta que os donos haviam comprado, por caridade, de um operário do Canal. O homem era um pobre francês amalucado que se dizia banqueiro e também pintor, mas que na realidade não passava de um vândalo. Diziam que era parente de Flora Tristán, o que teria atraído o interesse de minha mãe; desembarcara em Cidade do Panamá proveniente do Peru, e lá fora detido por urinar em público. Fora-se em questão de semanas, afugentado pelos mosquitos e pelas condições de trabalho. Depois o mundo se inteirara melhor de sua vida, e talvez seu nome não seja desconhecido dos leitores. O nome dele era Paul Gauguin.

> *La patria así se forma*
> *termópilas brotando;*
> *constelación de cíclopes*
> *su noche iluminó.*
> *La flor estremecida,*
> *mortal el viento hallando,*
> *debajo los laureles*
> *seguridad buscó.**

As casas desabitadas de Christophe Colomb começaram a cair aos pedaços (não digo que a culpa tenha sido em parte do hino, mas nunca se sabe). Depois de cada temporada de chuvas, uma parede inteira se desprendia em algum lugar da cidade, a

---

* A pátria assim se forma/ termópilas brotando;/ constelação de cíclopes/ sua noite iluminou./ A flor estremecida, mortal o vento achando,/ debaixo dos loureiros/ segurança buscou. (N.T.)

madeira tão podre que não quebrava, mas se dobrava como borracha, e as vigas carcomidas até o âmago pelos cupins. Nossos passeios pelas casas tiveram de ser interrompidos: numa tarde de junho, em meio a um aguaceiro, um índio cuna entrou na antiga casa do engenheiro Vilar à espera de que estiasse um pouco; quando, por curiosidade, enfiou a mão debaixo de um armário, recebeu duas picadas de uma *mapanare* mais para pequena, e morreu antes de chegar a Colón. Ninguém soube explicar por que as cobras se interessavam tanto pelas casas vazias de Christophe Colomb, mas com os anos a cidade foi ficando cheia dessas visitantes, *verdegallos* ou *macaguas* que talvez viessem somente em busca de alimento. Meu pai, que depois da publicação da famosa Nômina do Canal no *Star & Herald* se transformara numa espécie de indesejável, de pária do jornalismo ístmico, escreveu mais ou menos por essa época uma breve crônica sobre dois índios que marcaram encontro na casa do engenheiro Debray para provar qual dos dois conhecia melhores antídotos. Percorreram Christophe Colomb de um extremo ao outro, entrando em todas as casas e enfiando a mão debaixo de todos os armários e todos os cestos e todas as mesas erguidas, deixando-se morder por quantas serpentes encontrassem para em seguida mostrar sua eficiência com o cedrão ou com o guaco ou mesmo com a ipecacuanha. Meu pai contou que no final da noite um dos índios se enfiara de corpo inteiro debaixo dos pilotis da casa e sentira a picada sem chegar a identificar a cobra. O outro o deixara morrer: fora sua maneira de ganhar o concurso. E o vencedor festejara sua vitória na prisão de Colón, condenado por um juiz panamenho como homicida culposo.

 Leitores do Júri: este trecho, apesar das aparências, não é um engenhoso toque de cor local adicionado pelo narrador, desejoso como está de agradar a públicos ingleses e, por que não, europeus. Não: a história dos índios e das cobras desempenha um papel ativo em minha narrativa, pois aquele Concurso de Antídotos assinala como um marco fronteiriço a desgraça de meu pai. Miguel Altamirano escreveu uma crônica singela sobre os índios panamenhos e a valiosíssima informação médica que suas tradições lhes haviam legado; mas não conseguiu publicá-la. E assim, com toda a ironia que implica o que estou a ponto de escrever, aquele relato apolítico e banal, aquela historinha inofensiva que não tinha nada a ver com a Igreja, nem com a História, nem com o Canal Interoceânico, foi sua perdição. Ele o enviou para Bogotá, onde a queda pelo exotismo e pela aventura era mais pronunciada, mas sete jornais (quatro conservadores e três liberais) o recusaram. Enviou-o a um jornal do México e a outro de Cuba, mas nem sequer recebeu resposta. E meu pai de setenta anos foi se fechando pouco a pouco em si mesmo (javali machucado, urso hibernando), convencido de que todos eram seus inimigos, de que o mundo inteiro lhe dera as costas como parte de uma conspiração, liderada pelo papa Leão XIII e pelo arcebispo de Bogotá, José Telésforo Paúl, contra as forças do Progresso. Quando eu ia visitá-lo, encontrava uma figura ressentida, mal-encarada e rancorosa: a sombra de uma barba prateada dominando seu rosto, as mãos inquietas e trêmulas ocupando-se com passatempos ociosos. Miguel Altamirano, o homem que em outros tempos fora capaz, com uma coluna ou um panfleto, de gerar uma quantidade de ódio capaz de fazer um presbítero ordenar sua morte, agora passava as horas trocando inofensivamente de lugar os versos daquela canção patriótica como se assim se vingasse de alguém. As estrofes que compunha podiam ser irreverentes:

> *La virgen sus cabellos*
> *arranca en agonía,*
> *su varonil aliento,*
> *de escudo le sirvió.* *

Mas também havia estrofes de intensa crítica política:

> *De Boyacá en los campos*
> *el genio de la gloria*

---

* A virgem seus cabelos/ arranca em agonia / seu varonil alento / de escudo lhe serviu. (N.T.)

debajo los laureles
seguridad buscó.*

E também havia algumas meramente absurdas:

Termópilas brotando
ganaron la victoria.
Constelación de cíclopes
circunda su alba tez.**

Brincando com papel, brincando com palavras: assim, passando o dia como uma criança passa o dia, soltando gargalhadas que ninguém mais entendia (porque ninguém mais estava ali para ouvir as explicações nem, claro, as gargalhadas), meu pai entrou em sua própria decadência, em seu naufrágio pessoal. "Decididamente", me dizia quando eu ia visitá-lo, "o poeminha se presta a tudo." E me mostrava seus últimos achados. Ríamos juntos, sim; mas a risada dele estava contaminada pelo ingrediente inédito da amargura, pela melancolia que matara tantos visitantes do Istmo; e na altura em que eu me despedia dele, na altura em que eu achava que eram horas de voltar para a casa onde me aguardava o milagre da felicidade doméstica – minha concubina Charlotte, minha bastarda Eloísa –, àquela altura, digo, eu já estava plenamente consciente de que naquela noite, em minha ausência e sem minha ajuda e apesar dos versos deslocados do Hino Nacional, meu pai tornaria a naufragar. Sua rotina se transformara numa alternância entre o naufrágio e o ressurgimento. Se eu tivesse querido ver, teria me dado conta de que mais cedo ou mais tarde um daqueles naufrágios seria o último. Mas não: eu não quis ver. Drogado por meu próprio e misterioso bem-estar, fruto dos acontecimentos misteriosos do rio Chagres e gerador das misteriosas venturas da paternidade, tornei-me cego

---

* De Boyacá nos campos/ o gênio da glória/ debaixo dos loureiros/ segurança buscou. (N.T.)

** Termópilas brotando/ ganharam a vitória/ Constelação de ciclopes/ circunda sua alva tez. (N.T.)

aos pedidos de ajuda que Miguel Altamirano me dirigia, às luzes de bengala disparadas de seu navio, e fiquei surpreso ao dar-me conta de que o poder de refração podia ser hereditário, de que eu também era capaz de determinadas cegueiras... Para mim, Colón tinha se transformado no lugar que me permitira apaixonar-me e cultivar a ideia de uma família; não me dei conta – não quis dar-me conta – de que para meu pai Colón não existia, nem existia o Panamá, nem havia vida possível, se o Canal não existisse.

E assim chegamos a uma das encruzilhadas fundamentais da minha vida. Pois se ali, numa casa alugada de Christophe Colomb, um homem manipula versos alheios sobre um papel, a milhares de quilômetros, numa casa alugada de Bessborough Gardens, Londres, outro homem se dispõe a redigir as primeiras páginas de seu primeiro romance. Em Christophe Colomb extingue-se uma vida composta por explorações em meio a selvas e rios; para o homem de Bessborough Gardens, em compensação, as explorações – em outra selva, em outro rio – mal começam.

Os fios do Anjo da História, hábil titereiro, começam a mover-se sobre nossas desprevenidas cabeças: sem sabê-lo, Joseph Conrad e José Altamirano começam a se aproximar. Meu dever, como Historiador de Linhas Paralelas, é traçar um itinerário. E a isso me dedico agora: estamos em setembro de 1889, Conrad acaba de tomar o café da manhã, e nesse momento uma coisa lhe vem à cabeça: sua mão empunha a campainha e a sacode para que alguém venha retirar a louça e limpar a mesa. Acende o cachimbo, olha pela janela. É um dia cinzento e nebuloso, com não mais do que uns poucos clarões de sol de um e de outro lado de Bessborough. "Eu não tinha certeza de que queria escrever nem de que tivesse a intenção de escrever, nem que tivesse alguma coisa que escrever." E em seguida ergue a pena e... escreve. Escreve duzentas palavras sobre um homem chamado Almayer. Sua vida de romancista acaba de começar; mas sua vida de marinheiro, que ainda não terminou, está em dificuldades. Já faz vários meses que o capitão Joseph K. regressou de sua última viagem e ainda não conseguiu obter um posto de capitão em lugar nenhum. Existe um projeto: viajar para a África capitaneando um vapor da

Sociedade Anônima Belga para o Comércio no Alto Congo. Mas o projeto está parado... Como parado está, e pelo jeito definitivamente, o projeto de um canal interoceânico. Terá fracassado?, pergunta-se em Colón Miguel Altamirano. Todos os refletores do cenário se voltam agora para este lapso fatídico: os doze meses de 1890.

Janeiro. Aproveitando a temporada seca, Miguel Altamirano aluga uma sampana e navega pelo Chagres até Gatún. É sua primeira saída em sessenta dias, sem contar algum passeio ocasional pela Calle del Frente (essa rua que não tem mais tabuletas e insígnias em todos os idiomas, que em questão de meses deixou de ser um bulevar no umbigo do mundo para voltar a se transformar em estrada perdida do trópico colonizado) ou a caminhada de ida e volta até a estátua de Cristóvão Colombo. A mesma impressão de outras vezes se repete: a cidade é um fantasma, habitam-na os fantasmas dos mortos, os vivos a rondam como fantasmas. Abandonada pelos engenheiros franceses ou alemães ou russos ou italianos, pelos operários jamaicanos e liberianos, pelos aventureiros norte-americanos que caíram em desgraça e procuraram trabalho no Canal, pelos chineses e os filhos dos chineses e os filhos desses filhos que não temem a melancolia nem a malária, a cidade que até há pouco foi o umbigo do mundo agora se transformou num couro vazio, como o de uma vaca morta devorada pelas aves carniceiras. Os cubanos e os venezuelanos voltaram para seus países: não têm nada que fazer aqui. "O Panamá morreu", pensa Miguel Altamirano. "Viva o Panamá." Tem a intenção de chegar até o ponto onde agora estão as máquinas que visitara sete anos antes na companhia do engenheiro Madinier, mas acaba mudando de ideia. Foi vencido por alguma coisa – o medo, a tristeza, a acachapante sensação de fracasso – que não consegue localizar.

Fevereiro. A conselho do tio Tadeusz, Conrad escreve a outro de seus tios maternos: Aleksander Poradowski, herói da revolução contra o império czarista condenado à morte depois da insurreição de 1863 e que conseguiu fugir da Polônia graças, paradoxalmente, à ajuda de um cúmplice russo. Aleksander reside em Bruxelas; sua esposa, Marguerite, é uma mulher fina e atraente que fala de livros com inteligência, que ao mesmo tempo escreve péssimos romances e, principalmente, que tem todos os contatos do mundo com as autoridades da Sociedade do Congo. Conrad anuncia que nos próximos dias pretende viajar até a Polônia para visitar Tadeusz e que forçosamente passará por Bruxelas; seu tio o informa que será bem-vindo, mas avisa que está doente e talvez não tenha condições de desempenhar adequadamente seus deveres de anfitrião. Conrad escreve: "Parto de Londres amanhã sexta-feira às nove da manhã e devo chegar a Bruxelas às 5h30 da tarde". Mas ao chegar depara com uma jogada adversa do destino: Aleksander morreu dois dias antes. Desiludido, o capitão Joseph K. segue viagem até a Polônia. Nem mesmo teve tempo de comparecer ao enterro.

MARÇO. No dia 7, Miguel Altamirano se apresenta, muito cedo, na estação ferroviária. Tem a intenção de viajar para Cidade do Panamá, e às oito em ponto embarcou no trem como sempre fez ao longo dos últimos trinta anos, acomodando-se nos vagões traseiros sem avisar a ninguém e abrindo um livro para o trajeto. Pela janela vê um negro sentado num barril; vê uma carreta de mulas atravessar a linha férrea e demorar-se sobre os trilhos o tempo de uma cagada. Miguel Altamirano se distrai olhando, a um lado do trem, o mar e as embarcações distantes, ancoradas na baía Limón, e do outro lado as multidões, cujos passos ressoam no calçamento, esperando que o trem comece a se movimentar. Mas nisso Miguel Altamirano recebe a primeira porrada de sua nova posição no Panamá: o empregado da ferrovia passa pedindo as passagens e ao chegar ao lado de Altamirano em vez de erguer o chapéu e cumprimentá-lo como sempre fez, estende uma mão rude. Altamirano fita as pontas dos dedos sujas com a manipulação do papel das passagens e diz: "Não tenho". Não diz que durante trinta anos viajou por cortesia da Companhia Ferroviária. Diz apenas: "Não, não tenho". O empregado grita com ele, manda-o desembarcar; Miguel Altamirano, reunindo os últimos gramas de dignidade que lhe restam, ergue-se e diz que desembarcará quanto tiver vontade. Pouco depois o empregado reaparece, só que desta vez acompanhado de dois carregadores, e os três juntos agarram o passageiro à força e o empurram para fora. Altamirano cai sobre o calçamento. Ouve murmúrios que se transformam em risadas. Olha as próprias calças: rasgaram-se na altura do joelho, e pelo buraco dá para ver a pele rasgada pela pancada e uma mancha de sangue e terra que não tardará a infeccionar.

ABRIL. Depois de passar dois meses na Polônia, dois meses dedicados a visitar pela primeira vez em quinze anos os lugares onde nasceu e viveu até seu exílio voluntário, o capitão Joseph K. regressa a Bruxelas. Sabe que tia Marguerite o recomendou às autoridades da Sociedade do Congo. Ao chegar, porém, surpreende-o um golpe de sorte: um dinamarquês de nome Freiesleben, capitão de um dos vapores da Sociedade, morreu repentinamente e seu lugar está vago. O capitão Joseph K. não se intimida com a ideia de substituir um morto. No papel, a viagem à África deverá ocupá-lo durante três anos. Conrad se transfere de urgência para Londres, prepara suas coisas, volta a Bruxelas, toma o trem para o porto de Bordeaux e embarca no *Ville de Maceio* com destino a Boma, porto de entrada ao Congo Belga. Da escala em Tenerife, escreve: "O hélice gira e me leva ao desconhecido. Felizmente, há um outro eu que perambula pela Europa. Um outro eu que se desloca com grande facilidade; que inclusive é capaz de estar em dois lugares ao mesmo tempo". Da escala em Freetown, escreve: "Febre e disenteria! Há quem seja mandado de volta para casa no fim do primeiro ano, para que a morte não os colha no Congo. Deus não o permita!". Da escala em Libreville, escreve: "Faz muito tempo que deixei de me interessar pelo fim ao qual meu caminho me conduz. Percorri esse caminho de cabeça baixa, maldizendo as pedras. Agora só me interessa outra viagem; isso me faz esquecer as pequenas misérias de meu próprio caminho. Espero a inevitável febre, mas por enquanto estou bastante bem".

MAIO. Miguel Altamirano vai até Cidade do Panamá para visitar os escritórios centrais do *Star & Herald*. Está disposto a humilhar-se se necessário for para que o jornal o autorize a voltar a ser publicado em suas páginas. Mas a necessidade não se apresenta: um redator principiante, um jovenzinho imberbe, na verdade o filho dos Herrera, recebe-o e lhe pergunta se estaria interessado em resenhar um livro que está fazendo sensação em Paris. Miguel Altamirano, como é evidente, aceita com curiosidade: o *Star & Herald* não dedica muito espaço às resenhas de livros estrangeiros. O jovenzinho lhe entrega um volume de 572 páginas *in octavo*, recém-publicado pela editora Dentu: *La dernière bataille*, intitula-se, e ostenta este subtítulo: "Novo estudo psicológico e social". O autor é um tal Édouard Drumont, fundador e promotor da Liga Nacional Antissemita da França e autor de *La France juive* e também de *La France juive devant l'opinion*. Miguel Altamirano nunca ouvira falar nele; no trem de volta para Colón começa a ler o livro, um livro de lombada vermelha e capa de pele e que ostenta no frontispício o nome de uma livraria. Antes de chegar a Miraflores suas mãos já começaram a tremer, e os companheiros de vagão veem-no erguer o rosto da página e olhar pela janela com expressão incrédula (ou quem sabe indignada, ou talvez iracunda). Compreende a razão pela qual lhe passaram aquele livro. *La dernière bataille* é uma história da construção do Canal interoceânico, onde por *história* se deve entender *diatribe*. Chama Lesseps de "malfeitor" e "pobre-diabo", de "grandíssima fraude" e "mentiroso compulsivo". "O Istmo se transformou num imenso cemitério", diz, e também: "A culpa do desastre é dos financistas judeus, praga de nossa sociedade, e de seus cúmplices monstruosos: os jornalistas corruptos do mundo inteiro". Miguel Altamirano sente que zombaram dele, sente-se o alvo no qual se cravou uma flecha, e vê na tarefa de resenhar o livro uma conspiração em grande escala para levá-lo a fazer um papel ridículo, no melhor dos casos, ou para deliberadamente derrubá-lo, no pior. (De repente, todos os dedos do trem se erguem no ar, apontando para ele.) Ao passar por Culebra, onde o trem faz uma parada breve, joga o livro pela janela, vê-o atravessar a folhagem das árvores – imagina ou talvez escute efetivamente o miúdo farfalhar das folhas – e cair com um barulho líquido num pequeno lodaçal. Em seguida levanta os olhos quase por acidente e seu olhar, sempre lastreado pelo esgotamento, se fixa nas máquinas abandonadas dos franceses, nas dragas, nas escavadeiras. É como se as visse pela primeira vez.

Junho. O capitão Joseph K. desembarca, por fim, em Boma. Quase de imediato se põe em marcha rumo a Kinsasa, no interior do país, para assumir o comando do vapor que lhe foi confiado: o *Florida*. Em Matadi conhece Roger Casement, irlandês a serviço da Sociedade do Congo, homem encarregado do recrutamento de carregadores, mas cuja realização mais importante até o momento foi explorar o terreno congolês com vistas à construção de uma estrada de ferro entre Matadi e Stanley Pool. A estrada de ferro será um verdadeiro posto avançado do progresso: facilitará o comércio livre e melhorará as condições de vida dos africanos. Conrad se dispõe a cobrir o mesmo trajeto que no futuro será coberto pela ferrovia. Escreve a sua tia Marguerite: "Parto amanhã, a pé. Aqui o único burro é seu humilde servidor". Prosper Harou, o guia da Sociedade, se aproxima dele uma tarde e lhe diz: "Prepare sua bagagem prevendo vários dias, sr. Conrad. Amanhã partimos em expedição". O capitão Joseph K. obedece, e dois dias depois está entrando na selva do Congo acompanhado de trinta e um homens, e durante trinta e seis dias caminha atrás deles na umidade inclemente do calor africano, e vê os homens negros e seminus abrir caminho a golpes de facão enquanto aquele branco vestindo camisa solta anota em seu diário de viagem – e em inglês – tudo o que vê: a profundidade do rio Congo quando trata de vadeá-lo, mas também o gorgeio dos pássaros, um que parece uma flauta, outro que produz o ganido de um sabujo; o tom geral e um tanto amarelado da relva que cobre um barranco, mas também a altura inusitada da palmeira-do-azeite. O trajeto é insuportável: o calor assassino, a umidade, as ondas de mosquitos e pernilongos do tamanho de um bago de uva, a carência de água potável e a constante ameaça das doenças tropicais, transformam aquela penetração na selva numa verdadeira descida aos infernos. Assim termina o mês de junho para o capitão Joseph K. No dia 3 de julho ele escreve: "Vi num acampamento o corpo morto de um bakongo". No dia 4 de julho escreve: "Vi outro corpo morto junto ao caminho em atitude de repouso meditativo". No dia 24 de julho escreve: "Um homem branco morreu aqui". No dia 29 de julho escreve: "Passamos por um esqueleto amarrado a um poste. Também pela sepultura de um homem branco".

Julho. Os detalhes mais escabrosos do desastre financeiro do Canal começaram a vir à luz. Meu pai fica sabendo pela imprensa escrita que Lesseps, seu antigo ídolo, seu modelo de vida, também se retirou da vida parisiense. A polícia já revistou os escritórios da Rue Caumartin e em breve fará o mesmo com as residências particulares dos envolvidos: ninguém duvida que a busca revelará fraudes e mentiras e desfalques no mais alto escalão da política francesa. No dia 14, festa nacional da República, publicam-se em Paris documentos e declarações que são reproduzidos em Nova York e em Bogotá, em Washington e em Cidade do Panamá. Entre outras revelações, surgem as seguintes. Mais de trinta deputados do parlamento francês receberam subornos para tomar decisões a favor do Canal. Mais de três milhões de francos foram investidos na "compra de boa imprensa". Sob a rubrica *Publicidade*, a Companhia do Canal autorizou a transferência de mais de dez milhões de francos divididos em centenas de cheques ao portador. Ao investigar-se o destino desses cheques, verificou-se que diversos deles haviam acabado nas redações dos jornais panamenhos. No dia 21, num jantar informal oferecido pelos representantes do Governo central (um governador, um coronel e um bispo), meu pai nega ter visto um desses cheques na vida. Faz-se um silêncio constrangido na mesa.

Agosto. O capitão Joseph K. chega a Kinshasa para assumir o comando do *Florida*. Mas o *Florida* afundou; e Conrad então embarca no *Roi des Belges* na qualidade de extra, para fazer uma viagem de reconhecimento do rio Congo. Durante o trajeto rio acima acontece o que não lhe acontecera até aquele momento: adoece. Sofre três crises de febre, duas de disenteria e uma de nostalgia. Então fica sabendo que sua missão, ao chegar a Stanley Falls, será render o agente da Estação do Interior, que se encontra gravemente disentérico. Seu nome é Georges Antoine Klein; tem vinte e sete anos; é um jovem convencional, cheio de esperanças e de planos para o futuro e está ansioso para voltar à Europa. Conrad e Klein falam muito pouco na Estação do Interior. No dia 6 de setembro, com Klein a bordo e muito doente, o *Roi des Belges* dá início ao percurso rio abaixo. O capitão do vapor também adoeceu, e durante as primeiras léguas o capitão Joseph K. o substitui. Então, encontrando-se sob sua capitania e de alguma forma sob sua responsabilidade, Klein morre. Essa morte acompanhará Joseph K. pelo resto da vida.

SETEMBRO. Na casa de Christophe Colomb, que passou por um extraordinário renascimento desde que moro nela, celebramos o aniversário de Eloísa. Miguel Altamirano passou por Chez Michel, a confeitaria de um dos poucos ousados que decidiram ficar na cidade-fantasma de Colón, e trouxe para a neta uma torta em forma de número quatro, com três cremes por dentro e uma cobertura de açúcar caramelado por fora. Depois de comer, saímos todos para o alpendre da casa. Faz alguns dias que Charlotte pendurou na varanda uma pele de leopardo, branca nas bordas, amarela nos flancos e marrom nas manchas e no espinhaço. Meu pai se apoia na grade e começa a acariciar a pelagem mosqueada, olhar perdido nas copas das palmeiras. Charlotte está mais atrás, ensinando uma criada de Cartagena a servir o café num jogo de quatro xícaras de Limoges. Eu me acomodei na rede. Eloísa, entre meus braços, caiu no sono, e de sua boca entreaberta sai um levíssimo ronco cujo cheiro limpo me chega às narinas, me agrada. E naquele momento, sem se virar e sem parar de acariciar a pele do leopardo, meu pai fala, e o que ele diz pode estar dirigido a mim, mas também a Charlotte: "Eu o matei, sabe? Eu matei o engenheiro". Charlotte começa a chorar.

OUTUBRO. De volta a Kinshasa, Conrad escreve: "Tudo aqui me parece repelente. Os homens e as coisas, mas principalmente os homens". Um desses homens é Camille Delcommune, chefe da estação e superior direto de Conrad. O desagrado que Delcommune sente por aquele marinheiro inglês – pois Conrad, a essa altura, já é um marinheiro inglês – só se compara ao que o marinheiro sente por Delcommune. Nessas condições, o capitão Joseph K. se dá conta de que seu futuro na África é um tanto obscuro e não muito promissor. Não há possibilidade de ascensão; menos ainda de melhorias salariais. Contudo assinou um contrato de três anos, e essa realidade é incontornável. Que fazer? Conrad, envergonhado mas vencido, resolve provocar uma briga para renunciar e voltar para Londres. Mas não é obrigado a recorrer a essa estratégia extrema: uma crise de disenteria – bastante real, ademais – se torna o melhor pretexto.

NOVEMBRO. No dia 20 meu pai me pede que o acompanhe numa visita às máquinas. "Mas você já viu essas máquinas tantas vezes", digo, e ele responde: "Não, não quero ver as daqui. Vamos a Culebra, lá é que estão as grandes". Não ouso dizer-lhe que a passagem de trem, da noite para o dia, ficou muito cara para seu bolso de desempregado, e que para mim sempre foi. O que ele diz, contudo, é verdade: no momento em que cessaram para sempre, as obras do Canal estavam divididas em cinco sedes, de Colón a Cidade do Panamá. A sede de Culebra, a que mais problemas apresentou para os engenheiros, consiste em dois quilômetros de geologia imprevisível e desobediente, e foi lá que se concentraram as melhores dragas e as escavadeiras mais potentes de todas as que a Companhia do Canal havia adquirido durante os últimos anos. E é isso que meu pai quer ver no dia 20 de novembro: os restos abandonados do maior fracasso da história humana. Naquele momento ainda ignoro que meu pai já tentou outras vezes aquela peregrinação nostálgica. Apesar da profunda tristeza que percebo em sua voz, apesar do cansaço que pesa em cada movimento de seu corpo, parece-me que aquela história de ir ver trambolhos enferrujados é mero capricho de homem decepcionado, e desvencilho-me dele como quem espanta uma mosca. "Vá você sozinho", digo. "Depois você me conta como foi."

Dezembro. No dia 4, depois de um penoso trajeto de seis semanas – a demora excessiva decorreu de seus problemas de saúde –, Conrad está de volta a Matadi. Foi preciso que voltasse carregado por homens mais jovens, mais fortes; a humilhação vem somar-se ao esgotamento. A caminho de Londres, o capitão Joseph K. faz uma nova parada em Bruxelas. Mas Bruxelas se modificou no decorrer daqueles meses: já não é a cidade de paredes brancas e mortalmente aborrecida que Conrad conhecera antes; agora é o centro de um império escravagista, explorador, assassino; agora é um lugar que transforma os homens em fantasmas, uma verdadeira indústria da degradação. Conrad viu a degradação da colônia, e em sua cabeça aquelas imagens congolesas começam a confundir-se, como se estivesse embriagado, com a morte de sua mãe no exílio, o fracasso de seu pai insurrecto, o despotismo imperialista da Rússia do czar, a traição de que a Polônia é vítima nas mãos das potências europeias. Assim como os europeus dividiram entre si o bolo polonês, pensa Conrad, agora haverão de dividir o Congo, e depois virá sem dúvida o resto do mundo. Como respondendo a essas imagens que o atormentam, a esses medos que sem dúvida herdou do pai, sua saúde piora: o capitão Joseph K. passa do reumatismo no braço esquerdo às palpitações cardíacas, da disenteria congolesa à malária do Panamá. Seu tio Tadeusz escreve: "Achei sua caligrafia tão mudada – fato que atribuo à febre e à disenteria – que desde então não há felicidade em meus pensamentos".

No dia de sua peregrinação a Culebra, vários passageiros gringos viram meu pai embarcar sozinho no trem das oito e ouviram-no fazer comentários para ninguém toda vez que passava pelas janelas uma das estações das obras, de Gatún a Emperador. Ao passar perto de Matachín, ouviram quando ele explicou que o nome do local vinha dos chineses mortos e enterrados nos arredores, e ao passar por Bohío Soldado ouviram-no traduzir as duas palavras para o inglês mas sem oferecer nenhuma explicação. Ao meio-dia, enquanto o trem era tomado pelos aromas dos alimentos que os passageiros haviam improvisado para o trajeto, viram-no desembarcar em Culebra, escorregar ao descer pela plataforma da estrada de ferro e desaparecer na selva. Um índio cuna que coletava plantas com o filho avistou-o nesse momento e achou sua maneira de andar tão esquisita – a desatenção com que chutava um pedaço de madeira podre que podia ser o abrigo de uma cobra, os movimentos fatigados com que se agachava para pegar uma pedra e atirá-la nos micos – que o seguiu até o lugar onde estavam as máquinas dos franceses. Miguel Altamirano chegou ao local da escavação, a gigantesca trincheira cinzenta e enlameada que dava a impressão de ser o ponto de impacto de um meteoro, e em pé na borda contemplou-a como um general que estuda o campo de batalha. Então, como se alguém estivesse desafiando as regras do Istmo, começou a chover.

Em vez de se refugiar debaixo da árvore mais próxima, cuja folhagem impenetrável teria funcionado perfeitamente como um guarda-chuva, Miguel Altamirano começou a andar sob a chuva, contornando a trincheira, até chegar perto de uma criatura descomunal e coberta de trepadeiras que se erguia a uma altura de dez metros do chão. Era uma escavadeira a vapor. Os aguaceiros dos últimos dezoito meses haviam-na recoberto com uma camada de ferrugem, grossa e dura como coral, mas isso só era visível depois que se afastassem os três palmos de vegetação tropical que a cobriam inteira, os galhos e as folhas com que a selva a puxava para afundá-la na terra. Miguel Altamirano se aproximou da pá e acariciou-a como se fosse a tromba de um elefante velho. Deu a volta na máquina caminhando devagar, detendo-se junto a cada perna, afastando as folhas com as mãos e tocando cada um dos baldes que seu braço conseguia alcançar: o velho elefante estava doente, e meu pai o examinava em busca de sintomas. Em seguida encontrou o ventre do elefante, aquela espécie de galpãozinho que no monstruoso vagão da escavadeira fazia as vezes de sala de máquinas, e ali buscou proteção. Não saiu mais. Quando, depois de uma busca infrutífera de dois dias por Colón e seus infaustos arredores, consegui estabelecer seu paradeiro, encontrei-o recostado no solo úmido da escavadeira. Quis a fortuna que naquele dia também estivesse chovendo, de modo que me deitei ao lado de meu pai morto e fechei os olhos para sentir o mesmo que ele havia sentido em seus últimos instantes: o tamborilar assassino da chuva no metal oco dos baldes, o cheiro dos hibiscos, o frio da ferrugem molhada entrando pela camisa e o cansaço, o impiedoso cansaço.

TERCEIRA PARTE

...o nascimento de outra República sul-americana. Uma mais, uma menos, que diferença faz?

Joseph Conrad
Nostromo

VII

Mil cento e vinte e oito dias, ou a vida breve de um tal Anatolio Calderón

O que houve de mais triste na morte de meu pai, ocorre-me às vezes (continuo pensando nisso com frequência), foi o fato de que depois que ele morreu não houvesse ninguém disposto a fazer um luto decente. Em nossa casa de Christophe Colomb já não restavam roupas pretas nem ânimo para usá-las, e Charlotte e eu fizemos um acordo tácito no sentido de evitar que Eloísa tivesse contato com aquela morte. Não creio que isso fosse motivado por um afã protecionista, mas sim pela noção de que Miguel Altamirano não estivera muito presente em nossas vidas ao longo dos seus últimos anos e de que era inútil presentear a menina com um avô depois que esse avô tivesse morrido. De modo que meu pai começou a afundar no esquecimento assim que se concluíram suas cerimônias fúnebres, e eu não fiz nada, absolutamente nada para evitá-lo.

Por determinação do bispo do Panamá, meu pai maçom não teve direito a sepultura eclesiástica. Foi enterrado em terra não consagrada, sob uma lápide de arenito, entre chineses e ateus, africanos não batizados e excomungados de todos os tipos. Foi enterrado, para escândalo dos que tomaram conhecimento disso, junto com certa mão amputada tempos antes de certo cadáver asiático. O coveiro de Colón, um homem que já vira de tudo na vida, recebeu das autoridades judiciais o certificado de óbito e o estendeu para mim como um mensageiro que entrega um recado num hotel. Estava redigido sobre papel timbrado da Companhia do Canal, o que teve um sabor anacrônico e quase galhofeiro; mas o coveiro me explicou que aqueles papéis já estavam impressos e pagos e que ele preferia continuar a utilizá-los em vez de deixar que centenas de folhas perfeitamente úteis apodrecessem num canto. De modo que os dados de meu pai constavam sobre as linhas pontilhadas, ao lado de palavras como *Noms, Prénoms, Nationalité*. Ao lado de *Profession ou emploi*, alguém escrevera: "Jornalista". Ao lado de *Cause du décès*, lia-se "Morte natural". Pensei em me dirigir às autoridades competentes para que fizessem constar que Miguel Altamirano morrera de desencanto, e estava disposto a aceitar melancolia, mas Charlotte me convenceu de que seria perda de tempo tentá-lo.

Quando se completaram os nove meses de luto, Charlotte e eu nos demos conta de que não havíamos visitado nem uma única vez o túmulo de Miguel Altamirano. O primeiro aniversário de sua morte chegou sem que nos déssemos conta, e comentamos o fato com trejeitos de culpa no rosto, com mãos cheias de remorso agitando-se no ar. O segundo aniversário passou despercebido para ambos, e foi preciso que nos chegassem as notícias dos tribunais de Paris para que a memória de meu pai entrasse breve, transitoriamente, no organizado bem-estar de nossa casa. Vamos ver como explico isso: por uma espécie de resultado cósmico da morte de meu pai, a casa de Christophe Colomb e seus três habitantes haviam se desprendido da terra panamenha para estabelecer-se fora dos territórios da Vida Política. Em Paris, Ferdinand de Lesseps e seu filho Charles eram impiedosamente interrogados pelas matilhas esfomeadas dos acionistas estafados, milhares de famílias que haviam hipotecado casas e vendido joias para salvar o Canal em que haviam investido todo o seu dinheiro; mas essas notícias me chegavam como se viessem do outro lado de uma espessa lâmina de vidro, ou da realidade virtual de um filme do cinema mudo: vejo os rostos dos atores, vejo que os lábios se movem, mas não entendo o que eles dizem, ou talvez não me interesse... O presidente francês Sadi Carnot, desestabilizado pelo escândalo financeiro da Companhia e suas múltiplas debacles econômicas, vira-se forçado a formar um novo Governo, e a marola produzida por semelhante ocorrência deve ter chegado às praias de Colón; mas a casa Altamirano-Madinier, apolítica e para alguns apática, permaneceu à margem desses fatos. Minhas duas mulheres e eu vivíamos numa realidade paralela na qual as maiúsculas não existiam: não havia Grandes Acontecimentos, não havia Guerras nem Pátrias nem Momentos Históricos. Nossos sucessos mais importantes, os humildes pontos altos de nossa vida, eram naquele período muito diferentes. Dois exemplos: Eloísa aprende a contar até vinte em três idiomas; Charlotte, certa noite, consegue falar em Julien sem desmoronar.

Enquanto isso, o tempo passava (como se diz nos romances) e a Vida Política fazia das suas em Bogotá. O Presidente Poeta, Autor do Hino Glorioso, sofrera uma distensão no dedo e no mesmo instante se designara um sucessor: don Miguel Antonio Caro, ilustre exemplar da Atenas sul-americana que com uma mão fazia traduções homéricas e com a outra leis draconianas. Os passatempos prediletos de don Miguel Antonio eram abrir clássicos gregos e fechar jornais liberais... e exilar, exilar, exilar. "Não faltam individualidades desorientadas", afirmou num de seus primeiros discursos. "Mas as veementes perorações da escola revolucionária não encontram eco no país." O dedo dele é que apontou o caminho do exílio forçado a dezenas de individualidades desorientadas, a centenas de revolucionários. Mas na casa apolítica, apática e a-histórica de Christophe Colomb não se ouvia falar em Caro, embora alguns de seus exilados fossem liberais panamenhos, nem se lamentava o peso insuportável das medidas de censura, embora vários jornais do Istmo padecessem com elas. Por aqueles dias completavam-se cem anos da célebre data em que o célebre Robespierre deixara constância de sua célebre frase: "A história é ficção". Mas para nós, que vivíamos na ficção de que não havia história, pouco nos importava aquele aniversário para outros tão importante... Charlotte e eu nos encarregávamos de completar a educação de Eloísa, que consistia basicamente em leituras em voz alta (que às vezes fazíamos fantasiados) de todas as fábulas que pudéssemos conseguir, de Rafael Pombo até o velho La Fontaine. No assoalho de madeira da casa, eu era a cigarra e Eloísa era a formiga, e juntos obrigávamos Charlotte a envergar uma gravatinha e virar Sapinho Passeador*. Ao mesmo tempo eu

---

* *El renacuajo paseador*, livro do poeta, jornalista e tradutor colombiano Rafael Pombo (1833-1912), autor de vários livros infantis muito populares na Colômbia. (N.T.)

me fazia, Eloísa querida, esta promessa solene: nunca mais haveria de permitir que a Política tivesse livre acesso a minha vida. Perante o assédio da Política, que destruíra meu pai e tantas vezes perturbara meu país, defenderia tão bem quanto pudesse a integridade de minha nova família. Sobre qualquer dos assuntos que definiriam o futuro imediato de meu país, os Arosemena ou os Arango ou os Menocal (ou o jamaicano do trabuco ou o gringo da ferrovia ou o bogotano extraviado da alfaiataria) me perguntavam: "E o senhor, o que acha?". E eu respondia com uma frase repetida e mecânica: "Não me interesso por política".

"O senhor vota nos liberais?"

"Não me interesso por política."

"Vota nos conservadores?"

"Não me interesso por política."

"Quem é o senhor, de onde vem, quem ama, quem despreza?"

"Não me interesso por política."

Leitores do Júri: que ingênuo eu fui. Terei pensado sinceramente que conseguiria evitar as influências desse monstro ubíquo e onipotente? Eu me perguntava como fazer para viver em paz, como perpetuar a felicidade que me fora ofertada, sem dar-me conta de que em meu país essas são perguntas políticas. A realidade em breve acabaria com minhas ilusões, pois naquele momento estava reunido em Bogotá um grupo de conspiradores decidido a capturar o presidente Caro, a derrubá-lo como se ele fosse um velho monarca e a dar início à revolução liberal... Mas os conspiradores fizeram isso com tanto entusiasmo que foram descobertos e detidos pela polícia antes de terem tido tempo de abrir a boca. Seguiram-se as medidas repressivas do Governo; seguiram-se, como resposta àquelas medidas, os levantes em vários pontos do país. Eu enfiei Charlotte e Eloísa na casa de Christophe Colomb, abasteci a casa de provisões e água fresca e vedei todas as portas e janelas com tábuas roubadas das casas abandonadas. Nessas estava quando recebi a notícia de que explodira uma nova guerra.

Apresso-me em dizer: foi uma guerra pequenina, uma espécie de protótipo de guerra ou de guerrinha amadora. As forças do Governo não precisaram de mais do que sessenta dias para dominar os revolucionários; em nossas janelas fechadas com tábuas ricocheteou o eco da batalha de Bocas del Toro, o único confronto importante vivido pelo Istmo. Os panamenhos ainda tinham fresco na memória o episódio de Pedro Prestán e seu corpo desnucado e penso; quando nos chegou de Bocas o eco daqueles tiros liberais que se dobravam no ar de tão tímidos, muitos começaram a pensar em novos fusilamentos, em novos corpos enforcados sobre os trilhos da ferrovia.

Mas nada disso aconteceu.

E contudo... nesta história sempre tem um *contudo*, e aqui está ele. A guerra mal tocou o litoral do istmo, mas tocou; a guerra ficou apenas umas poucas horas entre nós, mas esteve aqui. E, mais importante: aquela guerra amadora aguçou os apetites dos colombianos, foi como a cenoura na frente do cavalo, e desde aquele momento eu compreendi que algo mais grave nos esperava logo à frente... Sentindo no ar os apetites abertos do belicismo, eu me perguntava se o fato de ficar trancado em minha casa apolítica seria suficiente para enfrentá-los, e imediatamente me respondia que sim, que não podia ser de outro modo. Vendo Eloísa dormir – cujas pernas se encompridavam desesperadamente sob meu escrutínio, cujos ossos mudavam misteriosamente de coordenadas – e vendo o corpo nu de Charlotte quando ela ia para o pátio interno, para debaixo de uma palmeira, tomar um chuveiro com aquele regador que parecia recém trazido de l'Orangerie, eu pensava: sim, sim, estamos a salvo, não há quem possa tocar-nos, nos colocamos fora da história e somos invulneráveis em nossa casa apolítica. Mas está na hora de fazer uma confissão: ao mesmo tempo que pensava em nossa invulnerabilidade, eu sentia no estômago um desarranjo intestinal semelhante à fome. O vazio começou a repetir-se à noite, quando se apagavam as lâmpadas da casa. Chegava em sonhos, ou ao pensar na morte de meu pai. Levei toda uma semana para identificar a sensação e admitir, com uma certa surpresa, que estava com medo.

Falei desse medo a Charlotte, falei a Eloísa? Óbvio que não: o medo, como os fantasmas, é mais eficaz quando o evocamos.

Passei anos mantendo-o a meu lado como um mascote proibido, alimentando-o a contragosto (ou era ele, parasita tropical, que se alimentava de mim como uma orquídea impiedosa), mas sem reconhecer sua presença. Em Londres, o capitão Joseph K. era outro que fazia frente a pequenos terrores pessoais e inéditos. "Meu tio morreu no dia 11 deste mês", escreveu ele a Marguerite Poradowska, "e tenho a sensação de que tudo morreu dentro de mim, como se ele tivesse levado minha alma." Os meses seguintes foram uma tentativa de recuperar a alma perdida: foi por essa época que Conrad conheceu Jessie George, datilógrafa inglesa que para o escritor polonês tinha estas duas claríssimas qualidades: era inglesa e era datilógrafa. Poucos meses depois, Conrad lhe propunha casamento com este argumento imbatível: "Afinal de contas, querida minha, não me resta muito tempo de vida". Sim, Conrad se dera conta, se dera conta do vazio que se abria a seus pés, sentira aquela forma curiosa de fome, e correra em busca de proteção, como um cachorro na tempestade. É o que eu devia ter feito: correr, me mandar, embalar as coisas da minha família, tomar suas integrantes pela mão e sair dali sem olhar para trás. Depois de escrever *O coração das trevas*, Conrad afundara em novas profundidades de depressão e má saúde; mas eu não fiquei sabendo disso, não me dei conta de que outros abismos se abriam a meus pés. Na Sexta-Feira Santa de 1899, Conrad escrevia: "Minha fortaleza é sacudida pela visão do monstro. Ele não se move; seu olhar é turvo; está imóvel como a própria morte, e me devorará". Se eu tivesse sido capaz de captar as ondas profético-telepáticas enviadas por aquelas palavras, talvez tivesse tentado decifrá-las, descobrir quem era o monstro (mas isso eu já imagino, tal como o leitor) e o que fazer para evitar que ele nos devorasse. Mas eu não soube interpretar os mil presságios que impregnaram o ar daqueles anos, não soube ler essas advertências no texto dos acontecimentos, e não recebi as advertências que Conrad, minha alma gêmea, me enviava telepaticamente de tão longe.

"O homem é um animal ruim", escreveu ele num daqueles dias a Cunninghame-Graham. "Sua perversidade deve ser organizada." E logo depois: "O crime é uma condição necessária da existência organizada. A sociedade é essencialmente criminosa – ou não existiria". Jozef Konrad Korzeniowski, por que suas palavras não chegaram até mim? Querido Conrad, por que você não me deu a oportunidade de proteger-me dos homens ruins e de sua organizada perversidade? "Sou como um homem que perdeu seus deuses", disse você na época. E eu não soube, querido Joseph K.: não soube ver em suas palavras a perda dos meus.

No dia 17 de outubro de 1899, pouco depois de que minha filha Eloísa menstruasse pela primeira vez, começava no departamento de Santander a guerra civil mais longa e sangrenta da história da Colômbia.

O modus operandi do Anjo da História foi basicamente o mesmo. O Anjo é um brilhante assassino em série: uma vez encontrado um bom método para que os homens se matem uns aos outros, não o abandona mais, aferra-se a ele com a fé e a teimosia de um são Bernardo. Para a guerra de 1899 o Anjo se dedicou durante vários meses a humilhar os liberais. Primeiro recorreu ao presidente conservador, don Miguel Antonio Caro. Até sua chegada ao poder, o exército nacional era composto por uns seis mil efetivos; Caro aumentou esse número ao máximo permitido, dez mil homens, e em coisa de dois anos quadruplicou os gastos com material bélico. "O Governo tem o dever de assegurar a paz", dizia, enquanto enchia seu pequeno formigueiro com nove mil, quinhentos e cinquenta e dois facões com bainha, cinco mil e noventa carabinas Winchester 44, três mil oitocentos e quarenta e um fuzis Gras 60, com baioneta bem lustrada e tudo. Era um homem ambidestro e hábil: com uma das mãos traduzia um pouco de Montesquieu – por exemplo: "O espírito da República é a paz e a moderação" – e com a outra assinava decretos de recrutamento. Nas ruas de Bogotá ele mobilizava os peões de fazenda ou os camponeses famintos em troca de dois *reales* por dia, enquanto suas mulheres com as costas apoiadas na parede esperavam o dinheiro para ir comprar as batatas do almoço; os padres passeavam pela cidade prometendo a bem-aventurança eterna aos adolescentes que aceitassem servir a pátria.

Depois, o Anjo, já cansado daquele presidente conservador, resolveu trocá-lo por outro; para melhor afronta aos liberais, empossou don Manuel Antonio Sanclemente, um velho de oitenta e quatro anos que, pouco depois de assumir o cargo, recebeu de seu médico particular a ordem inapelável de sair da capital. "Com o frio que faz aqui, isso de brincar de presidente pode lhe sair caro", declarou ele. "Vá para um lugar quente e deixe essa tarefa para os jovens." E o presidente obedeceu: mudou-se para Anapoima, um vilarejo de clima tropical onde seus pulmões octogenários lhe causavam menos problemas, onde a pressão de seu sangue octogenário baixava. É claro que com isso o país ficava sem Governo, mas esse detalhezinho não iria intimidar os conservadores... Em questão de dias, o ministro de Governo inventava em Bogotá um selo de borracha com a assinatura fac-similar do presidente, e distribuía cópias a todos os interessados, de modo que a presença de Sanclemente na capital deixou de ser necessária: cada senador assinava seus próprios projetos de lei, cada ministro validava os decretos que bem entendesse, pois bastava aplicar o selo mágico para dar-lhes vida. E assim, entre as sonoras gargalhadas do Anjo, evoluía o novo Governo, para indignação e desonra dos liberais. Foi então, numa manhã de outubro, que a paciência se extraviou no departamento de Santander, e um general de muitas guerras disparou os primeiros tiros da revolução.

Desde o princípio nos demos conta de que aquela guerra era diferente. Continuava viva no Panamá a lembrança da guerra de 1885, e os panamenhos desta vez estavam decididos a tomar seu destino em mãos. De modo que o Panamá, o istmo desprendido da realidade colombiana, a Suíça do Caribe, participou das hostilidades assim que lhe permitiram que entrasse. Vários povoados do interior do Istmo pegaram em armas dois dias depois dos primeiros tiros; antes de uma semana, o índio Victoriano Lorenzo armara um exército de trezentos homens e começara nas montanhas de Coclé sua própria guerra de guerrilhas. Quando a notícia chegou a Colón, eu estava almoçando no mesmo restaurante de espelhos de onde vira meu pai sair um quarto de século antes. Me acompanhavam Charlotte e Eloísa, que pouco a pouco se transformava numa adolescente de beleza sombria e perturbadora, e os três ouvimos um garçom jamaicano dizer:

"Bom, mas que diferença faz uma guerra mais... De todo jeito o mundo vai acabar".

Era uma convicção difundida entre os panamenhos que no dia 31 de dezembro começaria o Juízo Final, que o mundo não fora programado para ver o século XX. (Cada cometa, cada estrela cadente que se avistava de Colón, parecia confirmar essas profecias.) E durante vários meses as profecias ganharam força: os últimos dias do século testemunharam batalhas sangrentas como as que não se viam desde os tempos da Independência. As coordenadas do país submergiram em sangue, e esse sangue era inteiramente liberal: em cada confronto bélico, a revolução era destroçada pelos números superiores dos exércitos governistas. Em Bucaramanga, o general Rafel Uribe Uribe, no comando de um exército misto de camponeses fartos e universitários rebeldes, era recebido com tiros disparados da torre da igreja de San Laureano. "Viva a Imaculada Conceição!", gritavam os franco-atiradores a cada jovem liberal morto. Em Pasto, o padre Ezequiel Moreno açulava os soldados conservadores: "Façam como os macabeus! Defendam os direitos de Jesus Cristo! Matem a fera maçônica sem piedade!" O *Muddy Magdalene* também emprestou seus cenários: diante do porto de Gamarra, os navios liberais soçobraram sob o fogo do Governo, e quatrocentos e noventa e nove soldados da revolução morreram de queimaduras em meio à madeira dos cascos incendiados, e os que não morreram queimados se afogaram no rio, e os que chegaram à margem antes de afogar-se foram sumariamente fuzilados e seus corpos abandonados para que apodrecessem entre os bagres da manhã. E reunidos na central telegráfica, nós, habitantes de Colón, esperávamos o telegrama definitivo: PROFECIAS CONFIRMADAS STOP COMETAS E ECLIPSES TINHAM RAZÃO STOP O MUNDO INTEIRO SE APROXIMA DO FIM. Na República da Colômbia, o novo século foi recebido sem comemorações de nenhum tipo. Mas o telegrama nunca chegou.

Contudo, outros chegaram. (Leitores, vocês logo vão perceber: boa parte da guerra de 1899 se deu em código Morse.) DESASTRE REVOLUCIONÁRIO EM TUNJA. DESASTRE REVOLUCIONÁRIO EM CÚCUTA. DESASTRE REVOLUCIONARIO EM TUMACO... Em meio a essa desastrosa paisagem telegráfica, ninguém acreditou na notícia da vitória liberal em Peralonso. Ninguém acreditou que um exército liberal de três mil homens mal-armados – mil fuzis Remington, quinhentos facões e um corpo de artilharia que fabricara seus canhões com tubos de aqueduto – pudesse enfrentar em pé de igualdade doze mil soldados governistas que se deram ao luxo de estrear uniformes no dia em que a revolução foi derrotada. DEBANDADA GOVERNISTA EM PERALONSO STOP URIBE DURÁN HERRERA AVANÇAM TRIUNFAIS PARA PAMPLONA, dizia o telegrama, e ninguém acreditou que pudesse ser verdade. O general Benjamín Herrera recebeu um balaço na coxa e ganhou a batalha deitado num catre de lona: era quatro anos mais velho que eu, mas já podia ser chamado de herói de guerra. Isso foi no Natal; e no dia 1º de janeiro Colón acordou surpresa para dar-se conta de que o mundo continuava no lugar. A Maldição Francesa se extinguira. E eu, Eloísa querida, sentia que minha casa apolítica era uma fortaleza inexpugnável.

E sentia-o com absoluta convicção. A mera força de minha vontade, pensava, conseguira manter o Anjo da História afastado e à parte. A guerra, neste país de palavrosos, era para mim algo que se passava nos telegramas, nas cartas trocadas pelos generais, nas capitulações assinadas de um extremo ao outro da República. Depois de Peralonso, o general revolucionário Vargas Santos era proclamado "Presidente Interino da Republica". Só palavrório (e excessivamente otimista). Da cidade panamenha de David, o general revolucionário Belisario Porras protestava perante o Governo conservador pelos "atos de bandoleirismo" praticados pelos soldados governistas. Só palavrório. O comando liberal se queixava das "flagelações" e "torturas" aplicadas a prisioneiros capturados "em suas casas" e não "de armas na mão".

Só palavrório, só palavrório, só palavrório.

Admito, porém, que as palavras faziam seu ruído cada vez de mais perto. (As palavras assediam, podem ferir, são perigosas;

as palavras, mesmo tratando-se das palavras vazias que os colombianos costumam pronunciar, podem de vez em quando estourar na nossa boca e não convém menosprezá-las.) A guerra já desembarcara no Panamá, e o barulho dos disparos próximos chegava a Colón, bem como informações sobre eles, a agitação das prisões superlotadas de presos políticos e os boatos de maus-tratos, o cheiro dos mortos que começavam a ficar espalhados pelo Istmo, de Chiriquí até Aguadulce. Mas em minha Cidade Esquizofrênica, o bairro de Christophe Colomb continuava firmemente instalado num mundo paralelo. Christophe Colomb era um povoado fantasma e era, como sabemos, um povoado francês. Um povoado francês que não existia mais: qual seria a utilidade de semelhante lugar para a guerra civil colombiana? Enquanto não saíssemos de lá – lembro-me de ter pensado –, minhas duas mulheres e eu estaríamos a salvo... Mas talvez (já o sugeri com outras palavras, mas encontrar a fórmula exata é a tarefa do escritor) meu entusiasmo tenha sido prematuro. Porque ao mesmo tempo, ao longe, o infausto departamento de Santander, berço da guerra, se empapava de sangue, e com essa batalha, misteriosamente, punham-se em marcha os hipócritas e sujos mecanismos da política. Em outras palavras: punha-se em marcha uma conspiração pela qual a Górgone e o Anjo da História preparavam-se para invadir, conjuntamente e sem consideração de nenhuma espécie, a casa paradisíaca dos Altamirano-Madinier.

Deu-se num lugar chamado Palonegro. Mal refeito de sua coxa baleada, o general Herrera avançara para o norte como parte da vanguarda revolucionária. Em Bucaramanga aproveitou para lançar uma nova safra de palavras: "A injustiça é uma semente perene de rebelião", e coisas do tipo. Mas não houve retórica que valesse o dia 11 de maio, quando oito mil revolucionários confrontaram vinte mil governistas, e o resultado... Como explicar o que se seguiu? Não, os números não ajudam (esses trunfos tão caros aos jornalistas como meu pai), nem ajudam as estatísticas, que tão bem viajam pelo telégrafo. Posso dizer que o combate levou catorze dias; posso falar dos sete mil mortos. Mas os números não se decompõem, e as estatísticas não são caldo de pragas. Durante catorze dias o ar de Palonegro se impregnou do fedor fétido dos olhos putrefactos, e os abutres tiveram tempo de abrir a bicadas o tecido dos uniformes, e o campo ficou coberto de corpos pálidos e nus, de ventre aberto e entranhas derramadas manchando o verde das pradarias. Durante catorze dias o cheiro da morte penetrou nas narinas de homens que eram jovens demais para conhecê-lo, para saber por que ele lhes queimava as mucosas ou por que não desaparecia mesmo que a pessoa esfregasse pólvora no bigode. Os revolucionários feridos fugiram pela vereda de Torcoroma e foram despencando como balizas em meio à fuga, de modo que teria sido possível seguir seu destino simplesmente prestando atenção no voo das aves de rapina.

O destino dos generais que fugiram foi o exílio imediato: Vargas Santos e Uribe Uribe saíram por Riohacha para Caracas; o general Herrera fugiu na direção do Equador, conseguindo escapar das tropas governistas mas não das voluntariosas, insistentes palavras. Na mensagem que o perseguiu até alcançá-lo, Vargas Santos lhe confiava a direção da guerra nos departamentos de Cauca e Panamá.

Do Panamá era possível ganhar a guerra.

No Panamá teria início a libertação da pátria.

O general Herrera aceitou, como seria de esperar. Em questão de semanas organizara um exército expedicionário – trezentos liberais que haviam sido derrotados nas batalhas do Sul e do Pacífico e que ansiavam pela oportunidade de vingar-se e de vingar seus mortos –, mas necessitava de um navio para chegar ao Istmo. Nesse momento o *deus ex machina* (que tão à vontade se sente no teatro da história) lhe fez chegar a boa notícia: no porto de Guayaquil estava fundeado, indolente, o navio *Iris*, cheio de gado e com destino a El Salvador. Herrera analisou o navio e verificou que sua característica técnica mais importante era esta: seu dono, a firma Benjamín Bloom & Cia., o pusera à venda. Sem demora, o general empenhou sua palavra, assinou promessas de compra e venda, brindou pelo negócio bebendo um cálice de água de panela* com limão enquanto o capitão salvadorenho e seu imediato erguiam sucessivos copos de aguardente de cana. No começo de outubro, lotado em igual número de jovens soldados revolucionários e de vacas cujos quatro estômagos pareciam combinar entre si para sofrer diarreias simultâneas, o *Iris* zarpou de Guayaquil.

Um dos soldados nos interessa em especial: a filmadora se aproxima, se esquiva trabalhosamente dos lombos de uma ou duas vacas, passa por debaixo de um úbere sardento e macio e se esquiva à chicotada de uma cauda traiçoeira, e sua imagem cinza nos mostra o rosto imaculado e temeroso (e oculto em meio ao estrume) de um tal Anatolio Calderón.

Anatolio completaria dezenove anos entre as vacas do *Iris*, enquanto o navio passava ao largo do litoral de Tumaco, mas por timidez não deixaria que ninguém soubesse disso. Nascera numa fazenda de Zipaquirá, filho de uma empregada índia que morrera no parto e do dono da propriedade, don Felipe de Roux, burguês rebelde e socialista diletante. Don Felipe vendera os latifúndios da família e embarcara para Paris antes que seu bastardo chegasse à puberdade, mas não sem deixar-lhe dinheiro suficiente para estudar o que quisesse em qualquer das universidades do país. Anatolio se matriculou na Universidade do Externato para estudar Jurisprudência, embora no fundo tivesse querido fazer literatura na Universidade de Rosario e seguir os passos de Julio Flórez, o Divino Poeta. Quando o general Herrera passou por Bogotá, depois da batalha de Peralonso, e foi recebido como herói das juventudes liberais, Anatolio estava entre os que se debruçaram, cheios de fulgor patriótico e todo esse tipo de coisa, das janelas do Externato. Saudou o general, e o general o escolheu dentre todos os estudantes para devolver-lhe a saudação (ou pelo menos foi o que ele achou que tinha acontecido). Depois que o desfile termi-

---

* Bebida tradicional na Colômbia, Venezuela e Equador, que se prepara deixando dissolver um bloco de rapadura na água fervendo, para posterior consumo, fria ou quente. (N.T.)

nou, Anatolio desceu para a rua e encontrou, entre as pedras do calçamento, a ferradura solta de um cavalo liberal. O achado lhe pareceu um talismã de boa sorte. Anatolio tirou a terra e a merda seca da ferradura e guardou-a no bolso.

    Mas a guerra nem sempre é tão arrumadinha quanto parece quando a narramos, e o jovem Anatolio não se uniu naquele momento aos exércitos revolucionários do general Herrera. Prosseguiu seus estudos, decidido a transformar o país por meio das próprias leis que os Governos conservadores haviam pisoteado. Mas, no dia 31 de julho de 1900, alguns desses mesmos conservadores visitavam o retiro tropical do quase nonagenário don Manuel Sanclemente, e em palavras menos decentes do que as minhas lhe diziam que um velho inútil não deveria conduzir as rédeas da nação e que ali mesmo o declaravam liberado do sólio de Bolívar. O golpe de Estado se consumou em questão de horas; e antes do fim da semana, seis estudantes de Jurisprudência haviam deixado a universidade, arrumado seus trastes e partido em busca do primeiro batalhão liberal que estivesse disposto a alistá-los. Dos seis estudantes, três morreram na batalha de Popayán, um foi feito prisioneiro e transferido de volta para o Panótico de Bogotá e dois fugiram para o sul, contornaram o vulcão Galeras para evitar as tropas conservadoras e chegaram ao Equador. Um deles era Anatolio. Depois de tantos meses errando pelos campos da guerra, Anatolio levava como bagagem somente uma ferradura lustrada, uma cantimplora de couro e um livro de Julio Flórez cujas capas marrons se haviam impregnado de suor de mãos. No dia em que o primeiro chefe do batalhão Cauca, o coronel Clodomiro Arias, informou-o de que o batalhão seria incorporado ao exército do general Benjamín Herrera, Anatolio estava lendo e relendo os versos de "Todo nos llega tarde".

> *Y la gloria, esa ninfa de la suerte,*
> *sólo en las sepulturas danza.*
> *Todo nos llega tarde... ! hasta la muerte!**

---

* E a glória, essa ninfa da sorte,/ só nas sepulturas dança./ Tudo nos chega tarde... até a morte! (N.T.)

De repente começou a sentir uma comichão nos olhos. Leu os versos, deu-se conta de que estava com vontade de chorar, e perguntou-se se o terrível teria acontecido, se a guerra o transformara num covarde. Dias depois, escondido entre as vacas do *Iris* de medo que alguém – o sargento-mor Latorre, por exemplo – olhasse-o nos olhos e descobrisse que a covardia se instalara neles, Anatolio pensou em sua mãe, maldisse o momento em que tivera a ideia de se unir ao exército revolucionário e sentiu uma vontade terrível de ir para casa comer alguma coisa quente. Mas não, estava ali, respirando os vapores da bosta de vaca, respirando a umidade salina do Pacífico, mas principalmente morto de medo do que o esperava no Panamá.

O *Iris* chegou a El Salvador no dia 20 de outubro. O general Herrera reuniu-se em Acajutla com os donos da embarcação e assinou uma promessa de compra e venda que era mais uma fiança: se ganhasse a revolução, o Governo liberal pagaria aos cavalheiros da Bloom & Cia. a soma de dezesseis mil libras esterlinas; se perdesse, o navio faria parte das "contingências da guerra". Ali, no porto salvadorenho, o general Herrera mandou desembarcar em rigorosa ordem – gado, soldados e tripulantes – e levou a cabo a cerimônia do batismo empoleirado num caixote de madeira para que todo mundo pudesse ouvi-lo. O *Iris* passava a chamar-se *Almirante Padilla*. Anatolio tomou nota da alteração, mas também percebeu que continuava sentindo medo. Pensou naquele José Prudencio Padilla, mártir camponês da independência colombiana, e disse para si mesmo que não queria ser mártir de absolutamente nada, que não estava interessado em morrer para ser homenageado por decreto, e muito menos para que algum militar meio louco batizasse um navio com seu nome.

Em dezembro, depois de passar por Tumaco para recolher um contingente de mil e quinhentos soldados, cento e quinze caixas de munição e novecentos e noventa e sete projéteis para o canhão de proa, o *Almirante Padilla* abordou terras do Panamá. Era a véspera do Natal e fazia um calor seco e agradável. Os soldados não haviam sequer desembarcado quando chegou a notícia: em todo o Istmo, as forças liberais haviam sido desbaratadas. Enquanto no convés rezavam a novena, Anatolio continuava escondido nas entranhas do navio, chorando de medo.

Com a chegada ao Istmo das tropas de Herrera, a guerra adquiriu outro matiz. Sob o comando do coronel Clodomiro Arias, Anatolio participou da tomada de Tonosí, desembarcou em Antón e libertou as forças do índio Victoriano Lorenzo do cerco de La Negrita, mas em nenhum desses lugares deixou de considerar a possibilidade de desertar. Anatolio participou da batalha de Aguadulce: numa noite de lua cheia, enquanto as forças revolucionárias do general Belisario Porras tomavam o monte del Vigía e avançavam para Pocrí, as do índio Victoriano Lorenzo desbaratavam os batalhões governistas que guardavam a cidade, o Sánchez e o Farías. Ao meio-dia do dia seguinte o inimigo já começava a enviar emissários, a pedir trégua para enterrar seus mortos, a negociar capitulações mais ou menos honrosas. Anatolio participou daquela data histórica em que a balança pareceu inclinar-se para o lado revolucionário, em que por algumas horas os revolucionários acreditaram nesta quimera: o triunfo definitivo. O batalhão Cauca enterrou oitenta e nove dos seus, e Anatolio se encarregou pessoalmente de vários corpos; mas o que ele recordaria para sempre não estava de seu lado, e sim do lado governista: o cheiro de carne assada que tomou a atmosfera quando o médico do batalhão Farías começou a incinerar, um por um, os cento e sessenta e sete corpos conservadores a que preferiu não dar sepultura.

O cheiro o acompanhou durante toda a travessia até Cidade do Panamá, próximo objetivo do exército de Herrera. Em pouco tempo lhe pareceu que até as páginas do livro de Julio Flórez estavam impregnadas do fedor dos conservadores transformados em cinzas, e se lia um verso como *Por que enches o ar que respiro?*, o ar se enchia no ato de nervos, músculos, banha calcinada. Mas o batalhão continuava avançando, indiferente; ninguém intuía o inverno que atormentava Anatolio, ninguém o olhava nos olhos e descobria neles a marca do covarde. Estando a menos de cinquenta quilômetros de Cidade do Panamá, o coronel

Clodomiro Arias dividiu seu batalhão: alguns seguiram com ele para a capital, com a ideia de acampar a uma distância prudente e esperar a chegada dos reforços que o *Almirante Padilla* depositaria a leste do Chame; os outros, entre eles Anatolio, seguiriam para o norte sob o comando do sargento Latorre. Sua missão era chegar à estrada de ferro à altura de Las Cascadas e protegê--la de toda tentativa de atrapalhar a livre circulação dos trens. O general Herrera queria mandar uma mensagem clara aos *marines* que aguardavam nos vapores norte-americanos – o *Iowa* ao largo de Cidade do Panamá, o *Marietta* ao largo de Colón – como uma presença fantasmagórica; não era necessário que desembarcassem, porque o exército liberal se certificaria de que nem a ferrovia nem as obras do Canal corressem perigo. Anatolio, parte dessa estratégia de apaziguamento, montou sua barraca de campanha no lugar escolhido pelo sargento Latorre. Naquela noite, acordou com três estampidos. O sentinela confundira os movimentos frenéticos de um gato selvagem com o contra-ataque dos governistas, e dera três tiros no ar. Era um alarme falso; mas Anatolio, sentado sobre as únicas mantas que possuía, sentiu um calor novo entre as coxas e se deu conta de que havia urinado nas calças. Quando o acampamento se acalmou e seus companheiros de barraca tornaram a adormecer, Anatolio já enrolara a ferradura e o livro de Julio Flórez numa camisa suja e começava a fazer – ao abrigo das sombras – o que já deveria ter feito muito tempo atrás. Antes que os pássaros começassem a despertar nas copas das árvores cerradas, Anatólio já se transformara em desertor.

    Por aqueles dias o general Herrera recebeu a primeira notícia dos fuzilamentos. Arístides Fernández, ministro da Guerra, ordenara que Tomás Lawson, Juan Vidal, Benjamín Mañozca e outros catorze generais da revolução fossem executados. Não era só isso: no *Almirante Padilla* e no acampamento de Aguadulce, o Estado-Maior do exército liberal recebia a circular impressa enviada pelo ministro a todos os chefes militares do Governo, a todos os alcaides e governadores do conservadorismo, ordenando-lhes que mandassem sumariamente para o paredão os revolucionários capturados em armas. Anatolio, porém, nunca ficou sabendo disso: já se internara na selva, já descera sozinho a Cordilheira Central, fazendo fogueiras de curta duração para espantar as cobras e também os pernilongos, comendo micos que caçava com seu fuzil ou ameaçando os índios de La Chorrera para conseguir mandioca cozida ou leite de coco.

    A guerra, muito apesar de seus desertores, seguia seu curso. Em Cidade do Panamá todo mundo falava na carta que o general Herrera mandara para o governador da província, queixando-se mais uma vez do "tratamento infligido aos prisioneiros liberais" que "tanto os torturou na carne como humilhou na dignidade e no espírito"; mas Anatolio não ficou sabendo da carta nem do desdém com que o governador da província a devolveu a Arístides Fernández, nem da resposta do ministro da Guerra, que consistiu em sete fuzilamentos seletivos na mesma praça onde se erguera a Companhia do Canal e onde ainda se erguia, transformado em quartel governista e calabouço improvisado, o Grand Hotel. Como um expedicionário (como um Stanley adentrando o Congo), Anatolio descobrira o lago Gatún. Começou a bordejá-lo com a vaga noção de que fazendo isso chegaria ao Atlântico, mas logo depois se deu conta de que seria obrigado a utilizar o trem se quisesse chegar lá antes do fim do mês. Enfiara na cabeça – em sua cabeça toldada pelos fantasmas da covardia – que em Colón, essa Gomorra caribenha, conseguiria encontrar uma embarcação disposta a tirá-lo do país, um capitão disposto a olhar para o outro lado enquanto ele desembarcasse em Kingston ou na Martinica, em Havana ou em Puerto Cabello, e finalmente conseguiria dar início a uma nova vida longe da guerra, esse lugar onde homens comuns e normais – bons filhos, bons pais, bons amigos – chegam ao ponto de urinar nas calças. O porto de Colón, pensou, era o lugar onde ninguém prestava atenção em ninguém, onde com um pouco de sorte passaria despercebido. Chegar sem ser descoberto: encontrar um vapor ou um veleiro, de qualquer carga ou bandeira: só isso importava.

    Colón estava a ponto de completar um ano nas mãos dos governistas. Depois das derrotas de San Pablo e Buena Vista, os batalhões liberais do general De la Rosa haviam ficado gravemente dizimados, e a cidade, desprotegida. Quando o canhoneiro *Próspero Pinzón*, carregado de tropas inimigas, surgiu nas águas da baía, De la Rosa entendeu que havia perdido a cidade. O general Ignacio Foliaco, no comando do canhoneiro, ameaçou bombardear a cidade e também o casario francês de Christophe Colomb, que estava mais à mão. De la Rosa resistiu à ameaça. "Do meu lado não partirá nem um tiro", mandou dizer-lhe. "O senhor há de saber com que cara vai entrar na cidade, depois de destruí-la a canhonaços." Mas antes que Foliaco pudesse cumprir o prometido, De la Rosa recebeu a visita de quatro capitães – dois norte-americanos, um inglês e um francês – que haviam se arrogado o papel de mediadores para evitar possíveis danos às instalações da ferrovia. Os capitães traziam uma proposta de diálogo; De la Rosa aceitou. O cruzador inglês *Tribune* serviu de local de encontro e mesa de negociação para Foliaco e De la Rosa; cinco dias depois, De la Rosa se reunia no *Marietta* com o general Albán, o chefe das forças governistas no Istmo a quem não por acaso chamavam "o louco". Na presença do capitão do navio, Francis Delano, e de Thomas Perry, comandante do cruzador *Iowa*, o general De la Rosa firmou a ata de capitulação. Antes do cair da tarde, as tropas do *Próspero Pinzón* haviam desembarcado em Puerto Cristóbal, ocupado a alcaidaria e distribuído panfletos governistas. Para aquela cidade ocupada se dirigia, onze meses depois, Anatolio Calderón.

Anatolio chegou à estrada de ferro pouco antes da meia-noite. Entre La Chorrera e a primeira ponte sobre as águas do Gatún encontrara um casario de dez ou doze casebres cujos tetos de palha quase chegavam à relva, e com o fuzil armado e apontado para o rosto de uma mulher, conseguira que o marido (era de supor que fosse o marido) lhe entregasse uma camisa de algodão que parecia ser seu único bem, e a vestiu no lugar do jaquetão preto de nove botões que era seu uniforme de soldado. Assim trajado, esperou o trem matutino antes da ponte, escondido atrás do cadáver de uma draga abandonada; quando viu passar a locomotiva começou a correr, subiu com um salto no último vagão de carga e a primeira coisa que fez foi jogar o chapéu de feltro na água para não delatar-se. Deitado de costas sobre trezentos cachos de banana, Anatolio via passar o céu do Istmo sobre sua cabeça, os ramos invasores das mutambas, os cocóbolos lotados de pássaros coloridos; o vento morno de um dia sem chuva desarrumava seu cabelo liso e se enfiava por dentro da camisa, e o tamborilar amistoso do trem o embalava e não o ameaçava; e durante aquelas três horas de trajeto sentiu-se tão tranquilo, tão imprevisivelmente relaxado, que adormeceu e esqueceu por um instante as ferroadas do medo. Despertou-o o rangido dos vagões quando o trem mudou de marcha. Estavam parando, pensou, estavam chegando a algum lugar. Olhou pela borda do vagão, e a imagem luminosa da baía, o brilho do sol da tarde sobre a água do Caribe fez-lhe doer os olhos, mas também o fez sentir-se brevemente feliz. Anatolio pegou sua trouxa, apoiou-se com dificuldade nas bananas empilhadas e saltou. Ao cair, seu corpo tomado pela inércia rodou sobre si mesmo e Anatolio se feriu com a ferradura, rasgou a camisa com seixos imperceptíveis e cravou um espinho no polegar da mão esquerda, mas não se importou com nada disso, porque finalmente chegara a seu destino. Agora era só questão de encontrar um lugar para passar a noite e, pela manhã, como passageiro legítimo ou clandestino explícito, teria começado uma nova vida.

Estava na parte baixa do Mount Hope. Embora possivelmente não soubesse, naquele momento se encontrava muito perto das quatro mil sepulturas onde jaziam os operários da ferrovia mortos nos primeiros meses de construção, quase meio século antes. Anatolio pensou em esperar que ficasse escuro para se aproximar da cidade, mas os mosquitos das seis da tarde o obrigaram a se antecipar. Com o crepúsculo ele já começara a avançar para o norte, entre os restos do Canal francês, a sua direita, e a baía Limón, a sua esquerda. Eram verdadeiros terrenos baldios, e Anatolio se convenceu de que não seria visto enquanto avançasse por ali, porque nenhum soldado governista se aventuraria por aqueles lamaçais – a chuva desprendera a terra da antiga trincheira –, a menos que recebesse uma ordem direta. Depois da distância percorrida, o couro das botas começava a cheirar e os pântanos não contribuíam para melhorar essa questão. Anatolio começava a precisar com urgência de um lugar seco onde pudesse descalçá-las e limpá-las por dentro com um trapo, porque já sentia entre os dedos dos pés a pele carcomida pelos fungos. A camisa cheirava a banana e musgo, ao suor do antigo dono e à terra molhada em que havia rolado. E as calças quadriculadas em branco e preto, aquelas calças que lhe haviam valido a chacota dos companheiros, começavam a soltar um fedor insuportável de mijo, como se tivesse sido um gato furioso e não um pobre estudante que urinara nelas. Anatolio se distraíra com o festim impertinente de seus próprios odores quando se viu, de repente, rodeado por casas apagadas.

Seu primeiro instinto foi chegar de um salto ao alpendre mais próximo e esconder-se debaixo dos pilotis, mas logo depois se deu conta de que o lugar – parecia um bairro de Colón, mas não era: Colón ficava mais ao norte – estava abandonado. Seu corpo se ergueu de novo. Anatolio começou a caminhar sem cuidado pela única rua enlameada, escolheu uma casa qualquer e entrou às escuras. Tateando as paredes, percorreu-a: mas não encontrou comida, não encontrou água, não encontrou cobertores nem roupa de nenhum tipo, e em compensação escutou sobre o assoalho de madeira os movimentos de algo que podia ser um rato, e sua cabeça ficou cheia de outras imagens possíveis, serpentes ou escorpiões que o atacariam enquanto tirasse uma soneca. Então, quando tornou a sair, viu um clarão numa janela, a umas dez casas dali. Ergueu o rosto: sim, lá estavam os postes e fios: o clarão fora produzido pela luz elétrica, que incrivelmente ainda funcionava. Anatolio sentiu apreensão, mas também alívio. Uma casa, pelo menos, estava habitada. Sua mão se fechou sobre o fuzil. Subiu para o alpendre (viu uma rede pendurada), encontrou a porta aberta e afastou a tela. Viu os móveis luxuosos, uma estante com livros e jornais soltos e um armário com portas de vidro e cheio de cálices limpos, depois ouviu duas vozes de mulher, duas vozes que falavam em meio a ruídos de louça fina. Seguiu as vozes até a cozinha e descobriu que se enganara: não eram duas mulheres, era uma só (branca, mas vestindo roupas de negra), cantando numa língua incompreensível. Ao vê-lo entrar, a mulher soltou a panela de guisado, que caiu no chão com estrépito espalhando uma rajada de batatas, legumes e frango desfiado que salpicou Anatolio. No começo, porém, ela não se moveu: ficou parada, com os olhos negros fixos nele e sem dizer uma só palavra. Anatolio lhe explicou que não queria machucá-la, mas que ia passar a noite em sua casa e precisava de roupa, comida, e todo o dinheiro que ela tivesse. Ela confirmou com a cabeça, como se compreendesse perfeitamente aquelas necessidades, e parecia que tudo ia dar certo até que Anatolio afastou os olhos dela por um segundo, e quando tornou a olhar para ela viu-a arrepanhar a túnica com as duas mãos, num movimento que expôs as panturrilhas pálidas, e se arremessar correndo para a porta. Anatolio chegou a sentir pena, uma pena fugaz, mas pensou que de toda maneira se chegassem a capturá-lo o que o esperava era o paredão. Ergueu o fuzil e disparou, e a bala atravessou a mulher na altura do fígado e foi alojar-se na cristaleira da sala.

Anatolio não conhecia o lugar onde se encontrava, e não podia saber que as casas abandonadas (todas menos uma) de Christophe Colomb ficavam a menos de cem passos do porto, que na baía estavam fundeadas mais de cinco embarcações militares de quatro nacionalidades diferentes, entre elas o *Próspero Pinzón*, e que no cais – como era simplesmente lógico – cerca de trinta sentinelas governistas dos batalhões Mompox e Granaderos montavam guarda. Não houve um único deles que não escutasse o disparo. Obedecendo às ordens do sargento-mor Gilberto Durán Salazar, dividiram-se em dois grupos para entrar em Christophe Colomb e cercar o inimigo, e não tardaram muito em encontrar a única luz da única rua e segui-la como um esquadrão de traças. Não haviam terminado de cercar a casa quando uma janela se abriu e viram aparecer uma silhueta armada. Então alguns deles varreram a parede lateral da casa a balaços e outros entraram derrubando a tela e também abrindo fogo indiscriminadamente, e acabaram ferindo o inimigo em ambas as pernas, mas capturando-o com vida. Arrastaram-no até o meio da rua, ali onde anos antes os pertences de um engenheiro morto de febre amarela haviam sido queimados, sentaram-no numa cadeira retirada da própria casa, sobre o estofamento de veludo, e amarraram suas mãos por trás do espaldar de vime. Formou-se um pelotão, o sargento-mor deu a ordem e o pelotão disparou. Então um dos soldados descobriu o outro corpo na casa, o da mulher, e tirou-o para fora para deixá-lo ali, para que todos soubessem o destino que esperava aqueles que dessem abrigo aos liberais, sem falar nos covardes. E assim, recostada como um mendigo de encontro à cadeira, com a roupa suja do sangue do desertor fuzilado, é que a encontramos, Eloísa e eu, depois de passar a tarde em Colón assistindo ao espetáculo de um engolidor de fogo haitiano, um negro de olhos arregalados que se dizia invulnerável às queimaduras pela graça das almas.

VIII
A lição dos Grandes Acontecimentos

A dor não tem história, ou melhor, a dor está fora da história porque situa sua vítima numa realidade paralela, onde nada mais existe. A dor não tem compromissos políticos; a dor não é conservadora, não é liberal; não é católica nem federalista nem centralista nem maçom. A dor apaga tudo. Nada mais existe, declarei; e é verdade que para mim – posso insistir nisso sem grandiloquências – nada mais existiu naqueles dias: a imagem daquela boneca de pano encontrada diante de minha casa invadida, aquela boneca desabitada e desmanchada por dentro, começou a me perseguir durante as noites. Não posso chamá-la de Charlotte, não posso fazer isso porque aquilo não era Charlotte, porque Charlotte se retirara daquele corpo baleado. Comecei a sentir medo: medo do mais concreto (os exércitos que num dia qualquer viriam para concluir seu trabalho e assassinar minha filha), medo também do abstrato e do intangível (a escuridão, os ruídos de algo que talvez fosse um rato ou uma manga podre caindo na terra de uma rua próxima, mas que em minha imaginação aterrorizada desenhavam a silhueta de homens uniformizados, com mãos que empunhavam fuzis). Perdi o sono. Passava as horas da noite ouvindo Eloísa chorar no quarto ao lado e abandonei-a a seu pranto, a sua própria dor desorientada: me recusei a consolá-la. Nada teria sido mais fácil do que dar dez passos e chegar a seu quarto e a sua cama, abraçá-la e chorar junto com ela. Mas não o fiz. Estávamos sozinhos: de repente nos sentimos irrevogavelmente sós. E nada teria sido mais fácil para mim do que amenizar minha solidão ao mesmo tempo em que consolava minha filha. Mas não o fiz: deixei-a sozinha, para que entendesse por seus próprios meios o que significa a morte violenta de um ente querido, esse buraco negro que se abre no mundo. Como posso justificar-me? Eu tinha medo de que Eloísa me pedisse explicações que eu não saberia lhe dar. "Estamos em guerra", ter-lhe-ia dito, consciente da pobreza, da inutilidade daquela resposta, "e na guerra essas coisas acontecem." Claro que essa explicação também não me convencia. Mas alguma coisa em mim continuava acreditando que o fato de eu me recusar a proporcionar esses pequenos consolos a minha filha, de eu me recusar a procurar sua companhia (e talvez sua proteção involuntária), acabaria por desarmar a brincadeira cruel de que éramos vítimas, e que um dia de repente apareceria na porta de casa o impiedoso autor da brincadeira, que me revelaria o verdadeiro paradeiro de Charlotte, queixando-se de que sua brincadeira cruel não tivera o efeito desejado.

Foi naquela época que comecei a passar as noites andando até o porto, chegando às vezes até a Companhia Ferroviária e indo em seguida até a Freight House, aquele depósito de carga da Companhia de onde eu teria sido expulso a bala caso fosse descoberto. Colón, naquelas noites de guerra, era uma cidade fria e azul; percorrendo-a solitário, desafiando os toques tácitos ou expressos de recolher – conforme o dia e os avatares da guerra –, um civil (mesmo tratando-se de um civil perdido e desesperado) corria riscos sem conta. Eu era covarde demais para levar a sério os devaneios suicidas de minha cabeça cansada, mas posso confessar que várias vezes cheguei a imaginar uma cena em que eu me lançava de peito nu e uma faca na mão contra os homens do batalhão Mompox e, aos gritos de "Viva o Partido Liberal", os obrigava a receber minha investida com seus disparos ou suas baionetas. Nunca o fiz, claro, nunca fiz nada semelhante: meu ato de maior arrojo durante aquelas noites alucinadas foi visitar os becos de Colón que, segundo a lenda, a Viúva do Canal frequentara, e me aconteceu de ver de boa-fé Charlotte dobrar uma esquina na companhia de um africano de chapéu, e corri atrás do fantasma até dar-me conta de que perdera um sapato entre as pedras da rua e que o tornozelo ferido sangrava.

Mudei. A dor nos modifica, é agente de transtornos leves, mas aterradores. Depois de várias semanas nas quais fui criando confiança na noite, permiti-me o exotismo privado de visitar os bordéis dos europeus, e mais de uma vez fiz uso de suas mulheres (relíquias quarentonas dos tempos de Lesseps, e num ou noutro caso herdeiras daquelas relíquias, meninas com sobrenomes como Michaud e Henrion, que ignoravam quem fosse Napoleão Bonaparte e por que o canal dos franceses havia fracassado). Depois, de volta àquela casa onde Charlotte sobrevivia de mil maneiras fantasmagóricas, em suas roupas que Eloísa começara a vestir ou nos cacos que ainda eram visíveis se aproximássemos o rosto da porta de vidro da cristaleira, era atropelado por algo que só posso chamar de vergonha. Naqueles momentos eu me sentia incapaz de olhar Eloísa no rosto e ela, por uma espécie de último respeito que me guardava, era incapaz de formular uma só das perguntas que (notoriamente) se atropelavam em sua boca. Intuí que meus atos estavam destruindo nosso carinho, que meu comportamento estava demolindo as pontes que nos uniam. Mas aceitei esse fato. A vida me habituara à ideia das vítimas colaterais. Charlotte era uma delas. Minha relação com minha filha, outra. Estamos em guerra, pensei. Na guerra essas coisas acontecem.

Assim, atribuí à guerra a evidente ruptura das pontes, a brecha que se abriu a partir daqueles dias entre minha filha e eu, como uma espécie de mar bíblico. A escola interrompia as aulas com uma frequência descarada, e Eloísa, que aprendera a lidar com a ausência da mãe com muito mais talento que eu, começou a ter tempo livre e a gozar dele de modos dos quais eu não participava. Ela não me comunicava o que acontecia em sua vida (não a culpo: minha tristeza, o poço sem fundo de meu desconsolo, era uma recusa a qualquer convite), ou, antes, sua vida avançava por leitos que eu não entendia. E em raros momentos de lucidez – as noites de luto e medo podem ser ricas em revelações – eu conseguia entrever que algo mais concreto do que a dor pela morte de Charlotte entrara na jogada. Mas eu não conseguia dar-lhe um nome. Ocupado como estava com a memória de minha felicidade partida, com as tentativas de assumir a realidade dos destroços, processar a informação da vida transtornada e dominar as angústias da solidão noturna, não conseguia dar-lhe um nome... E me dei conta do seguinte: nas noites intermináveis de Colón, nas caminhadas que eu dava, malcheiroso e transpirado, pelas ruas que até pouco antes me viam elegante e perfumado, os nomes iam desaparecendo. Com a insônia desaparecia pouco a pouco a memória das coisas: eu me esquecia de lavar-me, esquecia de limpar a boca, e lembrava (quer dizer, lembrava do esquecimento) quando já era tarde demais: o chinês do açougue, o soldado gringo da estação, o vendedor de cana-de-açúcar que instalava suas lonas na praia para a feira de domingo, levavam uma mão instintiva ao rosto quando recebiam o hálito de meu cumprimento, ou davam um passo atrás como empurrados pela massa densa do ar que saía de minha boca podre... Eu vivia fora de minha consciência, vivia também fora do mundo tangível que me rodeava: vivia minha viuvez como um exilado, mas sem nunca chegar a saber de onde havia sido expulso, aonde me proibiam que voltasse. Nos melhores dias me ocorria uma iluminação: assim como eu esquecera as regras mínimas da urbanidade, talvez o próprio desconsolo fosse olvidável.

E foi assim que a Górgone Política acabou por invadir o lar dos Altamirano-Madinier. Foi assim que a História, encarnada no destino particular de um soldadinho covarde e desorientado, lançou por terra minhas pretensões de neutralidade, minhas tentativas de distanciamento, meus afãs de apatia estudada. A lição que eu aprendi com os Grandes Acontecimentos foi clara e diligente: você não escapará, diziam-me eles, é impossível que escape. Foi uma verdadeira demonstração de força, aliás, pois enquanto a Górgone inviabilizava meus ilusórios planos de felicidade terrena, ela também inviabilizava os de meu país. Neste ponto eu poderia abordar em detalhe aqueles dias de desorientação e desconsolo, a angústia estampada no rosto de Eloísa sempre que ela me encarava, meu desinteresse em remediar aquela angústia. Estávamos falando de naufrágios? Aqueles eram os dias do meu. Mas agora, depois das dolorosas lições que tanto a Górgone como o Anjo me ensinaram, como posso ocupar-me dessas banalidades? Como posso falar de minha dor e da dor de minha filha, das noites de choro apolítico, da solidão fora-da-história que caiu sobre mim, pesada como um poncho úmido? A morte de Charlotte – meu salva-vidas, meu último recurso – pela mão da Guerra dos Mil Dias foi um memorando no qual alguém me lembrava das hierarquias que era preciso respeitar. Alguém, Anjo ou Górgone, me lembrava de que ao lado da República da Colômbia e seus avatares minha vida minúscula era um grãozinho de sal, um assunto frívolo e desimportante, o relato de um idiota cheio de ruído, etcétera. Alguém me chamava à ordem para fazer com que eu me desse conta de que na Colômbia estavam acontecendo coisas mais importantes do que minha frustrada felicidade.

Paradoxo essencialmente colombiano: depois de uma campanha brilhante em que chegou a recuperar quase todo o Istmo panamenho, o general revolucionário Benjamín Herrera viu-se de repente assinando uma paz forçada na qual seu exército e seu partido saíam perdendo por qualquer lado que se olhasse. O que sucedera? Pensei nas palavras que meu pai me dissera em certo dia de 1885: quando Colón foi arrasada pelo fogo e pela guerra e mesmo assim o Canal sobreviveu – aquele Canal incompleto –, eu lhe disse que havíamos tido sorte e ele me respondeu que não, que havíamos tido navios gringos. Pois bem, a Guerra dos Mil Dias foi especial por várias razões (por seus cem mil mortos, por ter deixado o Tesouro da Nação na mais completa ruína, por ter humilhado a metade dos colombianos e ter transformado a outra metade em humilhadores voluntários); mas foi especial também por circunstâncias menos conspícuas e, novo paradoxo, mais graves. Sem mais rodeios: a Guerra dos Mil Dias, que na realidade durou mil cento e vinte e oito dias, foi especial por ter se resolvido do princípio ao fim nas entranhas de navios estrangeiros. Os generais Foliaco e De la Rosa não negociaram no *Próspero Pinzón*, mas no *Tribune* inglês; os generais Foliaco e Albán não negociaram no *Cartagena*, que naqueles dias estava chegando a Colón, mas no *Marietta* norte-americano. Depois da capitulação de minha Cidade Esquizofrênica, onde foi realizada a troca de prisioneiros? Não foi no *Almirante Padilla*, mas no *Philadephia*. E *last but not least*: depois das miúdas propostas de paz feitas por Benjamín Herrera e seus revolucionários ístmicos, depois da recusa radical daquelas propostas por parte do obstinado Governo conservador, onde foi se instalar a mesa de negociações que conduziu o tratado, onde assinaram o papelzinho que terminou com os mil cento e vinte e oito dias de carnificina impiedosa? Não foi no *Cauca* liberal, não foi no *Boyacá* conservador: foi no *Wisconsin*, que não era nem um nem outro mas que era muito mais... Nós, colombianos, caminhávamos de mãos dadas com nossos irmãos mais velhos, os Países Adultos. Nosso destino estava sendo jogado nas mesas de jogo de outras casas. Naquelas partidas de pôquer que decidiam os assuntos mais decisivos de nossa história, nós, colombianos, Leitores do Júri, éramos testemunhas silenciosas.

21 de novembro de 1902. É bem conhecido o postal que comemora essa data nefasta (todos herdaram a imagem de seus pais ou avós vitoriosos ou derrotados, não há ninguém na Colômbia que não tenha esse *memento mori* em escala nacional). O meu foi impresso por Maduro e Hijos, Panamá, e mede catorze centímetros de comprimento por dez de largura. Na margem inferior e em letras vermelhas aparecem os nomes dos participantes. Da esquerda para a direita e de conservador a liberal: General Víctor Salazar. General Alfredo Vázquez Cobo. Doutor Eusebio Morales. General Lucas Caballero. General Benjamín Herrera. Mas então relembramos (os que possuem esse postal) que entre aqueles personagens – de bigode os conservadores, de barba os outros – há uma ausência notória, uma espécie de vazio que se abre no meio da imagem. Pois nela não está o almirante Silas Casey, o grande artífice do tratado do *Wisconsin*, o encarregado de falar com os da direita e convencê-los de que deveriam reunir-se com os da esquerda. Não aparece. E contudo sua presença nortenha é perceptível em cada recanto da imagem amarelada, em cada uma de suas células de prata. A toalha escura de estampa vagamente barroca é propriedade de Silas Casey; sobre a mesa, como se o assunto não fosse com eles, acumulam-se os papéis desordenados do tratado que mudará para sempre a história da Colômbia, que mudará o significado de ser colombiano, e foi Silas Casey quem os colocou sobre a mesa há alguns minutos. E agora me concentro no resto da cena. O general Herrera aparece afastado da mesa, como uma criança que os mais fortes não deixam entrar na brincadeira; o general Caballero, em nome dos revolucionários, está assinando. E eu digo: tragam-me a filmadora!

Porque preciso sobrevoar a cena, entrar pela claraboia do *Wisconsin* e pairar sobre a mesa e a toalha barroca, e ler aquele introito no qual os firmantes registram, com perfeita cara de pau, que estão ali reunidos para "pôr fim ao derramamento de sangue", para "buscar o restabelecimento da paz na República", e principalmente para que a República da Colômbia "possa levar a feliz termo as negociações pendentes sobre o Canal do Panamá".

Quatro palavras, Leitores do Júri, tão somente quatro palavras. Negociações. Pendentes. Canal. Panamá. Sobre o papel, evidentemente, elas parecem inofensivas; mas nelas existe uma bomba recém-fabricada, uma carga de nitroglicerina da qual não há escapatória possível. Durante 1902, enquanto José Altamirano, um homenzinho sem importância histórica, lutava desesperadamente pela recuperação de sua pequena vida, enquanto um pai qualquer de uma filha qualquer se esforçava para vadear o rio de merda em que se transformara sua viuvez (e a orfandade da filha), as negociações que vinham se travando entre os Estados Unidos e a República da Colômbia já haviam cobrado o ônus, também elas, da saúde de dois embaixadores em Washington: meu país começara por deixá-las a cargo de Carlos Martínez Silva, e meses depois Martínez Silva era retirado do cargo sem ter avançado um centímetro, e morria de esgotamento físico, pálido, macilento e grisalho, tão cansado que em seus últimos dias havia renunciado até mesmo a falar. Em seu lugar assumiu José Vicente Concha, antigo ministro da Guerra, homem pouco sutil e um tanto bruto que fez frente às negociações com uma determinação férrea e foi ferreamente derrotado em poucos meses: vítima de nervos excitados, Concha sofreu uma crise violenta antes de partir de volta para Bogotá, e as autoridades do porto de Nova York se viram na obrigação de contê-lo com uma camisa de força enquanto ele gritava a plenos pulmões palavras que ninguém compreendia, Soberania, Império, Colonialismo. Concha morreu pouco depois, em seu leito em Bogotá, doente e alucinando, soltando de vez em quando imprecações em línguas que desconhecia (e cujo desconhecimento fora um de seus principais problemas como negociador de acordos internacionais). Sua esposa contava que ele havia passado os últimos dias falando do tratado Mallarino-Bidlack de 1846, ou discutindo artigos e condições com um interlocutor invisível que às vezes era o presidente Roosevelt e outras um homem anônimo que no delírio chamava de Chefe e cuja identidade não foi, nem será, estabelecida.

"Soberania", gritava o pobre Concha sem que ninguém o entendesse. "Colonialismo."

No dia 23 de novembro, estando ainda fresca a tinta do tratado do *Wisconsin*, entrou em cena Tomás Herrán, encarregado da legação colombiana em Washington e que passará à história como o Último dos Negociadores. E enquanto ali, na América caribenha, Eloísa e eu já começávamos, depois de ingentes esforços, a abrir caminho nos labirintos da tristeza, na gélida América do Norte don Tomás Herrán, um sessentão triste e retraído que falava quatro idiomas com facilidade mas que era igualmente indeciso nos quatro, fazia o necessário nos labirintos do tratado. Assim transcorreu o Natal em Colón: para os panamenhos, a assinatura do tratado era questão de vida ou morte, e durante aqueles últimos dias de 1902, quando os cabos telegráficos destruídos pela guerra ainda não haviam sido restaurados, não me parecia inadequado sair de casa às seis da manhã (começara a perder o sono) e juntar-me no porto a verdadeiras multidões que esperavam os primeiros vapores e sua carga de jornais norte-americanos (os franceses já haviam deixado de ser notícia). Aquela foi uma temporada especialmente seca e quente, e antes de ouvir os primeiros galos o calor já me tirara da cama. O ritual seguinte se compunha de uma xícara de café, uma colherada de quinino e uma chuveirada gelada com as quais eu esperava exorcizar os demônios da noite, a imagem recorrente de Charlotte sentada e morta ao lado de um desertor fuzilado, a lembrança do silêncio terrível de Eloísa ao ver o corpo da mãe, a lembrança da pressão de sua mão na minha, a lembrança de seu choro e de seu tremor, a lembrança de... Querido leitor: nem sempre meus exorcismos privados tinham êxito. Então eu lançava mão do remédio extremo do uísque, e não poucas vezes consegui que as fisgadas do medo cessassem com o primeiro ardor do álcool na boca do estômago.

Em janeiro começou a festa nas ruas de Colón. Depois de dúvidas e reticências, depois de incruentos puxões e afrouxamentos, o secretário de Estado norte-americano John Hay lançou um ultimato que mais parecia vir da boca feroz do presidente Roosevelt: "Se esse negócio não for assinado imediatamente", disse ele, "o Canal será construído na Nicarágua". De Bogotá veio a ordem pressurosa. Quarenta e oito horas depois, no meio da noite, Tomás Herrán cobria o rosto com uma capa de lã negra e desafiava o vento cortante do inverno para chegar à casa de Hay. O tratado foi assinado nos primeiros quinze minutos de sua visita, entre dois copos de brandy. A Companhia do Canal ficava autorizada a vender aos Estados Unidos os direitos e as concessões relativos às obras. A Colômbia garantia aos Estados Unidos o controle absoluto de uma área de dez quilômetros de largura entre Colón e Cidade do Panamá. A cessão se dava por um período de cem anos. Em troca, os Estados Unidos pagariam dez milhões de dólares. A proteção do Canal ficaria a cargo da Colômbia; mas, se a Colômbia se mostrasse incapaz de efetivá-la, os Estados Unidos teriam o direito de intervir...

Etcétera. Etcétera. Um longo etcétera.

Três dias depois, a chegada dos jornais que anunciavam a notícia foi celebrada como se os tempos de Ferdinand de Lesseps estivessem de volta no Istmo. Vimos lanternas chinesas enfeitando as ruas, vimos orquestras tropicais surgindo espontaneamente para encher o ar com o ruído metálico de seus trombones e tubas e trombetas. Eloísa, que aos dezesseis anos era mais sábia do que eu, me arrastou à força até a Calle del Frente, onde as pessoas brindavam com o que estivesse mais à mão. Diante do grande arco de pedra dos escritórios da ferrovia as pessoas dançavam e as duas bandeiras dos países coassinantes tremulavam no ar: sim, o ar voltava a impregnar-se de patriotismo, e sim, eu voltava a ter problemas para respirar. E então, enquanto andávamos entre os escritórios e os vagões adormecidos, Eloísa se virou e me disse:

"Meu avô teria gostado de ver isso."

"O que é que você sabe de seu avô?", respondi com brutalidade. "Você nem chegou a conhecer seu avô!"

Sim, foi o que eu disse a ela. Foi uma resposta cruel; Eloísa engoliu-a sem pestanejar, talvez porque entendesse melhor do que eu a complexidade do que eu estava sentindo naquele momento, talvez porque começasse tristemente a resignar-se a minhas reações de viúvo atormentado. Olhei para ela: se transformara no retrato vivo de Charlotte (os seios pequenos, o tom da voz); tivera suficiente presença de espírito para cortar o cabelo como um menino, tentando reduzir ao máximo aquela semelhança que me atormentava; e com tudo isso senti, naquele momento, que se abria um vácuo entre nós dois (uma selva do Darién) ou que entre nós se erguia um obstáculo intransponível (uma Sierra Nevada). Ela estava se transformando em outra: a mulher que ela era naquele momento colonizava seu território, apropriando-se do solo colonense de maneiras que eu, um adventício, não podia imaginar. Claro que Eloísa tinha razão: Miguel Altamirano teria gostado de testemunhar aquela noite, de escrever sobre ela mesmo que ninguém publicasse seu texto, de deixar constância do Grande Evento para benefício das gerações futuras. Nisso pensei a noite inteira, naquele 4th of July, enquanto tomava meia garrafa de uísque na companhia de um banqueiro de San Francisco e de sua amante; ao lado da estátua de Colombo, onde o engolidor de fogo haitiano continuava apresentando seu espetáculo. E enquanto voltávamos para casa, bordejando a baía Limón, vendo as luzes dos navios ao longe lucilando como vaga-lumes sobre a lâmina negra da noite, senti pela primeira vez no fundo da boca o gosto amargo do ressentimento.

Eloísa caminhava aferrada a meu braço com as duas mãos, como quando era pequena; nossos pés pisavam a mesma terra que pisara o desertor Anatolio Calderón, e contudo nenhum dos dois mencionou aquela desgraça que ainda nos acompanhava, que nunca, nunca nos deixaria sozinhos, que dormiria em nossa casa como um mascote até o fim dos tempos. Mas ao atravessar a rua escura do povoado fantasma que era Christophe Colomb, foi como se todos os fantasmas de minha vida viessem ao meu encontro. Não pensei isso com essa palavra, mas ao subir para o alpendre já se instalara em minha cabeça a ideia da vingança.

Não só eu não voltaria a fugir do Anjo da História, não só não iria atrás do distanciamento submisso da Górgone Política, como faria deles meus escravos: queimaria as asas de um, cortaria a cabeça da outra. Ali, deitado na rede à meia-noite do dia 24 de janeiro, declarei-lhes guerra.

E enquanto isso acontece no calor tropical, lá em cima, entre as névoas gélidas da pérfida Albion, Joseph Conrad tem um breve ataque de nervos.

Convidaram-no a ir até Londres para conhecer um norte-americano (um banqueiro, tal como o homem do 4th of July: a correspondência é insignificante, mas nem por isso menos digna de nota). O banqueiro diz ser um grande admirador dos romances marítimos: recita de cor o começo de *Almayer's Folly* e se sente amigo íntimo de *Lord Jim*, embora o romance tenha lhe parecido "pesado e denso demais. Estimado Mr. Conrad, ninguém o teria criticado se pusesse mais parágrafos". No meio do jantar, o banqueiro pergunta a Conrad "quando vai escrever outra história de mar", e Conrad estoura: está cansado de ser visto como escritor de aventurinhas, um Julio Verne dos Mares do Sul. Protesta e se queixa, sem dúvida se explica demais, mas no fim da discussão o banqueiro, que sabe farejar necessidade de dinheiro como os cachorros farejam o medo, propôs um acordo: Conrad vai escrever por encomenda um romance de ambientação marinha e com cerca de cem mil palavras; o banqueiro, além de pagar, intermediará sua publicação no *Harper's Magazine*. Conrad aceita (a crise de nervos está encerrada), em grande parte porque já tem um tema para o romance e inclusive escreveu algumas anotações a respeito.

Não são dias fáceis. Faz meses que Conrad e Ford Madox Ford vêm escrevendo a quatro mãos um romance de aventuras, romântico e pitoresco, cujo objetivo mais evidente é produzir dinheiro (rápido, imediato) para amenizar as dificuldades econômicas de ambos. Mas a colaboração não funcionou bem: demorou muito mais que o previsto, criou entre os amigos e suas mulheres situações de tensão que pouco a pouco foram envenenando o ambiente cordial que havia entre eles. Vão e vêm reclamações e desculpas, acusações e justificativas. "Estou fazendo o melhor que posso, droga", escreve Conrad. *Blackwood's,* a revista que deveria publicar o romance, agora o recusa; as dívidas se acumulam sobre a escrivaninha e representam, para Conrad, uma verdadeira ameaça contra sua família. Atormentado pela culpa devido a suas responsabilidades não atendidas, sente que a mulher é viúva e os filhos são órfãos, que eles dependem dele e que nada pode lhes dar. Sua saúde não facilita as coisas: sucedem-se os ataques de gota, e quando não é a gota é a disenteria, e quando não é a disenteria é o reumatismo. Como se fosse pouco, a nostalgia do mar o tortura cada vez mais, e por aqueles dias considerou seriamente a possibilidade de procurar um posto de capitão e retomar sua antiga vida. "O que eu não daria por um cúter e pelo rio Fatshan", escreve, "ou por aquela magnífica embarcação destroçada entre o canal de Moçambique e Zanzibar!" Nessas condições, a encomenda do banqueiro é motivo de gratidão.

 A ideia foi amadurecendo pouco a pouco em sua cabeça. Começou como um relato breve, uma coisa do tamanho de *Juventude,* talvez, ou no máximo de *Amy Foster,* mas Conrad avaliou mal os elementos (ou talvez estivesse consciente de que os relatos breves vendem mal) e o conceito original foi engordando com o passar dos dias e dos meses, passando de vinte e cinco mil a oitenta mil palavras, passando de uma ambientação a duas ou três, e tudo isso antes do início da redação propriamente dita. Durante aqueles dias o projeto desaparece das cartas e conversas de Conrad. No momento da proposta, Conrad sabe poucas coisas, mas uma delas é que a história terá cem mil palavras e será vivida por um grupo de italianos. Sua memória recuou até a admirada figura de Dominic Cervoni, o Ulisses da Córsega; sua memória recuou a 1876, ano de sua viagem pelos portos do Caribe, ano de suas experiências de contrabandista no Panamá, ano cujas experiências o conduziram à (secreta e jamais confessada) tentativa de suicídio. Naquelas primeiras anotações, Cervoni se transformou num capataz de estivadores que chegou ao fim de seus dias trabalhando num porto caribenho. Seu nome é Gianbattista, seu sobrenome, Nostromo. Por aqueles dias Conrad lê as memórias marítimas de um tal Benton Williams, e encontra nelas a história de um homem que roubou um carregamento de prata. Essa história e a imagem de Cervoni se misturam em sua cabeça... Talvez (pensa) não seja necessário que o tal Nostromo seja um ladrão: talvez as circunstâncias o tenham feito topar com o butim, e ele as tenha aproveitado. Mas... Que circunstâncias são essas? Em que situação pode-se encontrar um homem de bem que se vê obrigado a roubar um carregamento de prata? Conrad não sabe. Fecha os olhos e tenta imaginar motivos, construir cenas, armar psicologias. Mas fracassa.

Em março de 1902, Conrad escrevera: "*Nostromo* será um relato de primeiro nível". Meses depois, seu entusiasmo decresceu: "Não há ajuda possível, não há esperança; não há mais que o dever de tentar, de tentar interminavelmente, seja qual for o resultado". Um dia, em meio a um insólito surto de otimismo e pouco depois da conversa com o banqueiro, pega uma folha em branco, põe o número 1 no canto superior direito, e em letras maiúsculas escreve: *Nostromo. Part First. The Isabels.* Mas nada mais acontece: as palavras não vêm ao seu encontro. Conrad se dá conta de imediato de que algo não vai bem. Risca *The Isabels* e escreve: *The Silver of the Mine.* E então, por razões que são inexplicáveis, as imagens e as recordações, as laranjas que viu em Puerto Cabello e as histórias de galeões que ouviu na escala de Cartagena, as águas da baía Limón, sua placidez de espelho e suas ilhas que na realidade são as Mulatas, atropelam-se em sua cabeça. É de novo aquele momento: o livro começou. Conrad o vive com emoção, mas sabe que a emoção não durará, que em breve ela será substituída pelos visitantes mais assíduos de seu escritório: a incerteza da língua, as angústias da arquitetura, as ansiedades da economia. Este romance precisa ter sucesso, pensa Conrad; do contrário, aguarda-o a bancarrota.

Perdi a conta das noites que passei imaginando, como um obcecado, a composição do romance; e uma ou outra vez, confesso, imaginei que a escrivaninha de Conrad tornava a pegar fogo, como pegara fogo durante a redação de *Romance* (ou talvez fosse

O espelho do mar, quem há de lembrar-se), levando consigo boa parte do manuscrito; mas imaginava que desta vez era a história de Nostromo, o bom ladrão de prata, que perecia entre as chamas. Fecho os olhos, imagino a cena em Pent Farm, a escrivaninha que pertenceu ao pai de Ford Madox Ford, o lampião a óleo estalando e o papel inflamável carbonizando-se em segundos, consumindo as frases de caligrafia preciosista mas gramática titubeante. Imagino também a presença de Jessie Conrad (que entra com uma xícara de chá para o doente), ou do menino Borys, cujo choro insuportável entorpece a redação, em si difícil, do romance. Torno a fechar os olhos. Lá está Conrad, sentado diante da página rabiscada numa escrivaninha que não pegou fogo, relembrando as coisas que viu em Colón, nas ferrovias, em Cidade do Panamá. Lá está ele, transformando o pouco que sabe ou recorda sobre a Colômbia, ou melhor, transformando a Colômbia num país fictício, um país cuja história Conrad pode inventar impunemente. Lá está, maravilhado com o rumo que tomaram os acontecimentos do livro a partir daquelas lembranças remotas. Por aqueles dias escreve ao amigo Cunninghame-Graham (9 de maio): "Quero lhe falar da obra que me ocupa atualmente. Mal me atrevo a confessar minha ousadia, mas eu a situei na América do Sul, numa República que chamei de Costaguana. Mesmo assim, o livro fala principalmente de italianos". Conrad, hábil eliminador das próprias pegadas, não faz a menor menção à Colômbia, a República convulsionada e original que ficou disfarçada por trás das especulações costaguanenses. Pouco depois ele insiste no sofrimento que a Colômbia/Costaguana está lhe infligindo (8 de julho): "Esse maldito Nostromo está me matando. Todas as minhas lembranças da América Central parecem escapulir". E mais ainda: "Só dei uma olhada rápida há 25 anos. Não basta *pour bâtir un roman dessus*". Se *Nostromo* é um edifício, o arquiteto Conrad precisaria obter um novo provedor de matéria-prima. Londres, para sorte dele, está cheia de costaguanenses. Será preciso recorrer a esses homens, exilados como ele, homens – como ele – cujo lugar no mundo é móvel ou impreciso?

Conforme os dias vão passando e os fólios redigidos se acumulam sobre a escrivaninha, ele se dá conta de que a história de Nostromo, o marinheiro italiano, perdeu o rumo: os alicerces são frágeis, a trama é banal. Chega o verão, um verão pusilânime e um tanto insosso, e Conrad se dedica a ler voraz, desesperadamente, numa tentativa de condimentar sua exígua memória. Posso fazer um inventário? Lê as memórias marítimas e caribenhas de Frederick Benton Williams e as memórias paraguaias e terrestres de George Frederick Masterman. Lê os livros de Cunninghame-Graham (*Hernando de Soto*, *Vanished Arcadia*), e Cunninghame-Graham lhe indica outras leituras: *Wild Scenes in South America*, de Ramón Páez, e *Down the Orinoco in a Canoe*, de Santiago Pérez Triana. Suas memórias e suas leituras se confundem: Conrad deixa de saber o que viveu e o que leu. Durante as noites, que a ameaça de depressão transforma em vastos e negros oceanos de insônia, trata de estabelecer essa diferença (e fracassa); durante o dia, trava um combate de vida ou morte com a endemoninhada língua inglesa. E o tempo todo se pergunta: o que é, como é essa República cuja história tenta contar? O que é Costaguana? Que merda é a Colômbia?

No começo de setembro, Conrad recebe a visita de um velho inimigo: a gota, essa aflição de aristocratas que, tal como seus sobrenomes, lhe vem de família. A culpa daquela crise, que para Conrad é uma das mais violentas de sua longa história de vítima da doença, é do relato no qual está trabalhando, das angústias e dos medos e dos fantasmas provocados pela matéria com que lida – impossível de controlar. Conrad passa dez dias inteiros na cama, destruído pela dor nas articulações, pela convicção inabalável de que seu pé direito está em chamas e de que o respectivo dedão é o epicentro do incêndio. Durante esses dez dias exige a companhia de Miss Hallowes, a mulher abnegada que funciona como secretária para que Conrad dite as páginas que não consegue escrever à mão. Miss Hallowes aguenta a irascibilidade compreensível daquele homem presunçoso; a secretária não sabe, mas o que Conrad lhe dita de sua cama, o que lhe dita com os pés de fora apesar do frio das noites – a dor nos pés é tanta que ele não suporta nem o peso das cobertas –, provoca no romancista níveis de tensão nervosa, pressões e depressões até aquele momento desconhecidos para ele. "Sinto que estou andando na corda bamba", escreve por essa época. "Se titubear, estou perdido." Com a chegada do outono ele tem a sensação cada vez mais intensa de que vai perder o equilíbrio, de que a corda está prestes a arrebentar.

E então resolve pedir ajuda.

Escreve a Cunninghame-Graham e pergunta por Pérez Triana.

Escreve a seu editor na Heinemann e pergunta por Pérez Triana.

Pouco a pouco vamos nos aproximando.

O Senado dos Estados Unidos levou menos de dois meses para ratificar o tratado Herrán-Hay: houve novos jornais chegando à baía, novos e demorados festejos nas ruas de Colón-Aspinwall, e durante um curto período pareceu que sua ratificação por parte do Congresso colombiano, único trâmite faltante, aconteceria de modo quase automático. Mas bastava dar um passo atrás e olhar os fatos com um mínimo de distanciamento (como eu os olhava de minha casa em Christophe Colomb: não usarei a palavra cinismo, mas também não me oponho a que outros a utilizem) para perceber, naquelas ruas engalanadas e jubilosas, nos dormentes da estrada de ferro ou nas paredes de cada edifício público, as mesmas falhas geológicas que haviam dividido os colombianos desde que os colombianos se entendiam por colombianos. Os conservadores apoiavam irrestritamente o tratado; os liberais, desmancha-prazeres como sempre, tinham o atrevimento de manifestar ideias esquisitíssimas, por exemplo que o preço era pouco ou que o tempo da concessão era excessivo, e os mais ousados achavam um pouquinho estranho, mas só um pouquinho, que a famosa faixa de dez quilômetros fosse regida pela legislação norte-americana.

"Soberania", gritava absurdamente de algum lugar José Vicente Concha, aquele velho louco. "Colonialismo."

Leitores do Júri, permitam que lhes conte um segredo: por trás da música das bandinhas populares e das lanternas coloridas (por trás, enfim, do entusiasmo alcoólico reinante em Colón-Gomorra), as divisões acendradas e profundas da Guerra dos Mil Cento e Vinte e Oito Dias continuavam balançando como placas tectônicas. Mas – fato curioso – só nós, os cínicos, conseguíamos detectá-las: só nós, que havíamos sido vacinados contra todo tipo de reconciliação ou camaradagem, só nós, que ousávamos profanar em silêncio a Palavra Sagrada do *Wisconsin*, recebíamos a verdadeira revelação: a guerra, no Panamá, estava longe de acabar. Ela continuava vigente de modos subterrâneos; em algum momento – pensei no plano profético – aquela guerra clandestina ou abafada surgiria na superfície como uma cruel baleia branca, para encher os pulmões de ar ou em busca de alimento ou para matar capitães de romance, e o resultado seria invariavelmente catastrófico.

Pois bem; em meados de maio a baleia veio à tona. O índio Victoriano Lorenzo, que lutara com os liberais na guerra e era chegado a formar bandos guerrilheiros que desbaratavam os governistas, fugira de sua prisão no vapor *Bogotá*. Ele havia recebido uma notícia funesta: os vencedores de todo o Istmo, e em particular os de sua terra natal, esperavam que ele fosse julgado como criminoso de guerra. Lorenzo chegou à conclusão de que não iria esperar sentado que aparecesse um tribunal sabidamente corrupto, e durante uma semana ficou à espera da noite mais propícia. Uma sexta-feira, ao cair da tarde, despencou sobre o Panamá um aguaceiro assassino; Victoriano Lorenzo achou que não poderia haver melhor momento, e no meio da noite nublada e das cortinas de água (aquelas gotas pesadas que doíam na cabeça) atirou-se no mar, nadou até o porto de Cidade do Panamá e recebeu guarida na casa do general Domingo González. Mas sua vida de refugiado durou pouco: nem vinte e quatro horas haviam se passado e já as obstinadas forças governistas estavam pondo a porta da casa abaixo.

Victoriano Lorenzo não voltou para as celas do *Bogotá*, visto que foi levado para uma abóbada hermética e permaneceu acorrentado à espera de que o general Pedro Sicard Briceño, comandante militar do Panamá, chegasse à cidade. Sinais inusuais de eficiência de parte do general Sicard: no dia 13 de maio, no meio da noite, ficou decidido que o índio Victoriano Lorenzo seria julgado por um Conselho de Guerra Verbal; no dia 14 ao meio-dia afixaram-se os cartazes que informavam o público; no dia 15, às cinco da tarde, Lorenzo morria executado por trinta e seis balaços desferidos por um pelotão de uma distância de dez passos. Sinais usuais de astúcia de parte do mesmo general: a defesa do réu foi confiada a um aprendiz de dezesseis anos; não se permitiu o comparecimento de testemunhas favoráveis ao acusado; a sentença foi executada com pressa deliberada, para não dar tempo ao presidente de receber os telegramas de misericórdia enviados pelas autoridades panamenhas dos dois partidos. O julgamento como um todo tinha para os liberais de Colón certo sabor antigo (para não dizer pútrido), e o fato de que o encarregado de executar a sentença fosse um pelotão não evitou que muitos recordassem a armação construída sobre os trilhos do trem e o corpo pendido e ainda enchapelado de Pedro Prestán.

 Os jornais panamenhos, amordaçados (para variar) pela ordem conservadora, guardaram no início comedido silêncio. Mas no dia 23 de julho Colón inteira amanheceu coberta de panfletos: andei pelos atoleiros que chamávamos ruas, bordejei os cais de carga e conferi as bancas de frutas do mercado, cheguei inclusive a visitar o hospital, e por todo lado vi a mesma coisa: nos postes telegráficos, um cartaz anunciava a próxima publicação, nas páginas do jornal liberal *El Lápiz* (número 85, edição especial de oito páginas), de um artigo dedicado ao assassinato de Victoriano Lorenzo. O anúncio motivou duas respostas imediatas (que por sua vez não apareceram grudadas em nenhum poste). O secretário de Governo Arístides Arjona ditou a resolução 127bis, declarando que a qualificação como "assassinato" de uma sentença proferida por tribunal militar é contrária ao inciso VI do artigo 4º do decreto legislativo de 26 de janeiro. E enquanto a resolução estabelecia contra o diretor do jornal a advertência prevista no inciso I do artigo 7º do mesmo decreto, e em virtude dessa advertência suspendia a publicação do jornal até nova ordem, o coronel Carlos Fajardo e o general José María Restrepo Briceño, muito mais expeditos, visitavam a gráfica de Pacífico Vega, reconheciam o diretor do jornal e moíam-no a golpes de bota, de espada e de porrete, não sem antes esparramar e pisotear os tipos, destruir as máquinas e queimar em público as subversivas existências de *El Lápiz* (número 85, edição especial de oito páginas). Execute-se.

E essa foi a gota que entornou o caldo. À medida que o tempo passa, parece-me cada vez mais claro que foi naquele momento, às nove horas e quinze minutos daquela noite de julho, que o mapa da minha República começou a rachar. Todos os terremotos têm um epicentro, não é mesmo? Pois bem, é ele que me interessa. Os jornais liberais, que já estavam indignados com a execução do índio Victoriano Lorenzo, receberam muito mal a agressão da bota militar (e também da espada, e também do porrete); mas nada havia preparado os colonenses para as palavras estampadas no *El Istmeño* no sábado seguinte, e que chegaram a Colón nos vagões do primeiro trem. Não infligirei aos tolerantes leitores o conteúdo completo daquela nova carga dinamiteira; baste saber que ela retrocedia até os tempos do Reino Espanhol, quando o nome da Colômbia "ressoava nos ouvidos humanos com fama incomparável", e o Panamá, em busca de "um futuro áureo", não vacilara em se incorporar àquela nação. O resto do texto (publicado entre uma propaganda de ervas para engordar e outra de manuais para aprender hipnotismo) era uma longa declaração de arrependimento; e depois de perguntar-se, como um amante ressentido, se a Colômbia havia correspondido ao afeto que o Panamá lhe dedicava, o impudico autor – que a cada frase dava um novo significado à palavra cafonice – se perguntava se o Istmo do Panamá era feliz pertencendo à Colômbia. "Não seria mais venturoso que se separasse da República e se constituísse em República independente e soberana?" Resposta imediata: o secretário de Governo Arístides Arjona ditou a resolução número 35 do ano do Senhor de 1903, declarando que aquelas perguntas expressavam "ideias subversivas contra a integridade nacional" e violavam o inciso I do artigo 4º do decreto 84 do mesmo ano. De acordo com o qual *El Istmeño* tornava-se credor das sanções correspondentes e sua publicação ficava suspensa por um período de seis meses. Execute-se. Apesar das sanções, multas e suspensões, já não havia o que fazer: a ideia ficara flutuando no ar feito um balão-sonda. Na selva do Darién, juro embora não tenha visto, a terra começou a se abrir (com a geologia recebendo ordens da política), e a América Central começou a flutuar solta na direção do oceano; em Colón, juro com pleno conhecimento de causa, foi como se uma palavra nova tivesse ingressado no léxico dos cidadãos... A pessoa caminhava em meio aos escândalos e odores da Calle del Frente e podia ouvi-la em todos os sotaques do castelhano, do cartagenense até o mais puro bogotano, do cubano até o costa-riquense. Separação?, perguntavam-se os passantes pela rua. Independência? Essas palavras, ainda abstratas, ainda em estado bruto, também abriram caminho na direção norte; semanas depois chegou a Colón o vapor *New Hampshire*, trazendo em seu bojo determinada edição do *New York World*. Nas páginas internas do jornal, um longo artigo sobre a questão do Canal continha, entre outras cargas de dinamite, o seguinte:

> Chegou a esta cidade informação de que o Estado do Panamá, que abrange integralmente a área proposta para o Canal, está prestes a separar-se da Colômbia e a assinar com os Estados Unidos um tratado relativo ao Canal. O Estado do Panamá irá separar-se se o Congresso colombiano não ratificar o atual tratado.

O texto anônimo foi amplamente lido em Bogotá, e em muito pouco tempo passou a fazer parte dos piores pesadelos do Governo. "O que os gringos estão querendo é nos assustar", disse um daqueles aguerridos congressistas. "E não vamos dar esse gosto a eles." No dia 17 de agosto aqueles pesadelos pularam do inconsciente para a realidade: num dia de vento insuportável, um vento que fazia voar os chapéus das cabeças dos deputados, que abria à força os guarda-chuvas mais finos e despenteava as mulheres sem consideração – e que submeteu uma ou outra delas a um pequeno vexame –, o Congresso colombiano rejeitou por unanimidade o tratado Herrán-Hay. Nenhum dos dois representantes do Istmo esteve presente na votação, mas aparentemente ninguém atribuiu maior importância ao fato. Washington tremia de fúria. "Essas desprezíveis criaturas de Bogotá deveriam entender a que ponto o futuro delas está perigando", disse o presidente Roosevelt, e dias depois acrescentou: "Talvez seja preciso dar-lhes uma lição".

No dia 18 de agosto, Colón amanheceu enlutada. As ruas desertas pareciam estar em preparativos para exéquias de Estado (o que não estava tão longe da realidade); dias depois, um dos poucos jornais liberais que haviam sobrevivido às purgas de Arístides Arjona publicou uma caricatura que tenho até hoje, e que está aqui, diante de mim, enquanto escrevo. É uma cena complexa e não muito clara. Ao fundo vê-se o capitólio colombiano; um pouco mais abaixo, um caixão sobre um carro fúnebre, e sobre o caixão as palavras TRATADO HERRÁN-HAY. Sentado numa pedra, um homem com chapéu de camponês colombiano chora desconsoladamente, e de pé ao lado dele, apoiado em sua bengala, o Tio Sam observa uma mulher apontar com o indicador o caminho da Nicarágua... Se fiz uma descrição detalhada não foi, queridos leitores, por capricho. Nas semanas posteriores ao dia 17 de agosto, aquelas semanas que, diante do que pressagiavam, transcorreram com lentidão quase masoquista, o Panamá inteiro falava de falecimento ou óbito do tratado, nunca de rejeição ou desaprovação. O tratado era um velho amigo e morrera de infarto fulminante, e em Colón os ricos pagaram missas para lamentar sua partida do mundo dos vivos, sendo que alguns pagaram mais para que o padre incluísse a promessa da ressurreição em suas orações. Aqueles dias – nos quais o tratado do Canal se transformou, em nossas cabeças, numa espécie de Jesus Cristo Salvador, capaz de fazer milagres, morto em mãos de homens ímpios, e que se ergueria do meio dos mortos – ficaram na minha memória associados à caricatura.

Eu poderia jurar que a caricatura estava em meu bolso naquela manhã, no fim de outubro, em que cheguei ao cais da Companhia Ferroviária, depois de passar a noite vagabundeando pelas ruas da prostituição e de ter adormecido no alpendre de casa (sobre as tábuas de madeira e não na rede, para não acordar Eloísa com o rangido que faziam as vigas quando alguém se deitava). Aquela não fora, devo confessar, uma noite fácil: depois da morte de Charlotte, os dias de dor mais intensa já haviam passado, ou davam a impressão de ter passado, e parecia de novo possível que uma certa normalidade, um luto normal e partilhado, se instalasse entre minha filha e eu; mas ao chegar em casa, depois de escurecer em Christophe Colomb, ouvi alguém cantarolar uma música tremendamente familiar, uma música que Charlotte costumava cantar em seus dias de maior alegria (aqueles dias em que ela não lamentava ter tomado a decisão de ficar no Panamá). Era uma melodia infantil cuja letra jamais fiquei sabendo, porque Charlotte não se lembrava dela; uma melodia que sempre me pareceu triste demais para seu intuito ostensivo de acalentar uma criança agitada. E quando meus passos foram atrás daquele som deparei, ao chegar ao quarto de Eloísa, com a imagem espantosa de minha mulher, que regressara do meio dos mortos e estava mais bela do que nunca, e levei um breve segundo para descobrir as feições de Eloísa por baixo da maquiagem, o corpo adolescente de Eloísa por baixo de um vestido comprido africano, o cabelo de Eloísa por baixo de um lenço verde africano: Eloísa brincando de se vestir com as roupas da mãe morta. Mal posso imaginar o desconcerto de minha menina quando me viu dar dois saltos na direção dela (talvez tenha tido a impressão de que eu fosse abraçá-la) e acertar seu rosto com uma bofetada que não foi forte demais, mas que foi suficientemente forte para que uma das pontas do lenço se desatasse e ficasse pendurada sobre seu ombro direito como uma mecha de cabelo fora do lugar.

  O calor já começava a se fazer sentir quando comecei a esperar, com o vento salino batendo de encontro ao peito, que atracasse o primeiro vapor norte-americano. Verificou-se que foi o *Yucatán*, chegando de Nova York. E lá estava eu, lamentando o sucedido com Eloísa, pensando sem querer pensar em Charlotte, respirando aquele ar morno enquanto os carregadores desciam para o porto os baús de jornais estrangeiros, quando desembarcou no cais o médico Manuel Amador. Antes eu não o tivesse visto, antes não tivesse prestado atenção nele, antes, já que prestara atenção, não tivesse sido capaz de deduzir o que deduzi.

O que eu deveria contar agora é doloroso. Quem haverá de culpar-me por olhar para outro lado, por tentar aplacar o sofrimento como vou fazer? Sim, já sei: eu deveria seguir a ordem cronológica dos acontecimentos, mas nada me proíbe de fazer um salto para o futuro imediato... Não mais de uma semana depois desse encontro casual com Manuel Amador (uma semana fatídica), eu estava a caminho de Londres. O que me proíbe esse jogo de mãos que esconde ou posterga os dias menos amáveis de minhas memórias? Com efeito, existe algum contrato que me obrigue a contá-los? Por acaso todo indivíduo não tem o direito de não fazer declarações que militem contra ele próprio? Afinal de contas, não seria a primeira vez que eu ocultaria, ou fingiria esquecer, esses fatos incômodos. Já falei de minha chegada a Londres e de meu encontro com Santiago Pérez Triana. Pois bem, a história que contei até aqui é a história que contei a Pérez Triana no decorrer daquela tarde de novembro de 1903. A história que contei a Pérez Triana chega até este ponto. Neste ponto se detém, neste ponto acaba. Nada me obrigava a contar o resto a ele, nada me sugeria que fazê-lo pudesse ser benéfico para mim. A história de que Pérez Triana tomou conhecimento acaba nesta linha, nesta palavra.

Santiago Pérez Triana ouviu minha história censurada ao longo do almoço, da sobremesa e de uma caminhada de quatro horas que nos levou do Regent's Park à Agulha de Cleópatra, atravessando Saint John's Wood e saindo para o Hyde Park e depois dando uma volta curiosa para ver as pessoas que se arriscavam a patinar nas margens do Serpentine. Essa foi a história; e Pérez Triana se interessou tanto por ela que no final daquela tarde, insistindo que os exilados eram todos irmãos, que tanto os expatriados voluntários como os desterrados forçados faziam parte da mesma espécie, me ofereceu hospedagem em sua casa por tempo indeterminado: disse que eu poderia ajudá-lo nas tarefas de secretário enquanto tratava de dar a partida em minha vida em Londres, embora tenha evitado explicar-me as tarefas de que me incumbiria. Em seguida me acompanhou ao Trenton's, onde pagou pela noite que eu havia passado no hotel e também pela noite que estava começando. "Descanse bem", disse-me, "organize suas coisas, que eu tenho de organizar as minhas. Infelizmente, nem minha casa nem minha mulher estão em condições de receber um inquilino de maneira tão abrupta. Tomarei as providências necessárias para que alguém venha buscar seus objetos pessoais. Isso acontecerá no fim da manhã. E o senhor, querido amigo, espero-o às cinco em ponto da tarde. A essa altura já terei preparado o que tiver de preparar. E o senhor irá se incorporar a meu lar como se tivesse crescido nele.

    O que aconteceu antes das cinco da tarde do dia seguinte não tem a menor importância: o mundo não existia antes das cinco da tarde. Chegada ao hotel em meio à névoa noturna. Esgotamento emocional: onze horas de sono. Despertar pausado. Almoço atrasado e leve. Saída, ônibus, Baker Street, parque já a ponto de ser iluminado pela luz gasosa das lanternas. Um casal caminha de braços entrelaçados. Começou a chuviscar.

    Às cinco da tarde eu estava diante do número 45 da Avenue Road. Fui recebido pela governanta; ela não falou comigo e não consegui saber se também era colombiana. Tive de esperar meia hora até que meu anfitrião descesse para me receber. Imagino o que ele terá visto naquele momento: um homem um pouco mais baixo do que ele, mas do qual o separavam vários níveis de hierarquia – ele, um exemplar famoso da classe dirigente colombiana; eu, um sem-casta –, sentado em sua cadeira de leitura, com um chapéu redondo sobre as pernas e um exemplar de seu livro, *De Botogá al Atlántico*, na mão. Pérez Triana viu-me ler sem óculos de nenhum tipo e me disse que me invejava. Eu vestia... O que eu estava vestindo naquele dia? Estava vestido como um jovem: camisa de colarinho baixo, botas tão lustrosas que a luz da rua desenhava uma linha prateada sobre o couro, laço exagerado e pomposo na gravata. Naquela época eu deixara crescer uma barba rala e ainda loura, mais escura nas costeletas e no queixo, quase invisível sobre as bochechas volumosas. Ao ver Pérez Triana chegar, levantei-me num salto e devolvi o livro à pilha de três que havia sobre a mesinha, desculpando-me por tê-lo apanhado. "É para isso que ele está aí", disse o homem. "Mas será preciso substituí-lo por algo mais novo, não é mesmo? O senhor leu o último do Boylesve, o do George Gissing?" Não esperou por minha resposta: continuou falando como se estivesse sozinho. "É, será preciso: não posso infligir minhas bobagens de escritor aficionado a toda visita que aparece, quanto mais quando essas bobagens já têm vários meses de perpetradas." E assim, com a suavidade com que se acompanha um convalescente, ele me tomou pelo braço e me conduziu até outro salão, menor, no fundo da casa. De pé junto à estante de livros um homem de pele curtida, bigode em ponta e barba espessa e escura examinava as lombadas de couro com a mão esquerda enfiada no bolso da jaqueta quadriculada. Virou-se ao ouvir-nos entrar, estendeu a mão direita para mim, e no aperto que me deu senti a pele calejada da mão experiente, a firmeza daquela mão que conhecia igualmente a elegância da caligrafia e oitenta e nove maneiras diferentes de dar um nó numa corda, e senti que o contato de nossas duas mãos era como a colisão de dois planetas.

"Meu nome é Joseph Conrad", apresentou-se o homem. "Eu gostaria de lhe fazer algumas perguntas."

IX
As confissões de José Altamirano

Falei. E se falei. Falei sem parar, desesperadamente: contei-lhe tudo, toda a história de meu país, toda a história de sua gente violenta e de suas pacíficas vítimas (a história, digo, de suas convulsões). Naquela noite de novembro de 1903, enquanto as temperaturas caíam violentamente em Regent's Park e as árvores obedeciam às tendências alopécicas do outono, e enquanto Santiago Pérez Triana nos observava, com uma xícara de chá na mão – o vapor embaçava as lentes de seus óculos toda vez que ele aproximava o rosto para beber –, maravilhado com os acasos que o haviam tornado testemunha daquele encontro, naquela noite, como eu ia dizendo, não houve quem me fizesse calar. Foi ali que fiquei sabendo qual era meu lugar no mundo. O salão de Santiago Pérez Triana, um lugar feito dos restos acumulados da política colombiana, de seus jogos e suas deslealdades, de sua infinita e nunca bem ponderada crueldade, foi o cenário de minha epifania.

Leitores do Júri, Eloísa querida: em algum instante impreciso daquela noite de outono, a figura de Joseph Conrad – um homem que faz perguntas e que utilizará minhas respostas para escrever a história da Colômbia, ou a história de Costaguana, ou a história de Colômbia-Costaguana ou de Costaguana-Colômbia – começou a adquirir para mim uma importância imprevista. Muitas vezes tratei de localizar aquele momento na cronologia de minha própria vida, e muito me agradaria utilizar, para deixar constância dele, uma de minhas solenes frases de Partícipe dos Grandes Acontecimentos: "Enquanto na Rússia o Partido dos Trabalhadores se dividia entre bolcheviques e mencheviques, em Londres eu abria o coração para um escritor polonês". Ou então: "Cuba arrendava aos Estados Unidos a base de Guantânamo, e no mesmo momento José Altamirano entregava a Joseph Conrad a história da Colômbia". Mas não posso fazer isso. É impossível escrever essas frases porque eu não sei em que momento abri meu coração a ele, nem quando lhe entreguei a história de minha República. Enquanto eram servidos os biscoitos bogotanos feitos pela empregada de Pérez Triana? Talvez sim e talvez não. Enquanto começava a cair uma neve derretida pusilânime sobre a entrada da casa e o céu londrino se preparava para arremessar a primeira nevasca sobre todos os vivos e os mortos? Não sei, sou incapaz de dizê-lo. Mas isso não importa; o que importa é a intuição que tive. Que foi esta: ali, no número 45 da Avenue Road, sob os auspícios de Santiago Pérez Triana, eu responderia às perguntas de Conrad, saciaria sua curiosidade, lhe contaria tudo o que sabia, tudo o que vira e tudo o que fizera, e em troca ele (com fidelidade, com nobreza) contaria minha vida. E depois... depois aconteceriam as coisas que acontecem quando a vida da gente é escrita com letras douradas sobre o tabuleiro do destino.

"A história me absolverá", pensei ou acredito ter pensado (a frase não era original). Mas na verdade eu queria dizer: "Joseph Conrad, me absolva". Porque estava nas mãos dele. Estava nas mãos dele.

E agora, por fim, chegou o momento. Não tem sentido postergá-lo: preciso falar daquelas culpas. "Eu poderia lhes contar episódios do movimento separatista que os deixariam de queixo caído", diz um personagem do conradiano *Livro do Caralho*. Pois bem, também posso fazer isso, também eu tenho a intenção de fazê-lo. De modo que volto à imagem do *Yucatán*. Volto a Manuel Amador.

Eu o conhecera, juntamente com meu pai, nos banquetes que Cidade do Panamá oferecera anos antes a Ferdinand de Lesseps. Que idade teria don Manuel Amador? Setenta? Setenta e cinco? O que andara fazendo em Nova York aquele homem conhecido por detestar viagens? Por que ninguém viera recebê-lo? Por que estava com tanta pressa e tão pouco inclinado a falar, por que parecia tenso, por que estava decidido a tomar o primeiro trem que saísse para Cidade do Panamá? Então me dei conta de que ele não estava sozinho: uma pessoa viera recebê-lo, e inclusive subira a bordo do *Yucatán* para acompanhá-lo no desembarque (em atenção a sua idade, sem dúvida). Era Herbert Prescott, segundo superintendente da Companhia Ferroviária. Prescott trabalhava nos escritórios da ferrovia em Cidade do Panamá, mas não me pareceu estranho que tivesse atravessado o Istmo para vir buscar um velho amigo; Prescott, aliás, me conhecia bem (durante vários anos meu pai fora o principal propagandista da Companhia), e mesmo assim passou de largo quando me aproximei para cumprimentar Manuel Amador. Mas não lhe dei maior importância; concentrei-me no médico. Vi-o tão abatido que meu impulso foi estender a mão para ajudá-lo com uma maleta que me parecia pesada; mas Amador afastou a maleta com um movimento rápido do braço e não insisti. Só muitos anos depois compreendi o que se passara naquele dia, no cais da Companhia. Tive de esperar muito tempo para examinar o conteúdo histórico daquela maleta, mas em compensação só precisei de uns poucos dias para compreender o que estava acontecendo em minha cidade esquizofrênica.

Há bons leitores e maus leitores da realidade: há homens mais capazes de ouvir o murmúrio secreto dos fatos do que outros... Desde que o vi fugir do cais da Companhia, nem por um instante parei de pensar no médico Amador. Seus nervos haviam sido um fato claramente legível; bem como sua pressa para chegar a Cidade do Panamá; bem como a companhia de Herbert Prescott, que poucos dias depois (no dia 31 de outubro ou no 1º de novembro, não sei ao certo) voltaria brevemente, acompanhado de quatro maquinistas, para levar para Cidade do Panamá todos os trens que houvesse disponíveis na estação de Colón. Todo mundo viu quando os trens partiram vazios; mas ninguém acreditou nem por um instante que não se tratasse de um procedimento rotineiro de manutenção. De toda maneira, os gringos sempre haviam se destacado por comportar-se de maneiras bem mais curiosas, e suponho que até as testemunhas não se lembrassem mais do assunto em questão de um par de horas. Mas os trens haviam partido. Colón ficara sem trens.

No dia 2 de novembro, contudo, não me foi mais possível continuar ignorando a força dos fatos. Enquanto esperava no porto a chegada de meus jornais em algum vapor de passageiros, o que se apresentou no horizonte foi muito diferente: um canhoneiro de bandeira norte-americana. Era o *Nashville*, chegando de Kingston em tempo recorde e que ainda não se anunciara no porto de Colón (o *Nashville* ficou sendo mais um fato, um fato que fundeava inocentemente na baía, pronto para ser interpretado). Para mim, observador obsessivo, o texto da história se completou na madrugada seguinte: antes das primeiras luzes do alvorecer já eram visíveis do porto as luzes do *Cartagena*, vapor de guerra, e do *Alexander Bixio*, vapor mercante: ambos, evidentemente, tão colombianos quanto o Panamá. Antes do almoço – era um dia ensolarado, as águas tranquilas da baía Limón soltavam chispas pacíficas e eu havia planejado buscar Eloísa na escola e dividir uma mojarra com ela olhando os navios – verifiquei qual era sua carga. Não foi difícil ficar sabendo que aqueles dois navios, veteranos da Guerra dos Mil Cento e Vinte e Oito Dias, traziam para terras panamenhas quinhentos soldados do Governo sob o comando dos generais Juan B. Tovar e Ramón Amaya.

Não falei nada a Eloísa. Antes de ir para a cama eu já associara a presença abrupta e quase clandestina dos quinhentos soldados aos trens que Prescott levara para Cidade do Panamá. E antes do amanhecer fui despertado pela certeza de que naquele mesmo dia, em Cidade do Panamá, ocorreria uma revolução. Antes do anoitecer, pensei, o Istmo panamenho – o lugar onde meu pai vivera seu apogeu e sua decadência, o lugar onde eu conhecera meu pai, me apaixonara e tivera uma filha –, antes do anoitecer, como eu dizia, o Istmo teria declarado sua independência da Colômbia. A ideia de um mapa partido me impressionou, é claro, assim como me impressionou a previsão do sangue e dos mortos que toda revolução traz consigo... Não passava das sete da manhã quando enfiei uma camisa de algodão, pus um chapéu de feltro na cabeça e saí andando na direção da Companhia Ferroviária. Confesso: minhas intenções não estavam muito claras para mim, se é que em minha cabeça havia algo tão complexo quanto uma intenção. Mas sabia que naquele momento não havia no mundo inteiro melhor lugar que os escritórios da Companhia, não havia um lugar onde eu tivesse preferido estar naquela manhã de novembro.

    Quando cheguei aos escritórios – aquele edifício de pedra que mais parecia um cárcere dos tempos coloniais –, encontrei-os desertos. O que, ademais, era lógico: se não havia trens na estação terminal, não havia por que haver maquinistas ou operários ou cobradores de nenhum tipo, nem tampouco clientes. Mas não me retirei, não fui atrás de ninguém, porque de alguma maneira obscura eu intuíra que naquele lugar aconteceria alguma coisa, que aquelas paredes estavam marcadas pelo Anjo da História. Nessas cavilações absurdas estava eu quando entraram por baixo do arco de pedra três personagens: os generais Tovar e Amaya caminhavam lado a lado, com o passo quase sincronizado, e o uniforme que envergavam parecia a ponto de sucumbir sob o peso dos cintos, dos alamares, das condecorações e da espada. O terceiro homem era o coronel James Shaler, superintendente da Companhia Ferroviária, um dos norte-americanos mais queridos e respeitados de todo o Istmo e velho conhecido de meu pai. A julgar por seu cumprimento, entre preocupado e afetuoso, ficou claro que o coronel Shaler não esperava encontrar-me ali. Mas eu não estava disposto a me retirar: ignorei as indiretas e as evasivas e cheguei ao extremo de levar uma mão à testa para saudar os generais governistas. Nesse exato momento começou, do outro lado do prédio, o tamborilar do telégrafo. Não sei se já comentei: o telégrafo da Companhia Ferroviária era o único meio de comunicação entre Colón e Cidade do Panamá. O coronel Shaler não teve outro jeito senão atender à mensagem entrante. A contragosto, deixou-me sozinho com os generais. Estávamos no vestíbulo do prédio, mal e mal protegidos do calor assassino que pouco depois das oito da manhã já começava a entrar pela porta ampla. Nenhum dos três abriu a boca: temíamos, todos, revelar demais. Os generais estavam com aquelas sobrancelhas erguidas dos militares quando desconfiam que algum vendedor está tentando enganá-los. E foi nesse momento que eu compreendi.

    Compreendi que o coronel James Shaler e o segundo superintendente Herbert Prescott eram da parte dos conspiradores;

compreendi que o médico Manuel Amador era um de seus líderes. Compreendi que os conspiradores haviam tido notícia da chegada iminente de tropas governistas a bordo do *Cartagena* e do *Alexander Bixio*, e compreendi que haviam pedido ajuda (não soube a quem), e a chegada inesperada do canhoneiro *Nashville* era essa ajuda, ou parte dessa ajuda. Compreendi que o êxito ou o fracasso da revolução que começava naquele momento em Cidade do Panamá dependia de que os quinhentos soldados do batalhão de Atiradores, sob o comando dos generais Tovar e Amaya, conseguissem embarcar num trem e atravessar o Istmo para sufocá-la antes que fosse tarde demais, e compreendi que os conjurados de Cidade do Panamá também o haviam compreendido. Compreendi que Herbert Prescott havia transferido os trens desocupados para fora de Colón pela mesma razão pela qual agora, depois de receber um telegrama cujo conteúdo não me era difícil imaginar, o coronel Shaler tentava convencer Tovar e Amaya a embarcarem sozinhos, sem suas tropas, no único trem disponível, e viajarem tranquilos para Cidade do Panamá. "Suas tropas os alcançarão tão logo eu consiga um trem, prometo", dizia o coronel Shaler ao general Tovar, "mas enquanto isso, com esse calor, não tem sentido os senhores ficarem aqui." Sim, foi isso o que o coronel Shaler disse ao general Tovar. E às nove e meia em ponto da manhã, quando os generais Tovar e Amaya caíram na armadilha e subiram no vagão pessoal do senhor superintendente, junto com seus quinze ajudantes, subalternos ou mensageiros, compreendi que ali, na estação da estrada de ferro, a história estava a ponto de consumar a separação do Istmo panamenho e ao mesmo tempo a desgraça, a profunda e irreparável desgraça, da República da Colômbia. Leitores do Júri, Eloísa querida, chegou o momento de minha confissão, entre orgulhosa e culpada: compreendi tudo aquilo, compreendi que uma palavra minha poderia delatar os conspiradores e evitar a revolução e, mesmo assim, guardei silêncio, guardei o silêncio mais silencioso que já guardara na vida, o mais daninho e o mais mal-intencionado. Porque a Colômbia destruíra minha vida; porque eu queria me vingar, me vingar do meu país e de sua história interventora, déspota, assassina.

Tive, isso sim, mais de uma oportunidade de falar. Hoje preciso perguntar-me: o general Tovar teria me dado crédito se eu, um completo desconhecido, tivesse lhe dito que a escassez de trens era uma estratégia revolucionária, que eram falsas as promessas de enviar o batalhão nos trens seguintes e que ao separar-se de seus quinhentos homens o general estava se submetendo à revolução e perdendo o Istmo por pura ingenuidade? Será que ele teria acreditado em minhas palavras? Pois bem, a pergunta é meramente retórica, pois nunca tive a intenção de dizer alguma coisa ao general. E me lembro do momento em que os vi a todos (o general Tovar, o general Amaya e seus homens) sentados nos luxuosos vagões do coronel Shaler, felizes com o tratamento privilegiado que lhes estavam dando, recebendo sucos de cortesia e pratos de papaia picada enquanto esperavam a hora da partida, satisfeitos enfim de ter obtido o respeito dos norte-americanos. Queridos leitores, não foi por cinismo nem por sadismo nem por simples egoísmo que eu subi no vagão e fiz questão de apertar a mão dos dois generais governistas. Movia-me algo menos compreensível e decididamente menos explicável: a proximidade do Grande Acontecimento e, claro, *minha participação nele*, meu papel silencioso na independência do Panamá, ou, para ser mais preciso e também mais honesto, na desgraça da Colômbia. Voltar a ter a possibilidade e mesmo a horrível tentação de falar, e mesmo assim não fazê-lo: meu destino histórico e político se reduziu naquele momento, e ficaria reduzido para sempre, àquele delicado, catastrófico e, sobretudo, vingativo silêncio.

O trem particular do coronel James Shaler começou a cuspir fumaça segundos depois. A sirene soltou um par de apitos afônicos; eu ainda estava a bordo, maravilhado com as ironias cósmicas de que era vítima, quando a paisagem da janela começou a mover-se para trás. Despedi-me correndo, desejei boa sorte aos generais e desci com um salto para a Calle del Frente. O vagão começou a levar os generais; atrás, agitando no ar o lenço mais hipócrita da história humana, ficou o coronel Shaler. Posicionei-me a seu lado e então ambos nos dedicamos àquela curiosa tarefa revolucionária: despedir um trem. A porta traseira do vagão foi ficando cada vez menor, até que sobre os trilhos ficou apenas um ponto negro, depois uma nuvem de fumaça cinza, e por último nem isso: as linhas de ferro convergindo irredutíveis, decididas, no horizonte verde. Sem olhar para mim, como se não estivesse falando comigo, o coronel Shaler me disse: "Me falaram muito do seu pai, Altamirano".

"Sim, meu coronel."

"É uma pena o que aconteceu com ele, porque o homem estava do lado certo. Estamos passando por tempos complexos. Além disso, eu de jornalismo não entendo grande coisa."

"Sim, meu coronel."

"Ele queria o que todos nós queremos. Queria o progresso."

"Sim, meu coronel."

"Se tivesse vivido para ver a Independência, suas simpatias teriam estado com ela."

Fiquei grato por ele não tentar inventar histórias, nem meias verdades, nem estratégias de ocultamento. Fiquei grato por ele respeitar meus talentos (meus talentos de leitor fático, de intérprete da realidade imediata). Disse-lhe:

"Suas simpatias teriam estado com quem construísse o Canal, meu coronel."

"Altamirano", disse Shaler, "posso lhe fazer uma pergunta?"

"Faça, meu coronel."

"O senhor sabe que isto é sério, não é mesmo?"

"Não estou entendendo."

"O senhor sabe que as pessoas estão arriscando a vida, não é mesmo?"

Não respondi.

"Serei mais simples. Ou bem o senhor está conosco, com a Independência e o progresso, ou bem está contra nós. Seria ótimo se pudesse se decidir desde já. Esta sua Colômbia é um país atrasado..."

"Não é minha Colômbia, meu coronel."

"O senhor acha justo que a Colômbia mantenha todo mundo no atraso? Acha justo que todas essas pessoas sejam obrigadas a se ferrar só porque esse Congresso de ladrões não conseguiu tirar proveito do Canal?"

"Não acho justo, meu coronel."
"Concorda que não é justo?"
"Concordo que não é justo."
"Ótimo. Fico feliz por estarmos de acordo nesse assunto, Altamirano. Seu pai era um bom homem. Ele teria feito qualquer coisa para ver esse Canal. *Mark my words*, Altamirano, *mark my words*: O Canal será feito, e nós é que vamos fazê-lo."
"Os senhores é que vão fazê-lo, meu coronel."
"Mas para isso precisamos de sua ajuda. Os patriotas, ou melhor, os heróis de Cidade do Panamá precisam de sua ajuda. O senhor vai nos ajudar, Altamirano? Podemos ou não podemos contar com o senhor?"

Acho que minha cabeça se moveu. Acho que assentiu. Em todo caso, na voz e no rosto de Shaler estava refletida a satisfação produzida por meu consentimento, e no fundo de minha cabeça saciava-se a sede de vingança, o órgão dos baixos instintos ficava novamente satisfeito.

Uma mula velha e cansada passou puxando uma carreta. Na parte de trás ia sentado um garoto de cara suja, pernas penduradas, pés descalços. Acenou para nós. Mas o coronel Shaler não o viu, porque já se afastara.

E depois daquilo, não houve como voltar atrás. O coronel Shaler devia ter poderes mágicos, porque com aquelas poucas palavras me magnetizou, me transformou num satélite. Durante as horas que se seguiram vi-me tocado, muito a contragosto, pelas águas da revolução, e não havia nada que pudesse fazer a respeito. Minha vontade, tenho a sensação de lembrar-me agora, não teve maior participação no assunto: o redemoinho – ou melhor, a voragem – dos fatos me envolveu sem apelação, e comecei a perguntar-me que mecanismos utilizaria a Górgone da Política daquela vez para fazer-me entrar em sua jurisdição. Os generais ingênuos avançaram para Cidade do Panamá; em Colón ficou o batalhão Tiradentes, sob o comando do coronel Eliseo Torres, homenzinho de voz insolente que continuava com cara de criança apesar do bigode que sombreava os dois lados de sua boca de cobra. Leitores do Júri: permitam-me que lhes mostre o som, suave mas nem por isso menos notório, da revolução menos ruidosa da história da humanidade, uma marcha cadenciada pelo ritmo inevitável do relógio. E os senhores haverão de ser testemunhas dessa maquinaria insuportável.

Às 9h35 da manhã daquele 3 de novembro, Herbert Prescott recebe, em Cidade do Panamá, o telegrama que diz GENERAIS PARTIRAM SEM BATALHÃO STOP CHEGARÃO ONZE AM STOP AGIR COMO PREVISTO. Às 10h30 o médico Manuel Amador visita os liberais Carlos Mendoza e Eusebio Morales, encarregados respectivamente de redigir a Ata de Independência e o Manifesto da Junta de Governo Provisório. 11h: os generais Tovar e Amaya são recebidos com profusas e cordiais saudações por Domingo Díaz, governador da província, e sete cidadãos ilustres. Às 15h o general Tovar recebe uma carta que o aconselha a não confiar em ninguém. Aumentam os boatos de reuniões revolucionárias em Cidade do Panamá, e o general se dirige ao governador Díaz para pedir-lhe que ordene aos superintendentes da ferrovia que transfiram imediatamente o batalhão de Atiradores para Cidade do Panamá. 15h15: Tovar recebe a resposta a sua solicitação. De Colón, o coronel James Shaler se recusa a permitir que seus trens sejam utilizados para transportar o batalhão de Atiradores, sob o argumento de que o Governo deve quantias elevadas de dinheiro à Companhia Ferroviária. Tovar, homem de fino olfato embora quiçá tardio, começa a farejar alguma coisa estranha e se dirige ao quartel Chiriquí, sede da Guarda Nacional, para discutir detalhadamente a situação com o general Esteban Huertas, chefe daquela guarda.

Às 17h os generais Tovar, Amaya e Huertas estão sentados em bancos de pinho localizados do lado de fora do quartel, a poucos passos da porta de carvalho. Tovar e Amaya, preocupados com os boatos, começam a discutir as soluções militares passíveis de serem levadas a cabo sem o apoio do batalhão de Atiradores, refém das dívidas. Nisso, Huertas se levanta e se retira com uma desculpa. Os generais não desconfiam de nada. De repente um pequeno contingente de oito soldados armados de fuzis Grass aparece no cenário. Os generais não desconfiam de nada. No quartel, enquanto isso, Huertas se dirige ao capitão Marco Salazar e lhe ordena que detenha os generais Tovar e Amaya. Salazar, por sua vez, ordena aos soldados que efetivem a detenção. Os generais começam a desconfiar. E nesse momento os oito fuzis Grass giram no ar e apontam para a cabeça de Tovar e Amaya. "Tenho a impressão de que alguma coisa vai mal", diz Tovar, ou talvez Amaya. "Traidores! Vendilhões da pátria!" grita Amaya, ou quem sabe Tovar. De acordo com algumas versões, é nesse momento que ambos dizem em coro: "Bem que eu estava desconfiando".

Às 18h05: a manifestação revolucionária começa a ocupar as ruas de Cidade do Panamá. Escutam-se gritos coletivos: "Viva o Panamá livre! Viva o general Huertas! Viva o presidente Roosevelt!". E principalmente: "Viva o Canal!". Os militares governistas, assustados, carregam suas armas. Um deles, o general Francisco de Paula Castro, é descoberto escondido num banheiro malcheiroso. Tem as calças bem na cintura e todos os botões do uniforme bem acomodados em suas casas, de modo que a desculpa apresentada (que fazia referência a certos desarranjos intestinais) perde a validade e, com tudo isso, coisas da linguagem, o mencionado Francisco passaria à história como o general Que Se Cagou De Susto. 20h07: o coronel Jorge Martínez, no comando do cruzador *Bogotá*, fundeado na baía da cidade revolucionária, recebe as notícias do que se passou em terra e manda ao médico Manuel Amador, líder dos insurrectos, a seguinte mensagem: "Ou me entregam os generais ou bombardeio Cidade do Panamá". Amador, emocionado com a revolução, perde a compostura e responde: "Faça o que lhe sair dos colhões". 20h38: o coronel Martínez examina os próprios colhões e vê que estão cheios de balas de quinze libras. Aproxima-se de terra, carrega o canhão e dispara nove vezes. A bala de número um cai no bairro El Chorrillo, atingindo Sun Hao Wah (chinês, morto com o impacto) e caindo a poucos metros de Octavio Preciado (panamenho, morto de infarto provocado pelo susto). A bala de número dois destrói a casa de Ignacio Molino (panamenho, ausente naquele momento) e a de número três atinge um edifício da Rua 12 Oeste, matando

Babieca (panamenho, cavalo percherão). As balas compreendidas entre a de número quatro e a de número nove não causam dano algum.

Às 21h01: A Junta Revolucionária, reunida no Hotel Central de Cidade do Panamá, apresenta a bandeira da próxima República. Foi desenhada pelo filho do médico Manuel Amador (aplausos) e confeccionada pela mulher do médico Manuel Amador (aplausos e olhares de admiração). 21h03: explicação da simbologia. O quadrado vermelho representa o Partido Liberal. O quadrado azul representa o Partido Conservador. As estrelas, bem, as estrelas representam, digamos, a paz entre os partidos, ou a concórdia eterna na nova República, ou alguma outra coisa bonita, será preciso ver, combinar, quem sabe submeter o assunto a votação. 21h33: o médico Manuel Amador revela para os que não sabem sua viagem a Nova York em busca de apoio norte-americano para a secessão panamenha. Fala de um francês, um tal Philippe Bunau-Varilla, que o assessorou em todos os detalhes práticos da revolução, e que inclusive lhe proporcionou uma maleta com o seguinte conteúdo: uma proclamação de independência, um modelo de constituição política para países novos e algumas instruções militares. O público aplaude com admiração. É que os franceses, sim, sabem fazer as coisas, caralho. 21h45: a Junta Revolucionária propõe que se envie um telegrama a sua excelência o Presidente dos Estados Unidos com o seguinte texto: MOVIMENTO SEPARAÇÃO PANAMÁ COLÔMBIA ESPERA RECONHECIMENTO SEU GOVERNO PARA NOSSA CAUSA.

Mas as alegrias do grupo conspirador eram prematuras. A revolução não estava consumada. Para tanto faltava minha intervenção, que foi lateral e supérflua e sem dúvida prescindível, como também o fora meu silêncio traidor, e mesmo assim me marcou para sempre, me contaminou como o cólera contamina a água. Foi o momento em que meu país crucificado (ou quem sabe tenha sido o novo país ressurrecto?) me escolheu para seu evangelista.

"Darás testemunho", disse-me. É o que faço.

O dia 4 de novembro amanheceu nublado. Saí antes das sete da manhã sem me despedir de você, Eloísa querida, que dormia deitada de costas; aproximei-me para lhe dar um beijo na testa e vi em seu cabelo suado, nas mechas coladas à pele branca de seu pescoço, o primeiro sinal do calor úmido que haveria de torturar-nos ao longo de todo aquele dia. Depois eu ficaria sabendo que naquele exato instante o coronel Eliseo Torres, comandante-interino do batalhão de Atiradores, urinava debaixo de um castanheiro, e foi ali, enquanto ele se apoiava com a mão no tronco, que tomou conhecimento da detenção dos generais em Cidade do Panamá. Dirigiu-se imediatamente aos escritórios da Companhia Ferroviária; indignado, exigiu que o coronel Shaler lhe arrumasse um trem para atravessar o Istmo com o batalhão de Atiradores. O coronel Shaler teria podido invocar o tratado Mallarino-Bidlack – como efetivamente foi feito mais adiante – e sua obrigação, consagrada naquele texto, de manter a neutralidade em todo conflito político, mas não o fez. Como única resposta, disse que o Governo ainda não lhe pagara o dinheiro que lhe devia, e além disso, para ser sincero, o coronel Shaler não gostava que falassem com ele naquele tom. "Sinto muito, mas não posso ajudá-lo", disse o coronel Shaler ao mesmo tempo em que eu me inclinava para beijar minha menina (procurando não despertá-la), e não é impossível que ao fazê-lo tenha pensado em Charlotte e na felicidade que nos fora arrebatada pela guerra colombiana. Eloísa querida, me aproximei de sua boca e senti o odor de seu hálito e me compadeci de sua orfandade e me perguntei se sua orfandade de alguma maneira obscura era culpa minha. Todos os fatos, isso eu aprendi com o tempo – a letra com sangue entra –, estão conectados: tudo é consequência de todo o resto.

    O telefone tocou às sete horas nos escritórios da Companhia. Enquanto eu caminhava devagar pelas ruas de Christophe Colomb, sem me apressar, respirando o ar carregado da manhã e perguntando-me que aspecto teria minha cidade esquizofrênica no dia seguinte ao do início da revolução, da estação de Cidade do Panamá três dos conspiradores se comunicavam com o coronel Eliseo Torres para sugerir-lhe que abandonasse as armas.

"Renda-se à revolução, mas também à evidência", disse-lhe um deles, não sem engenho. "A opressão do Governo central foi derrotada." Mas o coronel Torres não estava disposto a ceder às pretensões dos separatistas. Ameaçou atacar Cidade do Panamá; ameaçou queimar Colón como a queimara Pedro Prestán. José Agustín Arango, que naquele momento era a voz dos conspiradores, informou-o de que Cidade do Panamá já empreendera sua caminhada para a liberdade e não temia o confronto. "Sua agressão será repelida com a força de uma causa justa", disse-lhe (os colombianos sempre foram bons para as grandes-frases-do-momento-certo). O telefonema terminou abruptamente, com o coronel Eliseo Torres jogando o telefone com tanta força que lascou a madeira da mesa. O eco da pancada retumbou entre as paredes altas da Companhia e chegou até meus ouvidos (eu estava no porto, a uns vinte metros da porta da Companhia), mas eu não soube, não tinha como saber, do que se tratava. Será que cheguei a me perguntar o que era o barulho? Acho que não; acho que naquele momento estava distraído ou antes absorto com a cor que o Caribe adquire nos dias de céu encoberto. Baía Limón não fazia parte do imenso Atlântico, era um espelho cinza-esverdeado, e sobre aquele espelho flutuava, ao longe, a silhueta de brinquedo do encouraçado *Nashville*. Só se ouviam as gaivotas, só se ouvia o chape-chape da água contra o cais e os molhes desertos.

Colón parecia uma cidade sitiada. E de certa maneira estava mesmo sitiada, claro, e continuaria estando enquanto os soldados do batalhão de Atiradores continuassem patrulhando as ruas enlameadas. Além disso, os revolucionários de Cidade do Panamá estavam bem conscientes de que a independência era uma ilusão enquanto as tropas governistas permanecessem em território ístmico, e esse era o motivo dos telefonemas e dos telegramas frenéticos que iam e vinham entre as duas cidades. "Enquanto Torres continuar em Colón", disse José Agustín Arango ao coronel Shaler, "não existe república no Panamá." Ali pelas sete e meia, enquanto eu me aproximava despreocupado de um vendedor de bananas, Arango ditava, em Cidade do Panamá, uma mensagem telegráfica para Porfirio Meléndez, líder da revo-

lução independentista em Colón. Perguntei ao camponês se ele sabia o que estava acontecendo no Istmo e ele fez que não com a cabeça. "O Panamá está se separando da Colômbia", falei. Era um homem de pele calcárea e voz gasta, e seu hálito podre me atingiu numa lufada densa:
"Faz cinquenta anos que eu vendo fruta na estrada de ferro, patrão", disse ele. "Enquanto houver gringo com grana, para mim o resto dá no mesmo."

A poucos metros de nós, Porfirio Meléndez recebia este telegrama: ASSIM QUE CORONEL TORRES E BATALHÃO ATIRADORES SAÍREM COLÓN PROCLAME-SE REPÚBLICA DO PANAMÁ. No interior da Companhia Ferroviária o ar se enchia de campainhas e tamborilados e vozes tensas e pés na madeira do assoalho. José Gabriel Duque, dono e diretor do Star & Herald, entregara mil dólares em espécie para serem utilizados no capítulo colonense da revolução, e Porfirio Meléndez os recebera pouco antes de que o seguinte texto abrisse caminho nas máquinas da Companhia: CONTACTE CORONEL TORRES STOP INFORME JUNTA REVOLUCIONÁRIA OFERECE DINHEIRO PARA TROPA E PASSAGENS DESTINO BARRANQUILLA STOP CONDIÇÃO ÚNICA ABANDONO COMPLETO ARMAS E JURAMENTO NÃO RETOMAR LUTA ARMADA.

"Ele nunca vai aceitar", disse Meléndez. E tinha razão.

Torres montara seu acampamento em plena rua. A palavra *acampamento*, evidentemente, é um exagero para aquelas barracas de campanha armadas sobre os paralelepípedos quebrados ou removidos da Calle del Frente. Atravessando a rua vindos do 4th of July ou da casa de penhores de Maggs & Oates estavam os quinhentos soldados e, fato que causava ainda mais curiosidade, as mulheres das patentes mais elevadas. Essas saíam desde antes de o dia clarear e voltavam com uma panela cheia de água de rio; eram vistas conversando umas com as outras de pernas bem cruzadas por baixo das anáguas, rindo com uma mão diante da boca. Pois bem, àquele acampamento improvisado chegaram dois mensageiros de Porfirio Meléndez, dois rapazinhos de alpargatas e peito glabro que tiveram de fixar o olhar nas bostas esparsas para não fixá-lo nas mulheres dos militares. O coronel Eliseo Torres recebeu de suas pequenas mãos uma carta redigida às pressas em papel da Companhia Ferroviária. "A revolução panamenha deseja evitar inúteis derramamentos de sangue", leu o coronel Torres, "e com esse espírito de conciliação e próxima paz convida-os, respeitável coronel, à rendição de suas armas sem nenhum descrédito para a dignidade dos senhores."

O coronel Torres devolveu a carta aberta ao mais jovem dos mensageiros (a marca de seus dedos oleosos ficou impressa nas margens da página). "Digam a esse traidor que pode enfiar a revolução dele no cu", respondeu. Mas depois pensou melhor. "Não, esperem. Digam que eu, coronel Eliseo Torres, mando avisar que ele tem duas horas para soltar os generais presos em Cidade do Panamá. Que do contrário o batalhão de Atiradores não só queimará Colón como fuzilará sumariamente todos os gringos que encontrar, inclusive as mulheres e as crianças." Leitores do Júri: quando esse ultimato chegou à Companhia Ferroviária, quando o recado mais selvagem que ele já escutara na vida chegou aos ouvidos do coronel Shaler, eu já concluíra minha conversa com o vendedor de bananas, já concluíra meu passeio pelo porto, já vira o brilho fugidio dos peixes mortos que chegavam boiando de lado e encalhavam na praia, já cruzara a linha férrea pisando nos trilhos com o arco do pé e sentindo ao fazê-lo um prazer infantil, semelhante ao das crianças que chupam o dedo, e avançava para a Calle del Frente, respirando o ar da cidade deserta e sitiada, o ar dos dias que modificam a história.

O coronel James Shaler, de seu lado, convocara o sr. Jessie Hyatt, vice-cônsul norte-americano em Colón, e os dois estavam avaliando se as ameaças do coronel Torres mereciam credibilidade ou se eram os estertores de um afogado político. Não se tratava de uma decisão difícil (vinha à cabeça a imagem de crianças degoladas e mulheres estupradas pelos soldados colombianos). De modo que segundos depois, quando eu passei diante da fachada dos escritórios – ainda sem saber o que estava acontecendo neles –, o vice-cônsul Hyatt já dera a ordem e um secretário que não falava espanhol embora já estivesse no Panamá havia vinte e cinco meses estava subindo as escadas para agitar uma bandeira azul, branca e vermelha do terraço. Agora penso que se tivesse levantado a cabeça naquele momento teria podido vê-la. Mas isso não tem importância: a bandeira, prescindindo de meu testemunho, ondulou no ar úmido; e logo depois, enquanto o coronel Shaler ordenava que os cidadãos norte-americanos mais destacados fossem levados para a Freight House, o encouraçado *Nashville* atracava com grande clamor de caldeiras, com grandes deslocamentos de água caribenha, no porto de Colón, e setenta e cinco marines vestidos de branco impecável – botas até o joelho, fuzis cruzados sobre o peito – desembarcavam em perfeita ordem e ocupavam a Freight House, posicionando-se sobre os vagões de carga, sob o arco de entrada da ferrovia, prontos a defender os cidadãos norte-americanos de todo e qualquer ataque.

Do outro lado do Istmo houve reações instantâneas: ao tomar conhecimento daquele desembarque, o médico Manuel Amador reuniu-se com o general Esteban Huertas, o homem que detivera os generais, e os dois já se dispunham a mandar as tropas revolucionárias para Colón com a única missão de ajudar os *marines*. Ainda não eram nove horas da manhã e Colón-Aspinwall--Gomorra, aquela cidade esquizofrênica, já se transformara num rastilho prestes a explodir. Não explodiu às dez. Não explodiu às onze. Mas ao meio-dia e vinte, minutos mais, minutos menos, o coronel Eliseo Torres chegava à Calle del Frente e, ao toque da corneta, ordenava a formação em linha de batalha do batalhão de Atiradores. Dispunha-se a eliminar os *marines* do *Nashville*, a tomar pela força os poucos trens disponíveis na estação da Companhia e a atravessar o Istmo para esmagar a rebelião dos traidores da pátria.

O coronel Torres ficara surdo: o relógio, fiel a seus costumes, foi em frente em seu ritmo impertérrito; e por volta do meio-dia o general Alejandro Ortiz veio do quartel-general para procurar dissuadi-lo, e ele nem aí; à uma e meia o general Orondaste Martínez também tentou, mas Torres continuava instalado numa realidade paralela onde não chegavam nem a razão nem a prudência.

"Os gringos já estão sob proteção", disse-lhe o general Martínez.

"Pois sob a minha é que não estarão", disse Torres. "As mulheres e as crianças foram para bordo de um navio neutro fundeado na baía", disse Martínez. "O senhor está fazendo um papel ridículo, coronel Torres, e eu vim até aqui para evitar que sua reputação sofra danos ainda maiores." Martínez explicou que o *Nashville* armara os canhões e os mantinha apontados para o acampamento do batalhão de Atiradores. "O *Cartagena* saiu correndo feito um coelho, coronel", disse. "O senhor e seus homens ficaram sozinhos. Coronel Torres, faça o que é mais sensato, por favor. Interrompa essa formação ridícula, salve a vida de seus homens e permita que o convidemos para tomar um drinque no Hotel Suíço."

Aquelas negociações preliminares – levadas a cabo no calor pesado do meio-dia, num ambiente que parecia desidratar os soldados como frutas ao sol – levaram cento e cinco minutos. Nesse lapso, o coronel Torres aceitou um encontro na cúpula (na cúpula do Hotel Suíço, que ficava logo ali, do outro lado da Calle del Frente), e no restaurante do hotel tomou três sucos de papaia e comeu uma melancia em fatias, e ainda teve tempo de ameaçar o general Martínez de desfechar-lhe um tiro na cabeça por ser apátrida. Seu corneteiro de ordens, em compensação, não comeu nada, porque nada lhe ofereceram, e sua posição o impedia de falar sem que seu superior o permitisse. Então o general Alejandro Ortiz se integrou à comitiva. Expôs a situação ao coronel Torres: o batalhão de Atiradores estava acéfalo; os generais Tovar e Amaya continuariam presos em Cidade do Panamá, onde a revolução estava triunfando; toda resistência contra os independentistas era inútil, visto que implicava enfrentar também o exército dos Estados Unidos e os trezentos mil dólares que o Governo de Roosevelt injetara na causa da nova República; o coronel Torres podia escolher entre encarar a realidade dos fatos ou embarcar numa cruzada quixotesca que até seu próprio Governo dava por perdida. À altura do quarto suco de papaia, o coronel Torres começou a ceder; passadas as três da tarde aceitou reunir-se com o coronel James Shaler na Companhia Ferroviária, e antes das cinco aceitara retirar o batalhão de Atiradores (a pólvora do rastilho) da Calle del Frente e montar seu acampamento fora da cidade. O lugar escolhido foi o casario abandonado de Christophe Colomb, onde os únicos moradores eram um pai com sua filha.

Eloísa e eu estávamos tirando a sesta quando chegou o batalhão de Atiradores, e o escarcéu nos acordou ao mesmo tempo. Vimos quando eles entraram por nossa rua, quinhentos soldados de rosto sufocado pelo calor de suas jaquetas de lã, os pescoços inchados e tensos, o suor escorrendo pelas costeletas. Levavam os fuzis com desânimo (as baionetas apontando para o chão de terra) e suas botas se arrastavam como se cada passo fosse uma campanha inteira. Do outro lado do Istmo, os separatistas lançavam seu manifesto. O Istmo do Panamá fora governado pela Colômbia "dentro do critério estreito que em épocas já remotas as nações europeias aplicavam a suas colônias", em vista do quê decidia "recuperar sua soberania", "lavrar sua própria sorte" e "desempenhar o papel que lhe compete pela situação de seu território". Enquanto isso, nosso pequeno povoado fantasma foi tomado pelo rumor das cantimploras e das panelas, pelo tamborilar metálico das baionetas ao ser desmontadas e dos fuzis limpos com esmero. O casario onde vivera meu pai, onde haviam vivido Charlotte e o engenheiro Madinier, o lugar aonde a guerra civil colombiana chegara para matar Charlotte e ministrar-me ao mesmo tempo uma valiosa lição sobre a força dos Grandes Acontecimentos, agora tornava a ser cenário da história. O ar se impregnou do cheiro dos corpos sujos, de suas roupas que já acusavam o peso dos dias; os soldados mais pundonorosos se abrigavam debaixo dos pilotis para cagar escondidos, mas durante aquela tarde de novembro foi mais costumeiro vê-los dar a volta na casa, baixar as calças de frente para a rua, acomodar-se debaixo de uma palmeira e acocorar-se com o olhar desafiador. O cheiro da merda humana flutuou em Christophe Colomb com a mesma intensidade descarada com que anos antes flutuara o dos perfumes franceses.

"Até quando eles ficam?", perguntou Eloísa.

"Até serem expulsos pelos gringos", respondi.

"Estão armados", disse Eloísa.

De fato: o perigo não passara; o rastilho ainda não fora desativado. O coronel Eliseo Torres, desconfiando ou prevendo que aquela história toda – seu confinamento num bairro abandonado de casas velhas, que fazia limite com a baía por três de seus lados e com Colón pelo outro – não passava de uma emboscada, designara dez sentinelas para patrulhar o casario inteiro. De modo que naquela noite tivemos de suportar o barulho de seus passos de fera enjaulada, o barulho regular que passava diante de nosso alpendre. No decorrer daquela noite que Eloísa e eu passamos sitiados pelos militares colombianos, e mais longe um pouco pela revolução separatista, ocorreu-me pela primeira vez que talvez, apenas talvez, minha vida no Istmo chegara ao fim, que talvez minha vida, tal como eu a conhecia, deixara de existir. A Colômbia – ou sua conjunção diabólica de história e política – me tirara tudo; o último elemento de minha vida anterior, do que teria podido ser e não foi, era aquela mulher de dezessete anos que me olhava com expressão de espanto toda vez que do lado de fora nos chegava o grito de um soldado, um quem-vem-lá hostil e paranoico seguido de um tiro para cima, um tiro (imaginei que pensava como Eloísa) como aquele que assassinara sua mãe. "Estou com medo, papai", disse-me Eloísa. E naquela noite ela dormiu comigo, como quando era pequena. Mas acontece que minha Eloísa, apesar das formas que preenchiam sua camisola, era uma menina, Leitores do Júri, continuava sendo minha menina.

Leitores do Júri: passei a noite em claro. Fiquei conversando com a lembrança de Charlotte, perguntando-lhe o que devia fazer, mas não obtive resposta: a lembrança de Charlotte se tornara hermética e antipática, ela olhava para o outro lado ao ouvir minha voz, recusava-se a me aconselhar. O Panamá, enquanto isso, se mexia debaixo dos meus pés. Sobre o Panamá uma vez alguém dissera que era "carne da carne colombiana, sangue do colombiano sangue", e para mim foi impossível não pensar em minha Eloísa, que dormia a meu lado já sem medo (falsamente convencida de que eu seria capaz de protegê-la fosse do que fosse), ao relembrar a carne do Istmo que estava a ponto de ser amputada a poucos quilômetros de nossa cama partilhada. Você era carne da minha carne e sangue do meu sangue, Eloísa; nisso pensava eu enquanto me deitava de lado, a cabeça apoiada no cotovelo, e olhava você de perto, mais de perto do que já estivéramos desde que você era um bebê de colo, recém recuperada dos riscos de ser tão prematura... E acho que foi então que me dei conta.

Me dei conta de que você também era carne da carne de sua terra, me dei conta de que você pertencia a este país como um animal pertence a sua pequena paisagem (composta de certas cores, certas temperaturas, certas frutas ou presas). Você era colonense como eu nunca fui, Eloísa querida: seu jeito, seu sotaque, seus diferentes apetites me lembravam desse fato com a insistência e o fanatismo de uma religiosa. Cada um de seus movimentos me dizia: sou daqui. E ao ver você de perto, ao ver suas pálpebras vibrando como as asas de uma borboleta, pensei primeiro que tinha inveja de você, que invejava sua solidez instintiva – porque não fora uma decisão, porque você havia nascido com ela como se nasce com uma pinta ou um olho de outra cor –; depois, vendo a placidez com que você dormia naquela terra colonense que parecia se confundir com seu corpo, pensei que teria gostado de perguntar-lhe sobre seus sonhos, e por fim tornei a pensar em Charlotte, que nunca pertenceu a Colón nem à província do Panamá, muito menos à convulsionada República da Colômbia, o país que exterminara a família dela... E pensei no que acontecera no fundo do rio Chagres naquela tarde em que ela decidira que valia a pena continuar vivendo. Charlotte levara seu segredo para o túmulo, ou o túmulo viera buscá-la antes de ela ter tido tempo de revelá-lo, mas sempre fora razão de felicidade para mim (felicidade breve, secreta) pensar que tivera alguma coisa a ver com aquela profunda decisão das profundezas. Pensando nisso recostei a cabeça em seu peito, Eloísa, e senti o cheiro de sua axila nua, e me senti por um instante tão tranquilo, tão enganosa e artificialmente tranquilo que acabei por adormecer.

As manobras marciais que, segundo Eloísa, o batalhão Tiradentes efetuou na frente da nossa casa não me despertaram. Dormi sem sonhos, sem noção do tempo; e então a realidade panamenha entrou aos borbotões. Aí pelo meio-dia o coronel Shaler estava de pé no alpendre de minha casa, ao lado da rede que fora de meu pai, batendo na porta de tela com tanta força que teria sido capaz de arrancá-la dos gonzos. Antes de perguntar-me aonde fora Eloísa naquele dia excepcional em que todas as escolas estavam fechadas, senti o cheiro do cozido que ela estava preparando na cozinha. Mal tive tempo de calçar umas botas e vestir uma camisa decente para atender as visitas. Atrás de Shaler, a uma distância suficiente para não escutar suas palavras, vinha o coronel Eliseo Torres, devidamente acompanhado de seu corneteiro. Shaler me disse:

"Empreste-nos sua mesa, Altamirano, e sirva-nos um café, pelo amor de Deus. Não se arrependerá, juro. Nesta mesa se fará história."

Era uma mesa de carvalho maciço, de pernas torneadas e gavetas com argolas de ferro em cada um dos dois lados mais compridos. Shaler e Torres tomaram assento em lados opostos, cada um diante de uma gaveta, e eu ocupei a cabeceira que sempre ocupava; o corneteiro ficou em pé no alpendre, olhando para a rua ocupada pelos soldados do batalhão de Atiradores como se o batalhão continuasse esperando por um ataque traiçoeiro dos revolucionários ou dos *marines*. Estávamos assim sentados, e ainda não acabáramos de nos acomodar nas cadeiras pesadas quando o coronel Shaler pousou as duas mãos sobre a mesa, como duas gigantescas aranhas de rio, e começou a falar com a língua enrolada pela teimosia de seu sotaque mas com os poderes de persuasão de um hipnotizador.

"Honorável coronel Torres, permita-me que lhe fale com franqueza: sua causa está perdida."

"O que o senhor está dizendo?"

"A independência do Panamá é um fato."

Torres se ergueu num salto, levantou as sobrancelhas indignadas, tentou, sem convicção, um protesto: "Não vim aqui para...". Mas Shaler cortou seu impulso.

"Sente-se, homem, não diga bobagens", disse ao outro. "O senhor está aqui para ouvir ofertas. E eu tenho uma muito boa, coronel."

O coronel Torres tentou interrompê-lo – sua mão estava se erguendo, sua garganta soltava um ruído rouco –, mas Shaler, hipnotizador consumado, fazia-o calar-se com um olhar. Antes que o dia chegasse ao fim, explicou, apareceriam dois encouraçados na baía Limón, o *Dixie* e o *Maryland*, repletos até o topo dos mastros de *marines*. O *Cartagena* dera o fora antes que se configurasse a mais remota possibilidade de enfrentamento, e isso devia dar ao coronel Torres uma ideia da posição do Governo central. Por outro lado, ninguém podia declarar a independência enquanto o batalhão de Atiradores continuasse de corpo presente no Istmo, e o *Cartagena* era o único meio de transporte para o batalhão. "Mas hoje de manhã a situação se alterou, coronel Torres", disse Shaler. "Se o senhor for até o porto, verá ao longe um vapor fundeado com bandeira colombiana. É o *Orinoco*, um navio de passageiros." O coronel Shaler firmou suas aranhas sobre a madeira tingida da mesa de carvalho, dos dois lados de um café servido em porcelana francesa, e disse que o *Orinoco* zarparia rumo a Barranquilla às sete e meia da noite. "Coronel Torres: fui autorizado a oferecer--lhe um total de oito mil dólares de meu país se nesse momento o senhor e seu batalhão estiverem a bordo."

"Mas isso é suborno", disse Torres.

"Claro que não", disse Shaler. "Esse dinheiro é para repartir entre seus soldados, que fizeram por merecê-lo."

E nesse momento, como um figurante pontual numa obra de teatro – já sabemos, Leitores do Júri, quem era o angelical diretor da nossa –, apareceu no alpendre da minha casa Porfirio Meléndez, o agente dos revolucionários em Colón. Acompanhava-o um carregador da Freight House trazendo um baú nos ombros, como um garotinho (como se o carregador fosse um pai satisfeito, e o baú de couro, o filho que quer assistir ao desfile).

"É isso?", perguntou Shaler.

"É. É isso", disse Meléndez.

"O almoço já está quase pronto", disse Eloísa.

"Eu lhe aviso", falei-lhe.

O carregador soltou o baú sobre a mesa, e as xícaras pularam em seus pires, cuspindo restos de café e ameaçando quebrar-se. O coronel Shaler explicou que ali dentro havia oito mil dólares retirados dos cofres da Panama Railroad Company com garantia do Brandon Bank de Cidade do Panamá. O coronel Torres se levantou, andou até o alpendre e disse alguma coisa a seu corneteiro, que desapareceu no mesmo instante. Depois voltou para a mesa de negociações (a minha mesa da sala de jantar, que esperava um guisado e se via involuntariamente transformada em mesa de negociações). Não disse uma só palavra, mas Shaler o hipnotizador não precisava de palavra alguma naquele momento. Entendeu. Entendeu perfeitamente.

Porfírio Meléndez abriu o baú.

"Confira", disse ele a Torres. Mas Torres cruzara os braços e não se movia.

"Altamirano", disse Shaler, "o senhor é o anfitrião deste encontro. O senhor representa a neutralidade, o senhor é o juiz. Conte o dinheiro, por favor."

Leitores do Júri: o senso de humor do Anjo da História, esse excelso comediante, ficou comprovado pela enésima vez no dia 5 de novembro de 1903, entre a uma e as quatro da tarde, na casa Altamirano-Madinier do bairro de Christophe Colomb, futura República do Panamá. Durante aquelas horas eu, o evangelista da crucificação colombiana, dediquei-me a manusear uma quantidade de dólares norte-americanos superior à que jamais vira junta. O cheiro acre e metálico dos dólares grudou em minhas mãos, aquelas mãos ineptas que não estavam acostumadas a manipular o que estavam manipulando naquela tarde. Minhas mãos não sabem – nunca souberam – embaralhar as cartas do pôquer; pense o leitor como elas se sentiram diante do material que lhes coube daquela vez... Eloísa, que estava em pé sob o marco da porta da cozinha com uma colher de pau na mão, decidida a pedir-me que provasse o guisado, foi testemunha de minha atividade seminotarial. E alguma coisa aconteceu naquele momento, porque não fui capaz de olhá-la nos olhos. *Sou carne da carne colonense*. Eloísa não me lembrava isso de viva voz, mas não era necessário que o fizesse: ela não precisava pronunciar essas palavras para que eu as escutasse. *Sou sangue do sangue panamenho*.

Não partilhávamos isso, Eloísa querida, era isso que nos separava. Em meio à revolução que extinguiria o Panamá, dei-me conta de que você também poderia ver-se arrastada para longe de mim; o Istmo estava se desprendendo do continente e começava a se distanciar da Colômbia, flutuando no mar do Caribe como uma sampana abandonada, e levando consigo minha filha, minha filha que ficara adormecida lá dentro, debaixo de folhas de palmeira, sobre caixas de café cobertas com um couro de vaca como costumava cobri-las meu padrasto em épocas mais felizes, quando comerciava pelo rio Magdalena... Minhas mãos se mexiam recolhendo cédulas gastas e fazendo pilhas de moedas de prata, mas eu teria podido fazer uma pausa para dizer a ela que almoçasse sem mim, ou para que nos entendêssemos com um olhar cúmplice e talvez risonho, mas nada disso aconteceu. Continuei contando de cabeça baixa, como um ladrão medieval a ponto de ser decapitado, e a partir de determinado instante o movimento se tornou tão automático que minha mente pôde voltar-se para outros pensamentos que se amontoavam. Perguntei-me se minha mãe sentira dor ao morrer, o que teria pensado meu pai se tivesse me visto naquele mister... Pensei no engenheiro morto, em seu filho morto, na profunda ironia de que a febre amarela tivesse me oferecido o único amor que eu conhecera até aquele momento... Todas as imagens eram formas de evitar a humilhação sem limites que me embargava. E então, num momento impreciso, minha voz humilhada começou a anunciar números quase por conta própria. Sete mil novecentos e noventa e sete. Sete mil novecentos e noventa e oito. Sete mil novecentos e noventa e nove. Fim.

O coronel Shaler retirou-se assim que Torres se deu por satisfeito com a recepção de seu dinheiro-para-distribuir-aos-soldados; antes de sair, falou para Torres: "Diga a um de seus homens que passe pelos escritórios da Companhia antes das seis horas para apanhar as passagens. Diga a ele que peça para falar comigo, que estarei à espera". Depois se despediu de mim com uma saudação militar um tanto negligente. "Altamirano, o senhor nos prestou um grande serviço. A República do Panamá agradece." Virou-se para Eloísa e bateu os calcanhares. "Senhorita, muito gosto", disse, e ela moveu a cabeça, sempre com a colher de pau na mão, e logo em seguida voltou para a cozinha para servir o almoço, pois a vida tinha de continuar.

Agora você consegue entender, Eloísa. Aquele foi o guisado mais amargo que já comi na vida. A mandioca e a *arracacha* estavam com o gosto das moedas manuseadas. A carne do peixe não estava perfumada com cebola nem com coentro, mas cheirava a cédulas sujas. Eloísa e eu almoçamos enquanto a rua ia sendo tomada pelos movimentos dos soldados, pela trabalhosa movimentação do batalhão, que desmontava barracas e embalava utensílios e começava a abandonar Christophe Colomb rumo aos molhes da Companhia para deixar o caminho livre para a revolução. Mais tarde o céu se desanuviou e um sol impiedoso caiu sobre Colón como um arauto da temporada seca. Eloísa: lembro-me perfeitamente da expressão de serenidade, de completa confiança com que você foi para seu quarto, pegou a *Maria* que estava lendo e se deitou na rede. "Me acorde se anoitecer", você me disse. E em questão de minutos havia adormecido, com o dedo indicador enfiado entre as páginas do romance como uma Virgem que recebe a Anunciação.

Eloísa querida: sabe Deus, se é que ele existe, que fiz o possível para que você me surpreendesse. Meu corpo, minhas mãos assumiram uma lentidão deliberada no processo de retirar do depósito (que nas casas de pilotis de Christophe Colomb era apenas um canto da cozinha) o baú menor, um que eu seria capaz de carregar sem ajuda. Arrastei-o em vez de erguê-lo, talvez com a intenção de que o barulho acordasse você, e ao deixá-lo cair sobre a cama não me preocupei com o rangido da madeira. Eloísa, inclusive me dei o tempo de escolher determinadas peças de vestuário, de descartar algumas, de dobrar bem as outras... Tudo isso tentando dar-lhe tempo de acordar. Na escrivaninha que fora de Miguel Altamirano procurei um marcador de páginas de couro tratado; você não se deu conta do momento em que lhe tirei o livro das mãos com cuidado para não desmarcá-lo. E ali, em pé ao lado de seu corpo adormecido que não se balançava na rede, ao lado de uma respiração tão sossegada que os movimentos de seu peito e de seus ombros não eram perceptíveis ao simples olhar, localizei no romance aquela carta em que Maria confessa a Efraim que está doente, que está morrendo devagar. Ele, de Londres, pensa perceber que somente seu regresso poderá salvá-la e embarca imediatamente, e pouco depois passa pelo Panamá, atravessa o Istmo, e a goleta *Emilia López* leva-o até Buenaventura. Naquele momento, a ponto de fazer o que pretendia fazer, senti por Efraim a simpatia mais intensa que já senti por alguém na vida, porque tive a sensação de ver no destino fictício dele uma versão invertida e distorcida de meu destino real. Cruzando o Panamá, ele voltava de Londres para encontrar a amada; saindo do Panamá, eu começava a fugir deixando atrás de mim aquela mulher incipente que era tudo em minha vida, e Londres era um de meus destinos prováveis.

    Pus o livro sobre sua barriga, Eloísa, e desci os degraus do alpendre. Eram seis horas da tarde, o sol já afundara no lago Gatún, e o *Orinoco*, a merda daquele navio, já começava a ficar cheio daqueles soldados de merda de um batalhão de merda, e em algum de seus compartimentos guardava um carregamento de dólares suficiente para partir um continente ao meio, abrir falhas geológicas e alterar fronteiras, para não dizer vidas. Permaneci no convés até que o porto de Colón deixou de ser visível, até que deixaram de ser visíveis as luzes dos cunas que anos antes, ao chegar a nosso litoral, Korzeniowski avistara. A paisagem da qual fiz parte durante mais de um quarto de século desapareceu de repente, devorada pela distância e pelas brumas da noite, e com ela desapareceu a vida que levei ali. Sim, Leitores do Júri, sei bem que o que se movia era meu navio; mas ali, no convés do *Orinoco*, eu teria podido jurar que diante de meus olhos o Istmo panamenho se separara do continente e começava a afastar-se flutuando, como uma sampana, por exemplo, e entendi que dentro da sampana à deriva ia minha filha. De bom grado confesso: não sei o que eu teria feito, Eloísa, se tivesse chegado a ver você, se você tivesse despertado a tempo e, compreendendo tudo num lampejo de lucidez ou clarividência, tivesse corrido para o porto para me implorar com as mãos ou com o olhar que não partisse, que não abandonasse você, minha única filha, que ainda precisava de mim.

Depois de remover do Istmo o último resíduo do poder central colombiano, depois de garantir com sua partida que a independência panamenha era definitiva e irrevogável, o *Orinoco* aportou em Cartagena, onde permaneceu por algumas horas. Lembro-me do rosto coberto de cravos de um cabo que jogava seu último soldo nos dados. Lembro-me do escândalo armado pela mulher de um tenente no refeitório (parece que havia saias alheias na história). Lembro-me do coronel Torres decretando trinta dias de solitária para um subalterno que sugerira que em algum lugar do navio havia dinheiro, dinheiro norte-americano pago em troca daquela deserção, e que aos soldados correspondia uma parte.

Na manhã seguinte, com as primeiras luzes do horizonte rosado, o *Orinoco* chegou a Barranquilla.

Na tarde do dia 6 de novembro o Governo do presidente Theodore Roosevelt já havia outorgado o primeiro reconhecimento formal à República do Panamá, e o *Marblehead*, o *Wyoming* e o *Concord*, da flotilha norte-americana do Pacífico, tomavam o rumo do Istmo para proteger a jovem República dos afãs reivindicativos colombianos. Enquanto isso, eu conseguia uma passagem no vapor de passageiros *Hood*, da Mala Real Britânica, que fazia a rota entre Barranquilla e Londres, entre a embocadura do Magdalena e as tripas do Tâmisa, e me preparava para embarcar naquela viagem da qual minha filha Eloísa não fazia parte. Como eu poderia condená-la, também a ela, ao exílio e ao desenraizamento? Não: meu país partido me deixara partido por dentro, mas ela, em seus dezessete anos, tinha direito a uma vida livre do peso daquela ruptura, livre do ostracismo voluntário e dos fantasmas do exílio (pois ela, não eu, era carne da carne colonense). E eu, é óbvio, já não poderia dar-lhe aquela vida. Minha adorada Eloísa: se você estiver lendo estas linhas, se leu as que as precedem, foi testemunha de todas aquelas forças que nos superam, e talvez tenha compreendido os atos extremos que um homem é obrigado a levar a cabo para vencê-las. Você me ouviu falar em anjos e górgones, nas batalhas desesperadas que travei contra eles pelo controle de minha própria vida minúscula e banal, e talvez possa atestar a honestidade de minha guerra privada, e perdoar as crueldades que essa guerra me levou a cometer. E talvez, principalmente, possa entender que já não havia lugar para mim naquelas terras baldias de onde tratei de escapar, naquelas terras canibais nas quais havia deixado de me reconhecer, que haviam deixado de pertencer-me como a pátria pertence a um homem satisfeito, a uma consciência tranquila.

Em seguida foi a chegada, o encontro com Santiago Pérez Triana, os fatos que já levei, tão minuciosamente quanto pude, ao conhecimento do leitor... Joseph Conrad saiu da casa do número 45 da Avenue Road por volta das seis da manhã, depois de passar a noite acordado ouvindo minha história. Com os anos, reconstruí os dias que se seguiram: soube que depois de estar comigo ele se dirigira não a sua residência em Pent Farm, mas a um apartamento londrino próximo à Kensington High Street, um lugar barato e um tanto escuro que alugara com a esposa e no qual costumava receber Ford Madox Ford para escrever, a quatro mãos (e sem nenhum esforço), os romances de aventuras que talvez os tirassem da pobreza. Quando chegou ao apartamento, Joseph Conrad já sabia que *Nostromo*, esse romance problemático, deixara de ser a simples história de italianos no Caribe que fora até aquele momento, e que em vez disso examinaria de perto o nascimento traumático de um novo país da traumatizada América Latina, aquela história que acabavam de lhe contar em termos sem dúvida hiperbólicos, sem dúvida contaminados pela magia tropical, pela tendência à fantasia que assedia essa pobre gente que não entende de política. Jessie recebeu-o chorando: o menino Borys passara o dia com febre de trinta e nove graus; o médico não chegava, Borys se recusava a comer e beber, Londres era uma cidade de gente não solidária e fria. Mas Conrad não escutou suas queixas: dirigiu-se imediatamente àquela escrivaninha que não era dele e, vendo que demorava a amanhecer, acendeu aquela lamparina que não era sua, e começou a tomar notas sobre o que ouvira no longo transcorrer daquela noite. No dia seguinte, depois de um desjejum com gosto de nada, começou a incorporar as novas informações ao manuscrito. Estava excitadíssimo: tal como a Polônia, a Polônia de sua infância, a Polônia pela qual seus pais haviam morrido, aquela pequena terra do Panamá, aquela pequena província transformada em República por artes inescrutáveis, era uma ficha no tabuleiro do mundo político, uma vítima das forças que a superavam... "E o que você me diz dos ianques conquistando o Panamá?", escreveu ele a Cunninghame-Graham pouco antes do Natal. "Bonito, não?"

O primeiro fragmento de *Nostromo* saiu no *T. P's Weekly* em janeiro de 1904, mais ou menos ao mesmo tempo em que a Companhia do Canal do Panamá vendia todos os seus bens aos Estados Unidos, sem admitir nem mesmo a participação de um representante colombiano nas negociações, e vinte dias depois que meu país desesperado fizesse aos panamenhos esta proposta humilhante: Cidade do Panamá seria a nova capital da Colômbia se o Istmo se reintegrasse ao território colombiano. Enquanto o Panamá se recusava terminantemente como um amante ressentido (movendo as pestanas, citando os ultrajes passados com o braço em alça e um punho fechado sobre a cintura), Santiago Pérez Triana me indicava com sinais e distâncias a maneira de encontrar o quiosque de jornais mais próximo e me obrigava a procurar no bolso aquelas moedas cujas denominações confusas eu ainda não dominava e a separar, em outro bolso, o custo exato do *Weekly*. Logo depois me botou para fora de casa com um cutucão carinhoso. "Meu estimado Altamirano, não volte sem a revista", disse-me. E depois, mais sério: "Felicitações. O senhor já faz parte da memória dos homens".

Mas não foi o que aconteceu.

Não fiz parte da memória dos homens.

Lembro-me da luz enviesada e deslumbrante que incidia sobre a rua quando encontrei o quiosque, aquela luz de inverno que não fazia sombras e que ao mesmo tempo me ofuscava, refletida no papel dos jornais à venda no quiosque e, conforme o ângulo, nos vidros recém-lavados da vitrine. Lembro-me da mistura de excitação e terror (um terror mudo e frio, o terror do novo) com que saí novamente para a rua depois de pagar. Lembro-me do caráter neblinoso e um tanto irreal que assumiram para mim as outras coisas do mundo, os transeuntes, as lâmpadas, os veículos ocasionais, as grades ameaçadoras do parque. Em compensação, não me lembro das razões pelas quais posterguei a leitura, não me lembro de haver intuído que o conteúdo da revista não seria o que eu esperava, não me lembro de ter tido razões para não permitir a entrada em minha cabeça daquela intuição inverossímil, não me lembro de que tenha sido a desconfiança ou a vitimização que me acompanhou durante aquela longa caminhada circular em torno do Regent's Park... Sim, de fato: passei o dia inteiro com a revista no bolso, apalpando o quadril de vez em quando para confirmar sua presença, como se o que eu havia comprado fosse o único exemplar do mundo, como se a natureza perigosa de seu conteúdo ficasse neutralizada se eu o mantivesse em meu poder. Mas o que tem de acontecer (todo mundo sabe) acaba acontecendo. Nada é eternamente postergável. Ninguém encontra razões para postergar eternamente uma coisa tão inocente, tão pacífica, tão inofensiva quanto a leitura de um livro.

 De modo que ali pelas quatro da tarde, quando o céu já começava a escurecer, sentei-me num dos bancos do parque ao mesmo tempo em que uma nevasca incipiente começava a cair sobre Londres e quem sabe sobre toda a Inglaterra imperial. Abri a revista, li aquela palavra que me perseguirá até o fim de meus dias. *Nostromo*: três sílabas insossas, uma vogal repetida e insistente como um olho que nos vigia... Fui em frente, entre laranjas e galeões, entre rochas submersas e montanhas que enfiam a cabeça no meio das nuvens, e comecei a vagar como um sonâmbulo na história daquela República fictícia, e percorri descrições e acontecimentos que conhecia e ao mesmo tempo ignorava, que me pareciam próprios e ao mesmo tempo alheios, e vi as guerras colombianas, os mortos colombianos, a paisagem de Colón e de Santa Marta, o mar e sua cor e a montanha e seus perigos, e ali estava, enfim, a discórdia que sempre esteve... Mas faltava alguma coisa naquele relato: uma ausência era mais visível do que todas

aquelas presenças. Lembro-me de minha busca desesperada, do frenesi com que meus olhos percorreram as páginas da revista, do calor que eu sentia nas axilas e no bigode enquanto ia admitindo a dolorosa verdade.
Então eu soube.
Soube que tornaria a ver Conrad.
Soube que haveria um segundo encontro.
Soube que esse encontro era impostergável.
Em questão de minutos eu já chegara a Kensington High Street, e um pregoeiro me indicara a porta onde sabidamente vivia o romancista. A luz já rareava (um velho passava carregando uma escada, subindo e descendo seus degraus móveis, acendendo as lâmpadas) quando bati a sua porta. Não respondi às perguntas da mulher desprevenida que abriu para mim; rocei seu avental ao passar, subi as escadas tão depressa quanto me permitia o comprimento de minhas pernas. Não me lembro de que ideias, que indignações cruzavam minha cabeça enquanto abria portas e percorria corredores, mas sei com certeza que nada me preparara para o que encontrei.
Eram dois aposentos escuros, ou que haviam ficado escuros com a penumbra prematura de janeiro. Uma porta os comunicava entre si, e essa porta estava aberta no momento de minha chegada, mas ficava claro que sua função consistia em permanecer obstinada, constante, inelutavelmente fechada a maior parte do tempo. No aposento do fundo, enquadrada pelo marco da porta, havia uma escrivaninha de madeira escura, e sobre a escrivaninha havia uma pilha de papéis e uma lamparina a petróleo; no outro aposento, aquele no qual eu irrompera sem me anunciar, um menino de cabelo comprido e castanho dormia numa caminha de aspecto miserável (respirava mal, seu nariz produzia um leve ronco), e a outra cama existente estava ocupada por uma mulher vestindo trajes de rua, uma mulher de rosto deselegante e um tanto gordalhufa que não estava deitada, mas reclinada contra o espaldar, e que trazia sobre o regaço uma espécie de tábua que depois de alguns segundos (depois dos jogos da luz interior) se transformou numa escrivaninha portátil. De sua mão fechada

saía uma pena de ponta preta, e foi no momento em que eu estava olhando para aquela pena e para as páginas cobertas de rabiscos que ouvi a voz.

"O que o senhor está fazendo aqui?" Joseph Conrad estava de pé no canto do aposento; calçava pantufas de couro e vestia uma bata de seda escura; exibia, antes de mais nada, uma expressão de concentração intensa, quase inumana. Em minha cabeça, as peças se encaixaram: eu o interrompera. Para ser mais preciso: eu interrompera seu ditado. Para ser ainda mais preciso: enquanto em meu bolso se amarrotavam as primeiras cenas de *Nostromo*, naquele aposento Conrad ditava as últimas. E sua mulher, Jessie, era a encarregada de pôr a história – a história de José Altamirano – no branco do papel.

"O senhor", eu disse, "me deve uma explicação."

"Eu não lhe devo nada", disse Conrad. "Saia imediatamente. Vou chamar alguém, estou avisando."

Tirei do bolso o exemplar do *Weekly*. "Isto é falso. Não foi isto que lhe contei."

"Isso, meu caro senhor, é um romance."

"Não é a minha história. Não é a história de meu país."

"Claro que não é", disse Conrad. "É a história de *meu* país. É a história de Costaguana."

Jessie olhava para nós. Em seu rosto lia-se o desconcerto atento de quem chegou tarde ao teatro. Começou a falar, e sua voz saiu mais fraca do que eu havia esperado: "Quem?..." Mas não concluiu a frase. Fez um movimento, e uma careta de dor apareceu em seu rosto, como se uma corda tivesse arrebentado no interior de seu corpo. Conrad me convidou, então, a passar para o aposento do fundo; a porta se fechou, e através da madeira nos chegaram os soluços da mulher.

"Ela teve um acidente", disse Conrad. "Os dois joelhos. As duas rótulas deslocadas. Uma coisa grave."

"Era a minha vida", falei. "Confiei-a ao senhor, confiei no senhor."

"Um tombo. Tinha ido fazer compras, estava no Barker's, escorregou. Parece uma bobagem, não é mesmo? É por isso que estamos em Londres", disse Conrad. "Todo dia tem um exame, todo dia os médicos a apalpam. Não sabemos se vai ser preciso operar."

Era como se ele tivesse deixado de me escutar, aquele homem que durante uma noite inteira vivera para fazê-lo. "O senhor me eliminou de minha própria vida", falei. O senhor, Joseph Conrad, me roubou." Tornei a agitar o *Weekly* no ar, depois deixei-o cair sobre a escrivaninha. "Aqui", eu disse sussurrando, dando as costas ao ladrão, "eu não existo."

Era verdade. Na República de Costaguana, José Altamirano não existia. Quem vivia em Costaguana era meu relato, o relato de minha vida e de minha terra, mas a terra era outra, tinha outro nome, e eu fora eliminado dela, apagado como um pecado inconfessável, obliterado sem piedade como uma testemunha perigosa. Joseph Conrad me falava do esforço terrível que implicava ditar a história nas condições presentes, e ditá-la para Jessie, cuja dor a impedia de trabalhar com a concentração devida. "Eu seria capaz de ditar mil palavras por hora", disse ele. "É fácil. O romance é fácil. Mas Jessie se distrai. Chora. Me pergunta se vai ficar inválida, se vai precisar de muletas pelo resto da vida. Em breve serei obrigado a contratar uma secretária. O menino está doente. As dívidas se acumulam sobre a mesa e eu preciso entregar esse manuscrito a tempo para evitar males maiores. E nisso o senhor chegou, respondeu a uma série de perguntas, me contou uma série de coisas mais ou menos úteis, e eu as utilizei da maneira que minha intuição e meu conhecimento do ofício me indicaram. Pense nisso, Altamirano, e me diga: o senhor acredita realmente que suas pequenas suscetibilidades têm a mais pálida importância? Acredita realmente?" No outro aposento as tábuas da cama rangiam e presumivelmente era Jessie quem soltava aqueles tímidos gemidos que pareciam provocados por uma dor tão genuína quanto abnegada. "O senhor acredita realmente que sua patética vida faz alguma diferença nesse livro?"

Aproximei-me da escrivaninha. Percebi então que não havia uma única pilha de papéis, mas duas: numa estavam empilhadas páginas cobertas de borrões, anotações à margem, setas

indelicadas, linhas que riscavam e eliminavam parágrafos inteiros; a outra era composta por uma versão datilografada que já passara por diversas correções. *Minha vida corrigida*, pensei. E também: *Minha vida malbaratada.* "Interrompa o livro", eu disse a Conrad. "Isso é impossível." "O senhor pode fazer isso. Interrompa tudo." Peguei o manuscrito. Minhas mãos se moviam com um arrebatamento que parecia externo a mim. "Vou queimá-lo", falei. Com dois passos, me aproximei da janela; com a mão na tramela, falei: "Vou jogar pela janela".
Conrad cruzou os braços atrás das costas. "Meu relato já está em andamento, querido amigo. Já está na rua. Agora mesmo, enquanto o senhor e eu conversamos, há pessoas que estão lendo a história das guerras e das revoluções daquele país, a história da província que se separa por uma mina de prata, a história da República sul-americana que não existe. E não há nada que o senhor possa fazer."
"Mas a República existe mesmo", eu disse, ou melhor, supliquei. "A província existe mesmo. Só que a mina de prata na verdade é um Canal, um Canal entre dois oceanos. Eu sei porque conheço o lugar. Nasci naquela República, vivi naquela província. Tenho a culpa de suas desgraças."
Conrad não respondeu. Larguei novamente o manuscrito na escrivaninha e fazê-lo foi uma espécie de concessão, uma espécie de deposição das armas por um chefe guerreiro. Em que momento um homem admite a derrota? O que se passa em sua cabeça para que ele decida dar-se por vencido? Eu teria querido perguntar essas coisas. Em vez de fazê-lo, perguntei:
"Como vai acabar tudo?"
"O quê?"
"Como acaba a história de Costaguana?"
"Temo que o senhor já saiba, meu querido Altamirano", disse Conrad. "Está tudo aqui, neste capítulo, e talvez não seja o que o senhor espera. Mas não há nada, absolutamente nada que o senhor já não conheça." Fez uma pausa e acrescentou: "Posso ler para o senhor, se quiser".

Aproximei-me da janela, que àquela altura já se transformara num retângulo escuro. E não sei por quê, mas ali, olhando a rua, negando como uma criança o que se passava atrás de mim, senti-me a salvo. Era uma sensação falsa, é claro, mas não me importei com isso. Não teria podido importar-me. "Leia", eu disse. "Estou preparado." A vida na rua começava a morrer. Dava para adivinhar, no rosto dos passantes, o frio intenso. Meus olhos e também meu entendimento se distraíram com a imagem de uma menina pequena que brincava com seu cachorro sobre a calçada gelada – casaco de um vermelho profundo, cachecol que de longe parecia fino –, e enquanto aquela voz desenvolta começava a falar-me do destino daqueles personagens (e me obrigava em certa medida a assistir à revelação de meu próprio destino), a neve caía em flocos densos sobre a rua e se derretia no mesmo instante, formando pequenas estrelas de umidade que desapareciam imediatamente. Então pensei em você, Eloísa, e no que eu fizera conosco; sem pedir licença, abri a janela, inclinei-me para fora e ergui o rosto para que a neve molhasse meus olhos, para que a neve em meus olhos camuflasse minhas lágrimas, para que Santiago Pérez Triana não se desse conta, ao ver-me, de que eu estivera chorando. De repente só você importava; dei-me conta naquele momento, não sem uma ponta de pavor, de que só você continuaria contando para mim. E soube: ali, entre as lufadas de vento gelado, soube qual seria o meu castigo. Soube que muito tempo depois, quando os anos tivessem deixado minha conversa com Joseph Conrad para trás, eu continuaria me lembrando daquela tarde na qual, por um golpe de mágica, eu desaparecera da história, continuaria consciente da magnitude de minha perda mas também do dano irreparável que os fatos de minha vida haviam causado a nós dois, e sobretudo continuaria acordando no meio da noite para me perguntar, como me pergunto agora, onde andará você, Eloísa, que tipo de vida terá sido a sua, que lugar você terá ocupado na infeliz história de Costaguana.

Nota do autor

É possível que *História secreta de Costaguana* tenha nascido com *Nostromo*, que li pela primeira vez na casa de Francis e Suzanne Laurenty (Xhoris, Bélgica) durante o verão de 1998; é possível que tenha nascido com a leitura do ensaio "O *Nostromo* de Joseph Conrad", que Malcolm Deas incluiu em seu livro *Do poder e da gramática*, e que li em Barcelona no início de 2000; e é possível que tenha nascido com um bem-informado artigo que Alejandro Gaviria publicou na revista colombiana *El Malpensante* em dezembro de 2001. Mas também é possível (e esta é minha possibilidade preferida) que o primeiro pressentimento deste romance tenha tomado forma em 2003, enquanto eu escrevia, por encomenda de meu amigo Conrado Zuluaga, uma breve biografia de Joseph Conrad. A encomenda oportuna me obrigou a investigar, por rigor ou curiosidade, as cartas e os romances de Conrad, assim como os textos de Deas e de Gaviria e de muitos mais, e em algum momento pareceu-me inverossímil que este romance não tivesse sido escrito antes, o que sem dúvida é a melhor razão que alguém poderia ter para escrevê-lo. Da meia centena de livros que li para escrever este, seria uma desonestidade não mencionar *Joseph Conrad: the Three Lives*, de Frederick Karl; *The Path Between the Seas*, de David McCullough, *Conrad in the Nineteenth Century*, de Ian Watt, *History of Fifty Years of Misrule*, de José Avellanos, e *1903: Adiós Panamá*, de Enrique Santos Molano. Seria uma injustiça, por outro lado, esquecer certas frases alheias que acompanharam, como guias ou como tutores, a elaboração do romance, e que teriam ocupado o lugar de epígrafes se eu não tivesse achado, de maneira caprichosa e bastante insustentável, que isso interferiria com a unidade cronológica de meu relato. Do conto "Guayaquil", de Borges: "Talvez não se possa falar daquela república do Caribe sem refletir, mesmo de longe, o estilo monumental de seu historiador mais famoso, o capitão José Korzeniowski". De *History of the World in 10 ½ Chapters*, de Julian Barnes: "Inventamos relatos para encobrir os fatos que ignoramos ou não podemos aceitar; mantemos um certo número de fatos verdadeiros e em torno deles tramamos um novo relato. Nosso pânico e nossa dor só se aliviam com uma fabulação tranquilizadora, que chamamos história". De *Respiração artificial*, de Ricardo Piglia: "São minhas unicamente as coisas cuja história conheço". Uma das citações mais famosas e mais repetidas do *Ulisses* de Joyce, "A história é um pesadelo do qual procuro despertar", mostrou-se inútil para mim: está bem que a história seja um pesadelo para Stephen Dedalus, mas José Altamirano, parece-me, haveria de sentir-se mais próximo de noções como farsa ou vaudeville.

Seja como for, as primeiras páginas do romance foram redigidas em janeiro de 2004. No decorrer dos dois anos malcontados que transcorreram até sua versão definitiva, muitas pessoas intervieram em sua composição, voluntária ou involuntariamente, direta ou (muito) indiretamente, algumas vezes facilitando meu trabalho de escritor e outras vezes a vida – e em raras oportunidades as duas coisas –, e aqui quero deixar constância de minhas gratidões e reconhecimentos. São, em primeiro lugar, Hernán Montoya e Socorro de Montoya, cuja generosidade não fica recompensada com estas duas linhas. E depois Enrique de Hériz e Yolanda Cespedosa, Fanny Velandia, Justin Webster e Assumpta Ayuso, Alfredo Vásquez, Amaya Elezcano, Alfredo Bryce Echenique, Mercedes Casanovas, María Lynch, Gerardo Marín, Juan Villoro, Pilar Reyes e Mario Jursich, Juantxu Herguera, Mathias Enard, Rodrigo Fresán, Pere Sureda e Antonia González, Héctor Abad Faciolince, Ramón González e Magda Anglès, Ximena Godoy, Juan Arenillas e Nieves Téllez, Ignacio Martínez de Pisón, Jorge Carrión, Camila Loew e Israel Vela.

Este livro deve alguma coisa a todas essas pessoas; e ao mesmo tempo deve tudo (tal como eu) a Mariana.

J. G. V.
Barcelona, maio de 2006